楚波 著

# 驴野行踪

## 一头“驴子”的成长记录

山东人民出版社
全国百佳图书出版单位 一级出版社

**图书在版编目(CIP)数据**

驴野行踪：一头“驴子”的成长记录/楚波著．－－济南：山东人民出版社，2012.8

ISBN 978-7-209-06620-4

Ⅰ．①驴… Ⅱ．①楚… Ⅲ．①游记－作品集－中国－当代②随笔－作品集－中国－当代 Ⅳ．①I267

中国版本图书馆CIP数据核字（2012）第168382号

责任编辑：王 路 杨云云
封面设计：宋晓明
项目完成：文化艺术编辑室

驴野行踪——一头“驴子”的成长记录
楚 波 著

---

山东出版集团
山东人民出版社出版发行
社 址：济南市经九路胜利大街39号 邮 编：250001
网 址：http://www.sd-book.com.cn
发行部：(0531) 82098027 82098028
新华书店经销
北京图文天地制版印刷有限公司 印装

规 格 16开(170mm×240mm)
印 张 20
字 数 300千字 插 页 6
版 次 2012年8月第1版
印 次 2012年8月第1次
书 号 ISBN 978-7-209-06620-4
定 价 36.00元

---

**如有质量问题，请与印刷厂调换。 电话：010-84488980**

# 自 序

孔子云：仁者乐山，智者乐水。

2007年五一长假，带女儿徒步秦岭主峰太白山，从陕西省周至县厚畛子镇登山，徒步穿越太白山，从汤峪出山。走过六里坡，再上二里坡，身体、心理都疲惫到极点，到达药王殿，已是天寒地冻，树叶凋蔽，万物皆休。天渐渐黑了，我倚在路边的山坡上，思绪万千。在温馨、舒适的家里，妻小相伴，斜卧在软软的沙发里，听音乐，看电视，埋头于钟爱的书卷之中通宵达旦，论茶道，品丝竹，何等的闲散悠哉，是天堂吗？在山水之间，挥汗如雨，倚靠在冷硬的山石上，听溪流潺潺，松涛阵阵，看云卷云舒，醉情于山水画卷之中经年不倦，风餐露宿，饮霜茹雪，精疲力竭，肉体遭蹂躏，是地狱吗？平日里，着锦衣，食肉鬻，出则乘车，入则软塌，是天堂吗？节假日，背大包，宿山林，吐肮脏之气，吸天地之精华，愉悦身心，强健体魄，是地狱吗？何谓地狱？何为天堂？已不言而喻！

2007年国庆长假，我们一行涉水徒步穿越浙江楠溪江源头。站在溪流中，小鱼儿啜噬着腿脚，就像有人在轻轻挠你，痒痒的。水底散乱地铺着五颜六色、大大小小的鹅卵石，白的、黄的、青的、红的……水浅的地方，波纹粼粼，映在水底，水底的色彩就更丰富了；水深的地方，水的颜色渐渐变成深蓝色，身上长着横纹的小鱼在水中慢条斯理地游着，长着四脚的娃娃鱼在水边晒着太阳。峡谷两边的树影、远处的山峰、天上的流云倒映在水中，更增添了无穷的乐趣，置身其中，感觉自己已经成了神仙。

我经常登泰山，但是每一次登山的感觉不同。记得2010年深秋，从东御道经恐龙背到天外村的穿越，感想异常丰富。

在游记《游走在刀刃之上的感觉》中我写道：

泰山巍然矗立在天地之间，博大精深的泰山，蕴藏着深厚的中华文化。

儒说：仁者乐山，智者乐水，仁智之士者，乐山乐水也！游山玩水，爱山爱水，乐山乐水，沉醉在山山水水之中，山为床，水濯足，潇潇洒洒任逍遥。

何为仁者？何为智者？

道说：天地合一，万物顺时而生，逆时而亡。阴阳调和，不偏不倚。行走在如画的山野之中，登山登到自然累，喝酒喝到自然醉，睡觉睡到自然醒。师法自然，物化自然。与天地合其德，与日月合其明，与四时合其序，与鬼神合其吉凶。

何为天地合一？实为天人合一！

佛说：四大皆空，空无一物。山非山，人非人，皆为空也。

我道是：人在山中走，山在心中留。非山亦非人，山人两无忧。

何为空？何为有？

……

行走山野之后，喃喃之语随感而发，虽无构架，亦无章法，在“济南户外爱心网”论坛上，娓娓道来，款款而谈，情感抒发，溢于言表。经数年之久，集毫末而成大树，聚垒土已成城郭，积跬步以至千里。顺手拈来40余篇，重经品咋，结此集，名曰《驴野行踪》。

数年来，通过徒步山野，从驴友的角度品读山林，品读人生，感悟人生。

让驴行成为一种生活方式，一剂治疗浮躁情绪的良药。

还是那句话，人生无论如何，心地坦然，处事泰然。坦然了自然也就泰然了。

坦然像水，泰然像山，山水怡情，情怡山水。

# 目　录

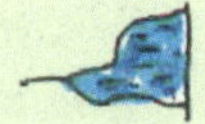

徂徕山狂欢夜及其他

——徒步穿越徂徕山笔记　/1

登泰山散记

——从玉泉寺到一天门徒步穿越泰山笔记　/13

雨中的愉悦

——婺源、三清山、杭州行记　/20

巅峰时刻

——小五台山穿越笔记　/44

小桥枕水人家

——江南水乡古镇驴行笔记　/64

陶醉在深秋的色彩里

——石门坊、沂山驴行笔记　/72

信步南山之一

——从斗母泉到菊花峪徒步穿越笔记　/78

信步南山之二

——从商家到天齐庙徒步穿越笔记 /83

地狱？天堂？

——徒步穿越太白山行记 /87

泥腿驴暴走南山

——从黄巢水库到开元牌坊徒步穿越笔记 /105

在历史的长河中，找寻残存的记忆

——翠屏山、贤子峪、卧牛山寨寻古探幽行记 /114

雨中的悠闲

——马山休闲两日游笔记 /126

散落在楠溪江源头的记忆

——楠溪江徒步行走笔记 /131

只有天在上，更无山与齐

——西岳华山徒步穿越笔记 /138

夙　愿

——从泰山玉皇顶到济南泉城广场徒步穿越笔记 /148

山水怡情泰山行

——从青天到天龙水库徒步穿越笔记 /158

游走在刀刃之上的感觉

——穿越泰山恐龙背笔记 /165

拜山记

——从济南十八盘村到泰山一天门徒步穿越笔记 /172

愿随夫子天坛上，闲与仙人扫落花

——徒步穿越王屋山笔记 /177

山高路险轻放马，悠然自得走太行

——从上铁匠村到八里沟徒步穿越南太行笔记 /187

再登巅峰

——小五台山徒步穿越笔记 /201

久有凌云志，一日穿五台

——徒步穿越五台山笔记 /219

世外桃源今尚存，黛眉长望洛阳北

——仰韶大峡谷徒步穿越笔记 /228

板鞋走太行

——从南窑到关山徒步穿越南太行笔记 /237

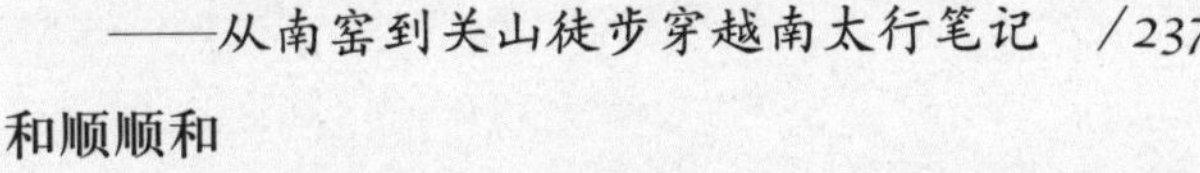

和顺顺和

——云南腾冲和顺驴行笔记 /249

西行笔记

——2011年7月四川行走笔记 /256

驼梁，驼梁！

——2011年国庆长假徒步穿越驼梁笔记 /285

冬日的梯子山

——2011年12月11日徒步穿越梯子山笔记 /299

青山不墨千年画，流水无弦万古琴

——2012年春节恩施大峡谷、张家界驴行笔记 /303

父亲的脚板

——后记 /311

# 徂徕山狂欢夜及其他

## ——徒步穿越徂徕山笔记

### 一

2003年10月18日清晨，我带着5岁半的女儿，背起20多公斤的装备，在济南户外著名老驴贾老师的带领下，徒步穿越徂徕山。

这是我和女儿的第一次驴行。

徂徕山位于山东腹地，泰安、莱芜、新泰市交界处，北距泰安20千米，方圆百里，主峰太平顶海拔1027米，主要有太平顶、光华寺、竹溪、竹溪庵、中军帐、石介墓、蔡石峪等景点。1938年1月1日，中共山东省委在此组织武装起义，建立八路军山东人民抗日游击第四支队，创建了徂徕山抗日革命根据地，为中华民族的解放事业立下了卓越的功勋。

乘中巴走京沪高速公路到泰安化马湾下高速，便驶入颠簸的乡间公路。

溪流的哗哗声传入耳中，睡意随着中巴车的颠簸荡然无存。张开惺忪的眼睛，一幅国画大师李可染的重彩大写意水墨画映入眼帘。好美呀，女儿不禁大声叫了起来。我拽了一下她的衣角，生怕把周围驴友们吵醒。我环视四周，所有的人都睁大了眼睛，贪婪地欣赏着窗外的美景。

到达了泰安市化马湾乡双泉村，便到达了我们的宿营地。

一片树龄百年的板栗林，正伸出虬劲而颀长的枝杈欢迎我们。没想到树下竟有一块块平坦的沙地，像为我们铺开地毯似的，找到了一种在海滩的感觉。

听，还有哗啦啦的浪花声，不，那是溪水冲击岩石发出的声音，是在为我们歌唱吗？

这种感觉太美妙了，是一个常年生活在钢筋混凝土构筑的楼宇中的人所无法想象的。

将行李装备靠树放好，我们便投入了自助午餐的准备工作中。老驴们找来耙子把沙地上的杂草树叶清理掉，铺上地席，返身搬来一块平整的石块放在地席旁边，很熟练地从背包中拿出早已准备好的午餐放在地席上，然后到溪边洗手。我们这些新驴子，手忙脚乱，无从下手，从溪边捡一块石头往地席边一放，一屁股重重地坐下，“哎哟”一声，尖叫着蹦了起来，差一点撞倒了旁边的驴友，原来捡来的石头张牙舞爪没有平面，尖尖地冲上，一屁股坐下可想而知。

把背包中的东西翻了个遍，也没有找到昨天买的面包和香肠。唉，肯定是放在餐桌上忘记拿了。

最忙乱的永远是新驴。

吃过自助午餐后，老驴们开始勘察地形，帮助新驴子选择营地，介绍一些扎营的常识。而新驴子还沉浸在初次野营的兴奋之中，看什么都新鲜，东一榔头，西一棒槌，左顾右盼，上蹿下跳，看着新购置的装备无从下手。我翻遍了背包，才找到那把新买来的还未开封的折叠铲，费了九牛二虎之力，看了数遍说明书，才把它组装起来，刚想用它清理一下栗子树下沙地上的杂物，女儿一把夺下，跑向小溪边，不由分说脱掉鞋子、袜子，挽起裤腿，跳到了水中，玩起了沙子。清澈的溪流冲刷着女儿稚嫩的小脚丫，岸边一丛丛的山菊花映衬着孩子恬然的笑脸，兴奋的样子像是从未见过水，从未见过沙一样。

下午比较轻松。不知疲倦的贾老师领几头老驴准备晚上的篝火晚会，其他人就地活动。中午有几头驴贪杯，已在帐中睡了。我坐在小溪边的一块平整的大石头上，忽然觉得有点累，特别是脚，新买的登山鞋第一次穿，感觉脚上可能已经磨起了泡，把鞋子袜子统统脱掉，赤脚泡在清澈而冰凉的溪水中，不禁打了一个寒颤，这溪水足以洗涤人的心灵。

“纯正矿泉水泡制的地道的龙井茶，是否来一杯？”不知什么时候，冬瓜已经用气炉烧开了泉水，泡好了龙井茶。一股幽香以摄魂夺魄之势拂面而来，沁入肺脾，无人能抵挡住它的诱惑。冬瓜给我斟了满满一大杯，我接过来，没有喝，而是凝视它，欣赏茶水淡淡的颜色，嗅着茶的幽香。

把脚放在溪水中，任清风拂着面颊，任落叶飘落在发上，放眼远眺老松偃覆山峰之上，红叶散落半山之中，远山近景充斥眼帘，却视而不见，凝神屏气，让大脑尽量空白，什么也不想，什么也不做，进入一种空灵的境界……

这难道不是人与大自然最亲密的接触吗？人原本与一草一木一石一水无异同，原本就是它们中的一员，只是自己感觉与众不同罢了，不能摆脱与生俱来的羁绊，无法展现原本最纯真、最朴实、最直接的一面，一张张面具阻挡在人与人、人与山、人与木、人与石、人与水、人与世间万物之间……

难怪隐居在徂徕山的唐代隐士、国子博士王希夷有同样的感觉，他在《王野人诗》中写道：

> 徂徕山下是吾家，吸露嘘风卧紫霞。
> 几百年来无个事，朝朝坐对老松花。

一阵嘈杂的脚步声把我从沉思中拉回，扭头一看，一位山里的老大爷，有70岁的样子，古铜色的脸膛，颌下一撮山羊胡，迈着矫健的步子，正赶着一群山羊下山回家。

不知什么时候，几个驴友也赶来一边谈天论地，一边享受这美景，一边

品尝龙井茶，这和谐融洽的气氛只有在这古朴、原始的山野中才能切切地体会到。

抬头看看天，时间过得真快，已是黄昏了。

贾老师带领几个驴友走来，带来了铁叉、烤炉、木炭、两盆鲜红的已经切成块的羊肉，还有几根干枯的木头。

狂欢夜的序幕已经拉开。

老老高一声令下，大家动手吧。我们这群新驴子们早已按捺不住激动的心情，争先恐后，各显神通，把在家里干家务活的本事都拿了出来。

只见你拿叉来我穿肉，你点火来我煽风，你端盆来我洗菜，一个社会主义大干快上、热火朝天的场面出现了，大家的热情非常高涨。

女儿太小，插不上手，急得团团转，伯伯叔叔阿姨叫个不停，为的是能分点任务干点活。还是女驴友心细，老高看出了女儿的心思，领着她到小溪边洗苦菜。这下女儿可高兴了，把老高用了一下午时间挖来的苦菜一下都倒到了溪水中，很认真地洗了起来，干活的样子很是那么回事。稍不留神，湍急的溪水毫不费劲地把野菜冲走了许多，幸亏我们发现得早，采用围追阻截的战术，追回来一些，女儿差一点帮了倒忙。

所有的人都围在烤炉边，看着一串串羊肉被烤得吱吱作响，馋得口水直流。德生早已抢了一串半生不熟的肉串，放到大嘴边做啃咬状，我拿起相机留下了这瞬间。后来翻看照片时才发现，女儿在照片的右下角张开一张几乎与德生同样大的嘴，馋得两只眼睛巴巴地看着肉串，像是要从德生手中抢过来大啖一顿。

天渐渐暗了下来，远处的山峰开始模糊，钻石般的星星透过婆娑的树影在天空中眨着眼睛。我们打开头灯，影影绰绰的灯光像萤火虫一样，煞是好看。

羊肉串烤好了，大家纷纷拿出自带的各种酒。

贾老师发表了热情洋溢的狂欢夜祝酒词：“下面我宣布，开始喝酒。”从此刻开始，我的酒杯就基本未放下，红酒白酒药酒“三中全会”，你敬我一杯，我敬你二杯，喝一口酒，吃一块烤羊肉，开怀畅饮，大有不酩酊大醉誓不罢休之势。

酒过数巡，菜过两味（一味烤羊肉，一味苦菜蘸酱）之时，热情的老乡端来了热腾腾的羊汤和地瓜粥，大家分而食之，更为酒会增添了乐趣。

烤完最后一块羊排的时候，所有的酒都已经统统喝光，已经没有人能够统计出到底喝了多少，只记得大家把早已准备好的枯木，统统插到烤炉中，熊熊的火从炉中燃烧起来，噼里啪啦的火星像燃放的烟花。大家关灭头灯，围着篝火载歌载舞，找不着调的歌声此起彼伏，呕哑嘲哳，永远只是一些老掉牙的革命歌曲的前几句。舞已经不能被称作舞了，像是土著人宗教集会的仪式，又像巫师在驱鬼求神。我们都已陶醉在这融融的醉意里，都已融入了纯美的大自然的怀抱里，尽情地享受着天、地、人之间赤裸裸的情感……

此时此刻绝对无法用语言来形容。

第二天醒来的时候，我的牛仔外套还挂在栗子树的枝杈上，鞋子一只在怀里，一只在帐篷外。

## 二

山里的天亮得格外早，山里的早晨出奇地静。

当第一缕曙光照亮天边的时候，除了不知疲倦的小溪发出的哗哗声之外，并没有其他声响。

忽然没有了城市早晨汽车马达声，行人脚步声，小商贩们的叫卖声交织在一起的嘈杂声音，在这宁静的山中，你会感觉很不适应，但这恰恰就是在最纯粹的大自然里面最原始的享受，享受这份难得的宁静。

静静地躺了一会儿，忽然觉得不能辜负了这宁静的时光，在太阳爬上山头之前，做点什么。女儿也醒了，我提醒她不要说话，穿衣服的动作一定要轻，不要破坏了这份宁静。

我们悄悄地穿上衣服，轻轻地爬出帐篷，蹑手蹑脚地走到小溪边。远山的树影已经清晰，清翠的松树、枯黄的栗子树、火红的枫树、灰白的核桃树相互混杂，皑皑的雾气渐渐上升，近景远景层次分明，放眼望去别有情趣。

沿着溪流，踏着小溪中大石块，溯流而上。小溪中的石头，经过了不知多少年的磨砺，已经变得圆润光滑，上面布满了漂亮的花纹。石间飞泻的溪水溅起朵朵水花，砸到石上又跌落回水中，就像顽皮的孩子。大石的背后一方小潭，水轻轻地从中流过，迤逦的水纹映衬着潭底的小石块，发出迷人的色彩。石上那株枯树，树干满布疤瘤，老根盘根错节，而枝杈稀疏，已经不能承受溪流的盘剥、风雪的蹂躏，它的生命已经随着岁月的流转，奉献给生它养它的大山了。远处一簇已经枯萎的花白的茅草，长着雪一样的草絮，衬托着艳丽的奶黄色的一大丛山菊花，诠释着生命的轮回与夙愿。

我深深地吸了一口清新的空气，它清新得好像并不用呼吸，直接通过皮肤进入到你的体内。我捧起一捧溪水，喝了一大口，冰凉甘甜。美丽的景致，舒展的心情，女儿脸上洋溢着甜美的笑，一缕晨辉映红女儿的面颊。

## 三

等我们从山中的小路绕回来的时候，大家都已经把装备收拾好了，按照原定计划，吃过早餐便去登太平顶。

上午八点半，大家集合准备出发，除随身带的必备用品外，其余装备暂时寄存在老乡家里，轻装上阵，脚步轻松了许多。

女儿雀跃着，跑在前面，昨天的劳累早已云消雾散。

沿着残存的石阶路下到沟底，顺着溪流，踩着滚圆的山石，向大山深处进发。

秋天的徂徕特别美，山、石、松、泉、溪、草、花无不透出秋天诱人的风采，它不像春之娇媚，夏之艳丽，冬之沧桑，就像一个不惑之年的男人，厚重里透着刚毅，又像一个做了母亲的女人，成熟中透着风韵。满目的美景撩拨得人们已是心猿意马，魂不守舍。

仁者乐山，智者乐水，乐山乐水者乃仁智之士也。

转过一个小山包，传来了水的轰鸣声，只见晶莹的水流从一整块有数丈高的巨石上跌落下来，重重地砸在石下的小潭中，溅起无数的水珠，在阳光下像璀璨的水晶，折射出耀眼的光芒。一挂瀑布就在眼前。几位小伙子早已爬上了巨石，兴奋地对着大山高声呐喊，把生活、工作中的郁闷都统统抛掉，让心情放松，让思想撒野，全身心地投入到大自然中。我带着女儿远远地看着这群欢快的人，心情也同样欢快。

正当大家兴奋之时，路却捉起了迷藏，走在最前面的头驴老张大声传话给大家，前面已经没有了路。

老驴们并不惊慌，贾老师身先士卒，只身在树丛中穿梭，一晃就不见了。只一盏茶的工夫，便在树丛中招呼大家，已经找到了路。

我扶着女儿钻过灌木丛，朝贾老师的方向走去，没费多少力气，就来到了路上。正是“山穷水尽疑无路，柳暗花明又一村”。

刚想喘口气，忽听女儿惊叫了起来：“哎呀，好可怕的大蜘蛛呀，爸爸快

帮我。”原来在女儿的衣服上趴着一只硕大的蜘蛛，足有铜钱大小，是我有生以来见过的最大的蜘蛛，它鼓着一对小圆眼睛，迷惑地看着我们，不停地摆弄着八只长长的大脚，张牙舞爪，像是在质问我们，为什么把它带到这儿？为什么破坏它的家园？

原来是在钻灌木丛的时候，不小心冲破了人家的网，把这个丑陋的小家伙带了过来。我歉意地用一根小木棍轻轻地把它从女儿的衣服上挑下放在地上，小家伙优哉游哉地爬到树丛中去了。我对女儿说：“这没有什么可怕的，它也是大自然的一部分，就像爸爸和你一样，它们也有自己的家园，自己的生活。在野外必须珍爱大自然中的每一条生命。”女儿赞同地点点头。

大家集合后，沿着一条山谷蜿蜒前行。渐渐地，枯木、杂草替代了溪流，并没有路，人们穿梭在树、草、藤、石之间，就像一群游弋的狮子。贾老师永远走在队伍的最前面，探寻适合大家走的路，哪一块石头可以登，哪一棵小树可以抓，哪一块岩石可以攀，哪一片草地可以踏，都大声告诉大家。这时，大多数人都已大汗淋漓，都在不停地喝水。昨夜的狂饮，造成几位驴哥的体力下降，蜡黄的脸上挂着豆大的汗珠，腿在微微发颤，可谁也没有退缩，相互搀扶着、鼓励着一步一步地往前挪。

这就是登山，这就是户外运动，只有向前，决不后退。

走到一块较为平坦的地方，大家或就地而躺、或席地而坐、或斜靠在树上、或擦拭着额角的汗珠、或脱下早已显得累赘的外套扎在腰间……

喘口气，恢复一下体力。

听女儿大叫了一声，大家忙不迭地扭头看，见女儿穿的针织外套和舞蹈裤上扎满了许许多多不知名字的草籽，有黑色刺状的、有黄色圆盘状的、有灰白色手雷状的，密密麻麻，不知有多少，特别是两条腿上，满满的就像一只小刺猬。是我经验不足，未给女儿装备专业的登山裤，使她成了这个样子。“小刺猬，不错的名字，以后我们就叫她小刺猬吧！”老老高开玩笑地说，我们都笑了。老老高两口子很热心地非常仔细地帮小刺猬拔刺，德生也在一旁帮忙，贾老师趁机偷拍起了照片。不一会儿，浑身的刺就被拔光了。从此“小刺猬”这个名字就成了女儿的代名词。

钻过一道石门，离山顶还有不到100米，山越来越险，先头部队披荆斩棘开路。没走几步汗已湿透了我的衣衫，腿开始不听使唤，脚也开始疼了。贾老师看出我有些体力不支，坚持要背小刺猬上山，听他毋庸置疑的口气，看他自信的神态，我只好顺从，还没等我说声谢谢，他已经迈着矫健的步子猫着腰冲到了前面去。已到了最后的冲刺阶段，我们每一个人都在努力。前面一块巨石挡住去路，这是登顶的唯一出路，必须爬过去。手抠住岩缝，一只膝盖顶住石壁，一只脚用力蹬地，三力合一才能攀上巨石，相当不容易。大家互相鼓劲，已经上去的伸出有力的手，还没上去的托起正在攀登人的脚，

齐心协力，总算过了这道难关。

团队精神是每一个驴友要牢记的字眼，无论是老朋友，还是新朋友，在关键的时候都在把这个“字眼”发扬光大，让我的小刺猬也永远的记住这个“字眼”，让团结、友爱陪伴她的一生。

钻过了一片藤条就到了山顶，总算有路了，齐腰深的蒿草满山都是。笑容又回到每个人的脸上，小刺猬也高兴地唱起了歌：“我站在高高的山，高高的山巅……”稚嫩的声音唱着李娜的《青藏高原》，为我们的登山增添了情趣。

“快看，前面就是泉城路。”不知

是谁高喊了一声。果然，不远处是一条宽宽的土马路，与我们走过的路相比，不就是济南的“泉城路”吗！这个比喻恰如其分。

沿着土马路，绕过一道山梁就到了我们的目的地马场，时间已是中午十二点半，不知不觉已走了四个小时。吃过午餐后，沿着一条羊肠小道很顺利地回到了出发地，不过小刺猬是骑在我的脖子上下山的，这已经很不错了，得到了大家的一致好评。我下决心要把小刺猬培养成小驴子。

经过贾老师的细细测算，我们一共走了20多千米山路。

下午三点半，我们离开了双泉村，离开了美丽的徂徕山，结束了这次快乐地徒步穿越。

两天的野营和徒步穿越虽然结束了，留下的不是劳累，也不仅是对大自然美景的留恋，更是对人生深深地思考……

2003年10月

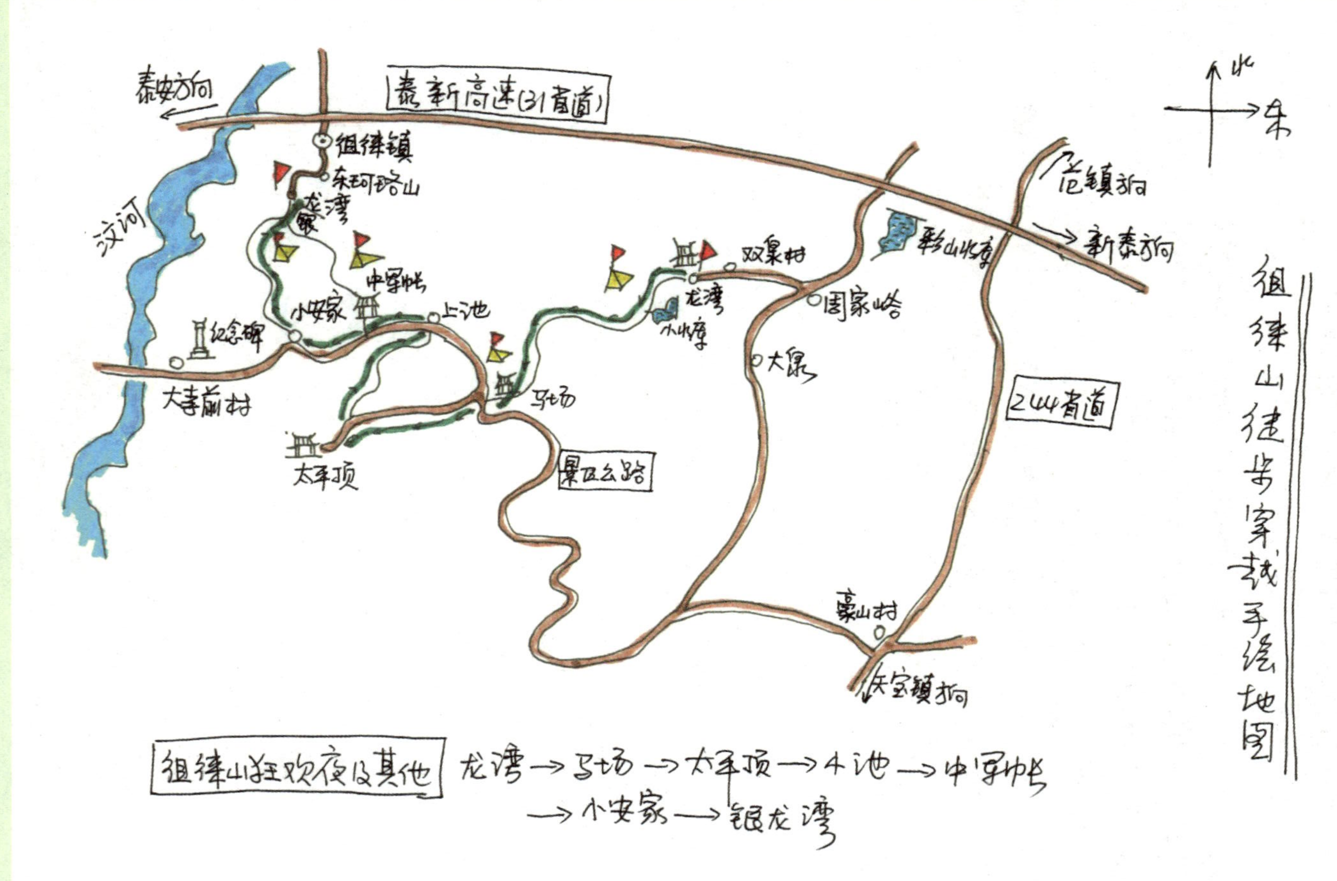
徂徕山徒步穿越手绘地图
北
东
泰安方向
泰新高速(31省道)
徂徕镇
汶河
龙湾
中军帐
小安家
上池
纪念碑
大寺前村
太平顶
马场
景区公路
双泉村
龙湾
小水库
周家峪
大泉
彩山水库
新泰方向
244省道
天宝镇方向
徂徕山狂欢夜及其他
龙湾→马场→太平顶→上池→中军帐
→小安家→银龙湾

# 登泰山散记

## ——从玉泉寺到一天门徒步穿越泰山笔记

2003年11月3日，应冬瓜的邀请，我们一行5人，冬瓜一家，我和女儿小刺猬，初冬去登泰山。

这是我第一次从后山登泰山。第一站是泰山后山的名刹——玉泉寺。

玉泉寺又名谷山寺，俗称佛爷寺，位于岱阴谷山北麓。南北朝时由北魏高僧意师创建，后历经兴废，现仅存遗址。寺内有三棵银杏树，参天蔽日，传为唐朝所植，另有十几棵千年栗子树，枝叶繁茂，寺后有一棵古松树，蔽荫山冈，名一亩松。

玉泉寺因玉泉而得名。玉泉俗称八角琉璃井，常年泉水不断，水质纯净、清冽甘甜。“玉泉”二字是金代大学士党怀英所书。寺两侧山岭上都有大脚印，传说是佛爷留下的，因此两边山峰就叫做东、西佛脚山。

稍作停留，便去了天龙水库。

## 一　天井湾、黑铝壶、漆黑的山林

到达天龙水库的时候，已经是中午一点。在水库边的一家小饭店里，简单午餐后出发，开始登泰山了。

走天龙水库的左岸，沿一条比较平坦的羊肠小道，五个人谈笑着轻快地走着。两个孩子最兴奋。有了徂徕山的经验，小刺猬已经是老队员了，冬瓜的儿子小胖子是第一次参加这样的活动，看他一蹦一跳的样子，感觉还不错，自己登上泰山肯定没问题。我和冬瓜走在前面，边走边聊着眼前的美景，好悠闲。冬瓜嫂子担当起看护两个孩子的任务，一手领着一个，不时地夸夸这个，夸夸那个，逗得两个孩子咯咯直笑。

翻过几个小山梁，绕过几道弯，不到1个小时，我们便来到了天井湾，卸下肩上的背包，喘口气，稍作休息。

在幽深的谷底，一股清流钻出乱石堆，从一块硕大而平整的石头上流过，形成一挂瀑布，飞落在崖下的水潭中。小潭不大，长宽有丈许，水极清，目可及底。潭底满布碎石，乱石堆砌为岸，岸边长着一丛丛枯黄的蒿草，草丛里散落着一些刚刚枯萎了的山菊花。离岸稍远一点的地方长着几株不知名的大树，苍劲挺拔。清冽的水流冲破岸边的一个缺口，向下游流去。山、树、石、草倒映在小潭中，形成独特的景致。你可以坐在小潭边静静地欣赏动与静、虚与实构成的画卷；你也可以站在大石顶上，俯瞰飞瀑坠落潭中，形成的一潭涟漪，仿佛潭底的碎石也随着飞瀑的音乐在舞蹈。

这就是天井湾，一个深藏在大山中极其普通平常的水潭，就像一个藏在深闺中纯真而羞涩的少女，静静地看着经过她身边的行人，不时眨一下清澈的眼睛。

下午三点半，我们起身前行。路渐渐难走了起来，孩子们略显疲惫，冬瓜依然威猛，浑身有使不完的劲。

不时有下山的挑夫迎面走过，低着头急匆匆赶路。

见前面有十数人，有男有女，看衣着打扮像是山里的老乡，正有说有笑不紧不慢地走着，俨然不像那些急匆匆的挑夫。奇怪的是一个年过半百的大哥，手里提着一个乌黑的圆形铝烧壶，从壶嘴里冒出缕缕白雾，显然壶里装的是热水。

我和冬瓜兄嘀咕着，猜想他们就住在附近，可看看周围，除了山之外并没有村庄。老乡们非常热情，没等我们走近，就打起了招呼，问东问西，看我们带着孩子，就说城里的孩子没走过这么多路，别让孩子累着。我们礼貌地点头笑笑。大哥晃晃手里提的铝烧壶，说歇歇脚，喝杯热茶再走吧。我们摇摇头，示意自己带着水呢。我停住脚步，看着大哥手里的铝壶，疑惑地问他，是不是从家里带来的热水，家是不是就住在附近。大哥摇摇头说，他们住得远着呢，还得走三个多小时。看我直盯他的水壶，像看出了我的心思，爽朗地笑了笑，指着山谷中的溪流说，这里有水有柴，还愁没热水。

我和冬瓜恍然大悟，是啊，有水有柴有壶，还愁没热水吗！多么精辟的野外生存之道，给我们这些新驴子上了活生生的一课。

辞别了热情的老乡，继续前进。

路还是那么曲折坎坷，汗已经湿透了衣衫，带的水已喝去大半，肚子也感觉有点饿，小刺猬已经干掉了一大个烧饼。

走过乱石岗子，已经是下午五点半了，太阳调皮地躲到山的后面，天上的月亮渐渐地亮了起来。我们都是第一次走此路，虽然心里没底，仗着周五晚和济南户外著名老驴贾老师、老老高等人小酌时讨教的攻略，还不至于心

慌，但看着天色将暮，无尽无头的路，心里也泛起了嘀咕。

路边的溪流不知什么时候已没有了踪影，身边有的只是黝黑的山峰，漆黑的树林，影影绰绰的星星和月亮。山风吹过树梢草丛发出呼啦啦的怪声，后背不禁生出一阵凉意，瑟瑟的。孩子们仿佛已经承受不了这来得过早的夜晚，小胖子嘟着嘴默不作声，小刺猬紧紧地抓住我的衣角，嘴里不知嘟囔着什么。我回头望了一下冬瓜，他正领着小胖子一步一步往前挪，小胖子依然嘟着嘴。我和冬瓜简单交换了一下意见，继续走，只能向前不能后退。

这时谁都不再说话，都默默地走路。路越来越陡，高度爬升得很快。小刺猬已经走累了，我扛起她一步一步往上挪，不时拿出指北针证实一下走的方向是否正确。冬瓜领着小胖子紧跟在我后面，冬瓜嫂子收队，三个大人两个小孩走在此次行程中最艰苦的一段路上，咬牙坚持着。

天更加黑了，暮色映衬着山林的神秘，山风越刮越大，掀动起蒿草和林木，像万千的鬼魅张牙舞爪，无尽无头的路，仿佛看不到希望。

此时是晚上六点零五分。

心理和体力的承受能力已到了极限，我们互相勉励着没有丝毫的停顿。借着淡淡的月光望去，前面的山林好像劈开了一条豁口，分明是路的尽头，希望的终点。当我们蹒跚着翻过这个豁口的时候，星星点点的灯光就在前面，那是南天门，是我们的目的地。

我们成功了，我们有希望了，提到嗓子眼的心才算放下来。每个人的脸上都有了笑容，小胖子嘟着的嘴也咧开了，小刺猬也有了精神。

此时是晚上六点十二分。

从这个山口左拐一直到南天门，路都非常好走。到达天街石牌坊的时候是晚上六点半。

粗略一算，从天龙水库到天街，整整走了4个小时。

## 二　坚强的冬瓜、勇敢的小胖子

在天街寻一宾馆住下。

吃过晚饭，安排孩子休息之后，冲一杯龙井茶，我和冬瓜在宾馆的大厅里喝茶聊天。

一米八几的个子，近一百七八十斤的体重，宽厚的肩膀，眉宇之间写着憨厚，不用问，打眼一看就知道冬瓜是地地道道的山东大汉。从上次徂徕山野营，到这次泰山后山的攀登，冬瓜给我留下很深刻的印象，爽朗、威猛、矫健、浑身有使不完的劲，一点也看不出曾经得过大病，与死神擦肩而过，并两度从死亡线上爬了回来。

2000年的心脏手术，2001年的开颅手术，没有把这个硬汉子打倒，而是硬生生地挺了过来，并且像健康人一样登山、野游。

有这种经历的人，就会对人生有很深刻的感悟。

生命是珍贵的，健康是永恒的，没有了健康，没有了生命，何谈家庭的幸福，何谈报效社会，何谈人生的价值……

一切的一切都是建筑在健康基础之上的。我默默地看着冬瓜，钦佩之情油然而生。看看我们周围的人，年龄不大腰围大，职位不高血脂高，收入不多毛病多，生活在这个浮躁、烦乱的社会中的人，就像生活在被污染的肮脏的充满生活垃圾的污水中的鱼，对周围环境无能为力，只能浸淫在里面，使自己变成死鱼臭鱼。心灵只有变成一只鸟，冲出黑污，飞向蓝天，翱翔于世俗之上，才能得到解脱。我也在感悟，躯体是那条鱼而心灵才是这只鸟，健康的心理和健康的身体一样重要。

关于孩子的话题打破了沉默。对孩子的教育和培养，我们有许多共同语言：让孩子从小置身于大自然之中，享受大自然的美丽，陶冶情操，锤炼性情，培养孩子自强不息、勇往直前的斗志，对于孩子的健康成长会起很大的作用。

小胖子非常懂事，在这次行程中的表现还是相当不错的，虽不时露一小手，显现出小男孩顽皮的本性，可关键时候没有后退，在登山的最后冲刺阶段，在漆黑的山林中，没有一点害怕的意思，坚持自己一步一步地往上爬，脸上除了汗水还流露着勇敢和坚强，虽然他并不会刻意去表现，也没有意识到勇敢和坚强的存在。勇敢和坚强恰恰是人生中最重要的东西，让孩子从小置身于大自然之中，也正是为了培养他们这种意志品质。

2003年11月

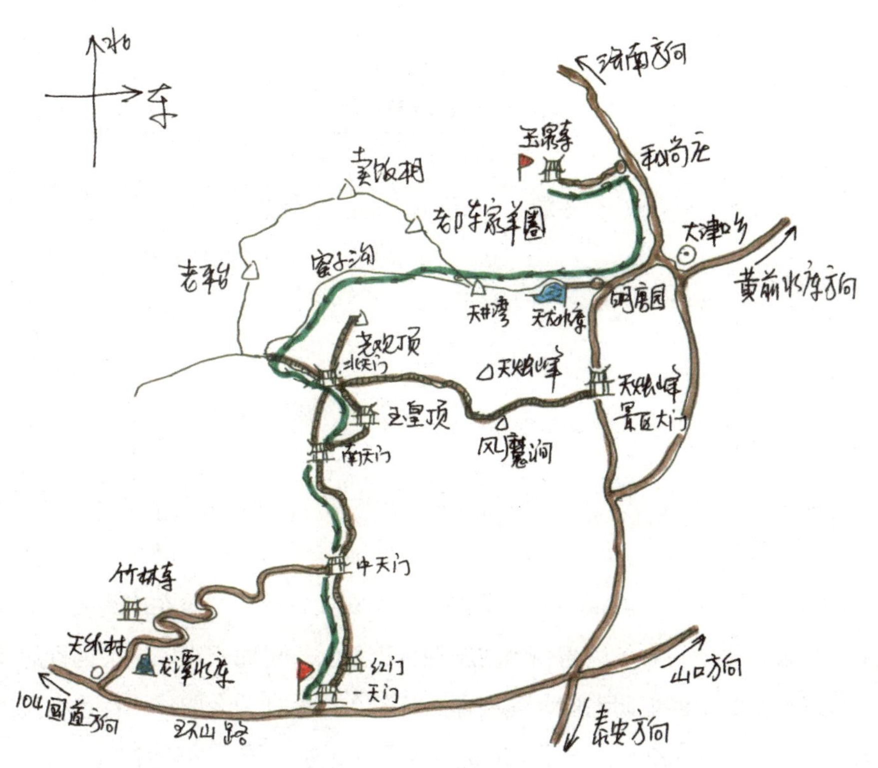


从玉泉寺到一天门徒步穿越线路手绘地图

玉泉寺 → 和尚庄 → 明唐园 → 天龙水库 → 天井湾 → 窑子沟 → 北天门 → 玉皇顶 → 南天门 → 中天门 → 红门 → 一天门

# 雨中的愉悦

## ——婺源、三清山、杭州行记

## 一

2005年4月30日，K45次列车有节奏地碾压在铁轨上，穿梭在茫茫夜色中，向南方驰去。驴子的大包满满当当地压在行李架上，里面塞满了这次远行的装备，兴奋的新驴不停地向老驴问这问那。几位久经杀场的老驴早从背包中掏出香肠、花生米，已在推杯换盏了。女人和孩子早已在卧铺车厢睡着了。

列车驰过蚌埠，窗外零星的雨点砸在车窗上，划出优美的弧线，天在下雨。我们的江西之行会如何呢？夜悄悄地滑过，我惺忪的眼慢慢地合上，淡淡的思绪已飘到了遥远的江西，渐渐进入了梦乡。

5月1日早晨5点多，我们背起装备，走出了黄山火车站，黑黑的云压得很低，雨已经停了，湿气迎面扑来，气温15℃。

这是“五一”七天长假的活动，在黄山转车，去婺源、三清山驴行，随后转道杭州，乘火车回济南。

汽车离开黄山市，雨就又噼里啪啦地下，时断时续。透过车窗，满目美景。云在山峰之间萦绕，溪流在山石之中穿梭，茂密的树木染绿了整个山头，一丛丛艳丽的野花点缀其间，一块块稻田，一方方水塘，黑瓦白墙高挑着马头墙的徽派民居倒影在其间，与北方的景致截然不同。大部分人贪婪地欣赏着美景，任车子在山路上颠簸，也浑然不觉。

婺源是江西最东北部的一个县，东邻浙江衢州，北邻安徽黄山，新中国成立前属于安徽省。无论是建筑风格还是民风都属于典型的徽派文化。由于地处三省交界处的山区，交通非常不便，导致当地经济条件相对落后。也正是由于这个原因，当地的民风淳朴，古建筑、古村落保存相对完好。

婺源号称中国最美丽的乡村，它的美丽不是矫揉造作的假扮，而是置于山村古风自然的流溢。你站在任何一个角落，不经意间抬眼便有美景塞满眼帘，粉的桃、白得梨、黄的油菜花、红的紫的一丛丛的杜鹃随处可见，几人才能合搂的大樟树，飘着清香的茶园，上百年的廊桥架在清滢滢的溪流上，鸟儿在你耳边歌唱，使得每一个逃离钢筋水泥包围的烦乱城市的人，都能找到归宿。夜晚，煮一壶醇香的米酒，炒两个平常小菜，看星星闪烁，看流萤飞蹿，对着一湾碧水，对着幽静的山林，对着郁郁葱葱的老樟树，发一会儿呆，顷刻之间就把你带入人生的最高境界。

我们经江湾到汪口，然后取道李坑，到思溪、延村游览。石雕、砖雕、木雕，精致的院落，精美的布局，几丛翠竹、几挂藤蔓，点缀得百年老宅生机依然。古宅园细微之处透着古人的智慧和世俗的压抑，一道防火墙、一通

雨水管、一方内天井都精妙得让人感动，那厚重的基石、高高的院墙、窄小的窗户，都隐藏着对人性的压制，男人的自私，女人的禁锢，一扇扇自由开启的大门，却不能让一颗悸动的心飞出狭小的空间。倚栏凭望，相思在闺中，佳人嫁做商人妇，日渐憔悴空对镜，才有了“蒋兴哥重会珍珠衫”的说教，也才有了一座座贞节牌坊。

巡游在思溪、延村和李坑，走马观花地看着老宅院，虽有小桥流水人家的雅致，独特的魅力，却使人不自觉地联想起晋商的大院。山西晋中地区的王家、乔家、渠家、常家、曹家大院以及平遥古城，与此地的老宅院建设的年代相差无几，却因为地域的原因，有着截然不同的风格，折射出思维意识的不同。曾经的辉煌，却不能阻挡败落的厄运，它们的结局惊人地相似。由于经济不发达，晋中的大院得以保存，婺源的古村落也得以保存。

辞别了思溪、延村，驱车经大障山前往徒步穿越的出发地——河东村。

河东、河西村依一条小河而建，分列小河的东西，南北狭长，一条新铺的柏油路在村子南边穿过，四面环山，村子周围有大片的稻田和油菜田，犹如世外桃源一般。看起来有上百户人家，在当地应该算个大村子。

提前联系好的余地主家在村子的东边，他家那座有大阳台的三层楼就在公路边。

“余地主”真名叫余一甲，据说是秦桧的后人。相传当年秦桧有一个儿子逃到沱川隐姓埋名，藏匿在深山老林中，去“秦”字的三横，改姓“余”字。他在当地算是一个有眼光见过世面的人，前几年曾在外面开过工厂，后来倒闭了，回村贷款盖了座400多平米的三层楼房，比较气派，有比较干净的大卫生间，可以24小时洗热水澡，楼顶的大平台上可以扎十几顶帐篷。他又合伙买了辆中巴车，搞起了旅游客运。“地主”这外号是北京驴友起的，很形象，也很贴切，有房有车有地不说，品行也像地主，淳朴中掺杂着刁钻，憨厚里透着狡猾，应该算是土财主。

到了余地主家，驴友们忙把装备扛上楼顶的大平台，选地扎帐篷。站在阳台上环望，夜幕笼罩着四野，苍苍茫茫，远山含黛，碧树苍穹，星星点点的灯火倒影在水田中，满天的繁星闪烁，置身于静谧的山村，听蛙声悠扬，

一派田园风光。

吃过丰盛的晚餐，品尝了著名的荷包红鲤鱼，孩子、女人和累了的驴子们进入了甜美的梦乡，他们此时是不会梦见明天的艰难之行的。

我们几个又找到余地主，详细询问了明天行程中的几个问题，确定了行程计划，决定从沱川徒步到官坑，再乘车到李坑宿营。

我躺在帐篷里，听远处青蛙的歌声，近处驴子的鼾声，此起彼伏，抑扬顿挫，像在听一曲优美的乐曲，久久不能入睡，明天将会如何呢？将有什么困难出现呢？我们能不能顺利走完全程呢？所有问题都在脑子中盘旋。

淅沥沥的小雨时断时续地下了一夜，整个二楼平台上都湿漉漉的。2日早晨醒来，站在护栏边远望，山村辉映在青山之中更加秀美了，云压得很低。看来，今天的雨是躲不过了。收拾装备，辞别余地主正式踏上了徒步穿越的征程。

按照原定分工，我和红绿灯为先锋开路，墨香笔舞收队，领队老老高坐镇中军指挥，一队人马按顺序有节奏地前进，这种行进方式在今天的行程中起到了很重要的作用。

出河东村沿柏油公路向东北方向行进，大约三四百米后向右拐走入一条简易的乡村石子路，不远处就是理坑村。

理坑原名理源，取理学之源的意思，可见村中学风之盛。建村于明朝中叶，距今已有四五百年的历史，明、清两朝有92人考取了功名，有许多人都是著名的理学家，立说著书达数十部，有很深的文化底蕴。村内古宅众多，木雕、砖雕独具特色，属典型的徽派建筑。但我们无心游览，只是借道而行。匆匆从村中穿过，通过一座石板桥，在小河的南岸出村。村支书送我们出村，到了三岔路口，挥手道别，目送我们远去。

沿小山谷行进，景色越来越美，各色的杜鹃花随处可见，一片片的翠竹在雨后越发翠绿，山、树、小村庄掩映在雾霭中，平添了一丝神秘感。

走进理坑村后，就开始踏上青石板路。铺路的石板极不规则，虽方圆不一，大小不等，可都磨得光滑无比。石板的边缘长满了青苔，不知名的小草点缀在石板的缝隙中，走在上面，异常兴奋。从理坑到官坑，都是这种青石

板路，依山顺势，绵延数十公里，是十分经典的徒步路线。据说这条小路是徽商驮运茶叶的古商道。

山不高，植被非常茂密，几乎见不到土和石头，灌木、乔木、杂草相互掺杂，各自占有自己的生存空间。沿途有一种草，极像我们北方的茅草，有一人多高，长在小路两边，密不透风，风吹过，刷刷的响声，阴森可怖，若一人行走其间，定毛骨悚然。

出理坑村第一个三岔路口右拐，就开始爬山了。我走在最前面，回望27人的队伍拉开近200米，可谓壮观，一色的登山包、登山鞋、登山杖，一色的油黑的脸膛、健硕的身体、矫健的步伐，还有雀跃着的孩子们。多好的一支队伍，多好的一伙人，多好的一群驴子。忘却喧嚣，抛弃烦恼，摒弃世俗，毅然决然地会合到这荡涤心灵的深山中，悠闲清静的小山村里，寻找那份原本属于自己的安宁。

可能是刚刚吃过早饭又走得太急了的原因，刚上山不久，就已大汗淋漓了。还好，脚步还算轻松。走到半山腰的一座像小庙的房子前，部分人就坐下休息了。我喘息着继续往前，到山垭口处出现两条路，一条向山下右拐，一条向山上左拐，都是石板路，从地图上看，下山的那条石板路应该是回沱川的，与红绿灯仔细研究后决定左拐上山。

没走几步，迎面走来五位游客，惊奇地望着我们的装备，嘴里发出啧啧的声音，其中一位大学生模样的小姑娘，好奇地打量着我们，仔细地询问我们的行程，然后匆匆离去。

有两位采茶的汉子从后面赶上我们，边走边聊，非常热情地给我们讲沿途的情况。

脚下依然是青石板路，但开始变得陡了，队伍歇息了几次，海拔高度已上升到500米。转过一个山梁子，已登上了第一个标高点，海拔高度是600米。顺山路左拐，开始下山了。前行不远，一棵大树歪倒在路中，挡住了去路。我们只好从树和路面之间的一个60厘米高的空隙，半蹲着身子爬过。前面有一十字路口，右拐是去东坑的路，左拐有几户人家，残垣断壁散落在山洼里，不禁使人想起《聊斋》中狐仙的宅院，后脊梁骨一阵凉气，微微打了

一个寒战。有几个新驴已出现不适反应，脚磨起了血泡，有的鞋子不合脚，一瘸一拐， 行进速度甚慢。

气温18℃，湿度很大，无风，云愈压愈低，雾霭笼罩着山野，笼罩着这群驴子，让人喘不过气来。

几头老驴不停地给新驴们打着气，讲着笑话，调整着大家的情绪。

脚下依然是青石板路，一人多高的蒿草分列在路的两旁，几丛杜鹃从草丛中探出脑袋，无尽的山，无尽的路。或许是因为累了的缘故，刚才的打打闹闹声音没有了，只有登山鞋踏在石板上的扑扑声。小甜甜、小刺猬、小毛驴、小胖子等几头小驴，轮流当排头，他们倒不觉累。东东由于第一次参加徒步活动，刚开始有点不适应，一直不离父亲一得的左右。小胖子像一匹脱缰的野驴，拢也拢不住。孩子的笑声、闹声时不时充满了山谷，给队伍带来些生气。

又走了二十几分钟，路两边有了油菜田，看来离小沱村不远了。不出所料，拐过一道小弯，前面有八九座宅院错落地建在水田中的高地上，几棵粗大的香樟树点缀在其间，不错的田园风光。我和红绿灯走上前去，找村民问路。一条黄狗不友好地吠着从院子里跑出，我们下意识地回撤，不成想一个小姑娘站在窄窄的稻田埂上挡住了我们的去路。

原来这个小姑娘是我们刚从理坑村出来时在半山腰遇到的那位大学生，小何苗，是中国美术学院大一的学生，是一位有个性、有胆量的姑娘。她只身一人从杭州来到婺源，1日游完大障山后来到理坑住下，2日一早同几位刚结识的朋友在山上拍照片，返回时碰见我们，了解我们的行程后，回小旅店拿了背包一路追来。由于我和红绿灯一直走在队伍的最前面，并不知道快到小沱村时小何苗已追上了大部队。

一个中年男人的呵斥声制止了大黄狗的攻击，我们来到村居前铺着青石板的窄窄的街道，向那人询问去虹关、官坑的路线，那人非常热情地告诉了我们。

辞别小沱村，沿蜿蜒的小路前行不远，就到了小沱林场的一片建筑群。与其他的小村子截然不同，搭眼一瞧就知道不是民居，没有一丝徽派建筑的

特点，临路的白灰墙上写着扫盲的标语“精神鼓励，物质奖励，全民动员齐扫盲”，众驴们看了面面相觑。

可能大部分工作人员都已搬离此地，街面上一片萧条，一位林场留守的工作人员木讷地坐在那儿剥着竹笋，见有人来慢慢抬起头扫了一眼，暗淡的眼神游离着，并不答话，低下头继续自己的营生，一条瘸腿的狗站起来踱了几步，也不叫，慢慢地趴在那人的旁边。一个人常年生活在人烟稀少的深山中，即使四周环境再美也会麻木的。

从小沱林场穿出，前面有一座石桥，不走石桥，而是向左拐，沿简易的乡村土路继续行进，路边一条绿花蛇正在睡觉，脑袋钻进草丛中，一大截身子却露在外面，慢慢摆动。队伍从蛇的身边绕行，没人打扰它。

在一座横跨土路的引水渡槽下走过，顺路向前是白石岩坑村，再前行可以到达虹关村。按照地图的标示，应该有一条向右拐的山路，经周山子村到虹关，是一条近路，但是非常难走。时间到了11点，已经走了近3个小时，队伍有些疲劳。

正当我们犹豫不决的时候，一位牵着青色水牛的汉子走来，赶巧去周山子后山的梯田里耙地，正好做我们的向导。征得他的同意，我们紧随其后，踏上了那条窄窄的小山路，向周山子村进发。

可能是刚下过雨的缘故，狭窄的路面十分泥泞，脚踩在上面稍不留神就打滑，行走非常吃力。

水牛并不打怵，四蹄蹽开，走得飞快，那汉子反被水牛甩到了身后，不得不使劲地抖着缰绳。

山里人苦于生计，年龄不大，皱纹早早地爬满了黝黑的脸膛，拔了顶的脑门倍儿亮，半圈稀疏的头发乱蓬蓬地相互依偎着，瘦小的身体，浑身上下都透出生活的艰辛和压力。

有几个人不停地和他聊着，汉子用不清晰的当地口音回应着，并不多言。孩子们更是高兴，追着牛不肯落后，一部分人追着牛走远了。

说笑代替不了劳累，落在后面的几人已经显现疲劳，脚步不利落了，气越喘越粗。老老高当机立断，在一块相对平坦的草地上休息片刻。

接近12点,我们已走了将近4个小时，大都已经饿了。

路遥遥无尽头，前途未卜，险象环声，危机四伏，面对挑战，没有一个人面露胆怯。天依然阴沉着，刮起了风，云越压越低。

休息得差不多了，两队会合继续出发。

又一个小陡坡，湿滑得要命，大家都小心翼翼地走过。

小东东第一次参加活动，一点经验也没有，费力地挪着步子，但并不畏惧，像忍者的一得早已把儿子的包挂在胸前，沉重的装备压得他透不过气来，体力显然有些透支，虽然小东东和他寸步不离，可他也只有鼓励孩子的分了，就连伸手扶一把的力气也没了。东东脚下一滑，一个趔趄，紧跟在后面的几人不约而同地张大了嘴巴“啊”的一声，路实在是太窄，只容一人通行，又太滑，大家都望尘莫及。刚好我走在东东的前面，听动静回头一看，大吃一惊，回身一步跨到东东面前，伸手一把抓住他，自已却失去了平衡，滑了下去。幸亏下面只有1米多深就是水田，否则后果不堪设想。大家把我拉上来，我的腿上沾满了泥和草屑，在左小腿外侧两道长长的口子鲜血直流，幸好只是划破了皮。

继续行进。

路越来越难走，几乎是走在烂泥中，体力消耗很大。

我走到队伍的前面，一位家住周山子村挖竹笋的小伙子做起了向导。小伙子今年17岁，背有些驼，没上几年学，几乎没出过大山，今天到村后的山上挖些笋自用。我一手拖着小刺猬，在湿滑的路上蹒跚着，紧跟在他后面。

转眼就到了周山子村，大家会合后，吃午饭，休息。接下来的路途更加艰辛。

周山子村是一个只有三四十户人家的小山村，四面环山，村中只有一条路，向右是简易石子路通浙源，向左是青石板路通陈言坑、虹关。在村子的西头，有几棵粗大的香樟树，沿路的右边是一条很深的峡谷，景色秀美。

下午一点半，天开始下雨，大家披上雨披，冒雨出发。红的、蓝的、黄的雨披，融合在小山村静谧的环境中，映衬得山更绿了、水更清了。

毛毛细雨渐渐密了，雨落到水田里激起一大片一大片的水花，洒落在青石板路上渐渐汇成水流。密集的雨点劈头盖脸地砸在我们的身上，眼镜蒙上雾气，四周的一切朦胧了起来。踏着湿滑的石板，保持好队形，深一脚浅一脚地行走着。出村不远处有三五户人家，右拐又开始上山了，转过一棵粗大的松树，左拐翻过山垭口继续前行。

雨时大时小，雨丝在风中摇曳，眼镜被雾气罩得严严实实，不停地擦拭也不见效果，干脆摘下眼镜，用一双水灵灵的大眼睛朦朦胧胧地看着雨中的山林古道，摸索着前进。崎岖蜿蜒的小路在雨中伸展开来，弯弯曲曲无尽头。汗和雨已不能区分，机械的行走使得脚趾开始发直，腿部肌肉开始发紧，队伍渐渐拉开了距离。在这种残酷的环境中，消耗掉的不光是体力，还有意志力。大脑对四周美景的反应开始变得迟钝，满脑子只有这倒霉的雨啥时才停，这恼人的路啥时才是尽头，虹关到底在哪里，我们的路走得对不对……沮丧的情绪开始传播，我们互相勉励着，不停地安慰着自己和前后的人：“一会儿就到！一会儿就到！”

我走在队伍最前面，一直履行探路头驴的职责。作为头驴必须有大无畏的冒险精神和无私的奉献精神，逢山开道、遇水架桥，不惜体力和脑力，打

探路况，分析周围环境，遇到岔路必须凭经验和直觉做出正确的选择，并做好路标，及时将正确的信息反馈给后面的人。作为头驴的情绪非常重要，特别是在比较艰难的时候，更应该坚定信心，用乐观的情绪感染大家，树立必胜的信念。困难战胜不了我们，我们是一群勇往直前的驴子！

雨还在下，风刮得山林猛烈地摇晃着，雷声响彻长空。

又转过几道弯，在前面的山梁上一队北京的驴友从白石岩坑村过来，也去虹关。

雨开始变小了。

前面的茶园里，三三两两的村妇头带着硕大的斗笠，肩背竹篓在采茶。

云雾掩映着的小山村出现在绿树之中，这应该是陈言坑村了。我心情为之一振，情不自禁地大喊着跳了起来："我们到了，我们到了！我倒了！"脚下一滑，跌坐在石板台阶上，顺势滑出了足足有1米多，整个人半躺在地上。愣了片刻，下意识地抬了抬脚，蹬了蹬腿，伸了一下双臂，一点问题也没有，只是屁股有点疼。干脆将计就计，借势休息一会儿。忽然觉得不对劲，裆下有一股凉风袭来，伸手一摸，我的乖乖，整个裤裆几近撕裂！

雨停了，云雾依然笼罩着青山碧树，也笼罩着大家的心情。

人们陆续到达了陈言坑村的一个小院落，迫不及待地把肩上的背包扔到地上，或斜倚在树旁，或骑在小板凳上，或蹲在青石板台阶边，或席地而坐，一脸的倦意，一身的疲惫，全然不顾雨后的地上泥水一片，休息了起来。几位村民围拢过来，热情地与我们聊天。实在是太累了，一得和东东还有另外几头驴子打算包车去李坑。村中一位消瘦的老者忙着联系车，红绿灯为他们联系好了李坑的小宾馆。大家再三叮嘱一得父子一定要注意安全，看好自己的行李，等明天上午就能和大家会合等等，依依惜别。一得领着儿子东东沿着田埂无奈地在那老者的引导下去找车了，另外几个也想搭车的犹豫再三，决心还是跟大部队走。

下午三点半，26位驴友辞别陈言坑村继续前行。

虹关村转瞬即到，绕村而行，远眺传说中的千年古樟，郁郁葱葱，生机盎然。

出虹关村沿简易石子路去岭脚村，准备翻山到官坑。时间已经不早，还

有十几公里的山路要走，天黑之前必须到官坑，大家便甩开大步一路狂奔。

离岭脚村还有不到2公里，老老高接到一得的电话让大家停止前进，原地休息。原来，一得随那老者去找车，由于路实在是太难走，出再高的价钱，也没人肯出车。没办法，只得一路赶来，那老者紧跟其后。一得一脸的沮丧，小东东不声不响地跟在后边。老者热心地从村里找来两个小伙子帮忙背包，问题才算解决。

20分钟后，辞别热心的老人，30人的队伍浩浩荡荡地出发了，踏上了今天最艰苦的旅程——真正考验我们这群驴子的时刻到来了！

下午四点半，沿碎石路经过岭脚小学，出岭脚村南行约300米，拐入右手的很不明显的岔路，绕过一座民宅后不远，又踏上了青石板路。沿途的驴友队伍多了起来，杭州的、郑州的、无锡的、北京的、南京的……中国知名的徒步路线在此终于显现出来。不过，驴友一般都是按照官坑到虹关方向行走，这样上山的坡度较缓，下山的坡虽陡，却比较省力。而我们恰恰相反，这是红绿灯特意安排的，有意避开人流高峰，逆向行走，虽然累点，感觉却不同。经过一片被火烧过的山坡，石板路更陡了，肩上的包越来越沉，脚步也越来越沉重，几乎是拖着向前，汗水浸透了衣衫，不停喝水也止不住口渴。走走停停，从岭脚到冷水亭仅2公里的路程，走了差不多一个多小时，从冷水亭到上坳亭也只有2公里，又走了差不多一个小时，到达山顶时，已是晚上六点半了。

云渐渐散开，太阳也累了，扒开一丝云缝用尽最后一点力气歪斜着脑袋，窥视着走乏了的驴子们，黯淡了的光辉从树的罅隙中穿过，花的色彩也淡了下来。在上坳亭旁边的山垭口歇息了十几分钟，巧克力、牛肉干、锅饼等胡乱往嘴里塞，鲜橙多、可口可乐、矿泉水不分层次地往嘴里倒，味道已经不重要了，让胃充盈为目的。

夜幕将至，不便久留，硬生生地挺着疲惫的身躯，强打精神努力向前走。可怜的冬瓜大哥的牛皮鞋不分场合乱开口，左鞋的鞋后跟硬是不想走了，与鞋底闹起了离婚，劝合不劝离，想尽办法，那只不听话的鞋后跟才暂时跟上了大部队。

众驴们的体力在一点一点地消耗着，几近干枯，意志力再次起到作用，每个人都咬牙挺着，一步一步往前挪。华不注山人的经验告诉大家，在这种情况下，只有一步一步往前挪，没有别的好办法，千万不能坐不能停。

拐到下坳亭时，我的双脚已经麻木，双腿在微微打战，一步也不想走了。斜靠在亭子的立柱上，喘息片刻，等后面的队友。

相互招呼着继续前行。天已渐渐黑了，远处的山包黑黝黝的只是一个不清晰的轮廓，近处的花草树木也被暮色夺去了原本的颜色，变成了黑灰色，只有脚下的石板路依然发着幽幽的青色，平添了些许神秘与幽静。

红绿灯通过庆源的吴老板联系了一辆中巴车，定好晚上八点半在官坑等候，当晚去庆源宿营。此时此刻，这不失为一个绝好的消息。

已是晚上七点半，天更加黑，不少人已打开头灯，在蜿蜒的山路上，灯光点点，我们就像一只只萤火虫，追逐山下那诱人的灯火；又像一群游魂，迫不及待地冲进人类的世界，找寻往日的荣华与繁闹。

拐过最后一道弯，闪烁的灯火告诉我们，官坑就在前面，估计还有2公里多的路程。再有半个多小时我们就能到达今天的目的地，那个盼望已久的地方，那个一生都难以忘记的小村庄——官坑。

队伍又一次拉长，红桃老K、墨香笔舞等几头猛驴撒着欢地往前面冲去，有几人已落在后面很远。走过八十桥，老老高、红绿灯前去联系去庆源的车辆，我和fom斜靠在路边等后边的队友，小飞象、梧桐夫妻俩走过，东北人、白开水小两口走过，华不注山人、天马行空贤伉俪走过，瓜嫂、小胖子母子俩走过，焚琴煮鹤走过，梅兰芳拖着疲惫的身子和急躁的情绪嘟囔着也走过……“25、26、27”，还差3人，应该是冬瓜、一得和小东东。冬瓜因为鞋子和肚子（闹肚子）的问题，今天一直走在队伍的后面，小东东第一次参加长距离徒步，早已经吃不消，但表现得已经很不错了，一得陪着儿子走得非常辛苦。

茫茫黑夜中3个黑影渐渐走近，我们长舒一口气，一颗悬着的心终于落了下去。

2005年5月2日晚上八点一刻，我们一行28人，用12个小时，徒步穿越了

近35公里，创造了一天行走距离最长的纪录。终于全部到达官坑，胜利的喜悦写在每个人的脸上，人们似乎忘记了疲劳。

接下来的打击对每个人来说都是致命的。个别人开始变得情绪激动了起来。

婺源的道路的确太难走，原定八点半到的中巴车差不多九点半才挣扎着到来，大家忙着把装备捆绑在车顶的行李架上，沉重的装备重重地压在不大的行李架上，满满当当，司机看到这场面一直在无奈地摇头。人们依次上车，我返身到小广场旁的酒馆里买了一捆啤酒，让大家在路上解解乏。28个人满满地挤了一车，连过道中都坐满了人。我最后一个上车，只好一半屁股搁在靠近车门的地板上，一半悬在半空中，身子半仰着倚在老K的腿上，一条腿半蜷着，另一条腿伸到车门口的台阶上。辞别了官坑，那车剧烈地颠簸着一头扎进茫茫的黑夜中，向庆源进发。

我把啤酒传给几个哥们，车上的气氛热烈了起来。老驴们默默喝着酒，几个新驴眉飞色舞地讲着一天的经历，意犹未尽，低沉的情绪慢慢调整了过来。

车子颠簸得更加厉害，不时发出咔咔的声音。窗外漆黑一片，死一样的宁寂。车内不均匀的鼾声、啤酒瓶子的碰撞声和高谈阔论的说笑声混杂在一起，啤酒的清香味、登山鞋的腥臭味和驴子浑身特有的汗腥味掺和在一起，连同逐渐上升的劫后重生的愉悦之情漫漫在车厢内弥漫，包围着大家，使身心融合在一起，全然不顾车子的颠簸和无尽的黑夜。

“咔嚓”，金属断裂的声音从车后传来，大家并未在意，继续在融融的气氛中放松自己。“咔嚓”，车行不远，又一声金属断裂的声音传来。一个急刹车，司机把车子停在了路中央，急忙下车察看情况。车内顿时没了动静。几分钟后，司机回到车上，沮丧地告诉大家一个不幸的消息，车子左后轮的弹簧片断为了3截，散落在50米以外。车内没有一丝声音，大家愣愣的，把目光投向了领队老老高。司机开始抱怨人多包沉，抱怨该死的路。看来是走不了了。从官坑出来估计有3公里的路程，只有弃车返回。

大家陆续从车上下来，刚刚喝了半瓶的啤酒嘭嘭地摔在路边的乱石上，大家情绪又重新跌回了低谷。有的新驴开始抱怨，嘴里嘟嘟囔囔，把包狠狠地扔到地上。老驴们见怪不怪，有条不紊地安排着手中的工作。孩子们懂事地等在一边，乖乖地看着大人们忙活。

当装备重新压在肩上时，心情和包一样沉重，谁也不说话，默默地朝着官坑方向挪着沉重的脚步。我和老老高绕车一周，四目相对，不仅惊出一身冷汗。车子停的位置左边是一个小悬崖，右边是一大堆乱石，断的倘若不是后轮弹簧片，而是前轮的话，车子一定失去控制，左转向会翻下悬崖，右转向会撞向乱石，后果不堪设想。倘若车子不是坏在离官坑只有三四公里的地方，而是坏在到庆源的中途的话，情况会更糟。冥冥之中一定有神明保佑着我们!

头灯又亮了起来，在蜿蜒的山路上忽明忽暗，宛如一条闪着磷光的长蛇，慢慢向前移动着。

晚上十点半，我们又回到了官坑，在广场旁边酒馆老板的家中安顿下来。大家到小酒馆风卷残云地吃了顿还算丰盛的晚餐后，纷纷去歇息了。

我躺在一楼的地板上，倒头便睡，朦胧之中，那条青石板路慢慢升腾了起来，渐入云端，我们手拉手漫步其上，四周的山开始变得俊秀挺拔，云彩从身边滑过，就像轻纱一样，盈盈的、柔柔的。不一会儿，云开始变浓变厚，越积越多，四周的景物已经模糊，仿佛眼睛被蒙了起来，漆黑一片。许久许久，一阵狂风铺天盖地地卷来，电闪雷鸣，倾盆大雨顷刻而至。又过了许久许久，乌云散尽，艳阳高照，仙山在云蒸霞蔚中变得更加秀美。大家的手一刻也没有放松，依然紧紧拉在一起，没有一人被狂风暴雨吞噬……

## 二

一觉醒来已是5月3日早上七点，收拾装备，整装出发。一辆33座豪华金龙大巴停在了官坑的小广场上，众驴子欣然上车，驶离这个令人难忘的小山村。经段莘水库，江岭、上晓起、下晓起，中午到达素有小桥流水人家之称的李坑游玩，后又转道婺源县城，于傍晚时分到达三清山。

三清山坐落于江西省东部门户玉山县北50公里处。因山上玉京、玉虚、玉华“三峰峻拔，如三清列坐其巅”而得名。风景区总占地面积220平方千米，最高峰玉京峰海拔1816.9米，为怀玉山脉的主峰。

三清山集天地之秀，纳百川之灵，东险西奇、北秀南绝、中峰巍峨，兼具“泰山之雄伟、黄山之奇秀、华山之险峻、衡山之烟云、青城之清幽”。三清山以“绝”惊世，天成圣景如梦如幻；聚“仙”显名，仙山、仙境、仙云、仙雾，仙气缭绕；得“道”弥彰，无欲无为，清虚至极。素有“清绝尘嚣天下无双福地，高岭云汉江南第一仙峰”的美誉，更有“览胜遍五岳，绝景在三清”的说法。

按照计划，我们乘索道上山。当我们到达索道上站的时候，天已完全黑了。仰目环视四周，黑压压的怪石围成一个弧形，云雾萦绕着山峦，若隐若现，不禁又增添了几分神秘。

虽然这一天都比较休闲，没有剧烈的活动，可有些人还是没有休息过来，背着沉重的装备，走着石阶路，不久就大汗淋漓了。走走停停，最终放弃了杜鹃山庄营地，在玉台下的一块平台上扎了营，一夜无话。

5月4日早上醒来，看着小刺猬甜甜的睡相，我不忍打扰，蹑手蹑脚地走出帐篷。

整座山依然笼罩在茫茫夜色中，比昨晚又多了些云雾。背起相机，攀上玉台，等待日出。

大山正渐渐醒来，远处朦胧的山峰已逐渐清晰，近处的石、树、花也已看得十分清楚。玉台是一座高高突起的山峰，除右面有路相连外，三面都是悬崖，非常险峻。从一道窄窄陡陡的石阶登上去，首先给你的是那种身临绝境的感觉。

风很大，气温相当低。我迎风站在最高的地方，身子不禁瑟缩起来。

云雾在风的作用下，不停地翻滚着，虽没有惊天动地的声响，却也惊涛骇浪般地劈向兀自突立的山峰，恶狠狠地撞在悬出山崖的几株松树上，松树的枝杈猛烈地摇动着，就像挥舞的利剑，直愣愣地刺向来犯的劲敌，不停地发出低沉的咆哮声。云随之散乱了，升腾了起来，重又在风的蛊惑下，调集

了千军万马，潮水般地涌向那片山崖、那几株松树，山崖却局外人般傲然地看着这一切，任由云雾包裹、戏弄，只用坚实的臂膀承载着这一切。上千万年的对决，谁又是胜利者呢？看山的怪石嶙峋，看树的虬枝扭结，不难看出自然界的法则。生在天地之间，谁又能逃脱得了呢？跳出三界外，不在五行中，也仅仅是思想的空灵境界罢了。

由云雾与山崖、松树这些简单的共生于自然中的物件，联想到高深的哲学问题，心里悻悻的，刚才的激动现在一点也没有了，拍了几张照片，只身回到营地。

营地所在的平台其实是一排房子的屋顶，面积大约有100多平方米，正面对着一个小饭店，下面的房子是保洁工的宿舍，往右走混凝土台阶到玉台进入梯云岭景区，左边有一条小山路，是通往杜鹃山庄的老路。在平台的左边是一个叫生死恋的景点，也叫龙凤呈祥，在一块酷似弥勒佛的大石头上长着两棵松树，一棵像龙，一棵像凤，像龙的郁郁葱葱、生机勃勃，像凤的却枝枯叶落，死气沉沉。

当我回到营地的时候，大家差不多都已经起来了，忙着收拾装备。有的已经在生火做饭。我们煮了几锅海鲜紫菜汤，吃着从济南背过来的锅饼，倒

也十分香甜。

云雾越聚越浓，近处的景物已经朦胧，远处的只能看到大致的轮廓，就连近在咫尺的弥勒佛生死恋也若隐若现。

大约九点，大家把装备集中寄存到保洁工的宿舍，轻装上阵，在云雾中，一路游览了南清园、西海岸、玉京峰、梯云岭等景区。所谓游览，其实是在走路，放眼望去，一片雾茫茫，把山捂得严严实实，只有脚下的路看得真真切切，当云雾回旋散开的刹那间，你方能瞄一眼奇峰怪树的本来面目，转瞬间就又被云雾遮挡住。大部分景点就算你等上半个小时，也甭想看到，只能对着画册指指点点。站在三清山最高峰——玉京峰，除“三清福地”的石刻看得清晰外，周围所有的一切都被云雾吞噬，一点也领略不到三清山的气势。现在我终于明白什么是雾里看花，什么是深藏不露，什么叫神龙见首不见尾了。

下午四点半回到营地，重又支起帐篷，加了几道防风绳。

孩子们被小饭店的饭菜香味吸引过去，吃了几盘清炒菜叶和几碗米饭，惬意地打着饱嗝。我们喝着自己煮的面叶，啃着带来的烧饼，别有情趣。

云雾未散，风雨又起。半夜时分，闪电伴着雷鸣，大雨就着狂风，席卷了我们的营地。

这次出来，为了减轻负重，我带的是Camper（outdoor gear）单人高山帐，我们一家三口把这个小帐篷挤得满满当当，夫人和孩子在一个方向，我蜷着身子睡在她们的反方向，头放在原本放脚的那一端，内帐紧紧地贴在脑袋上。

睡到半夜，我恍惚置身于两军对决之中，连城的号角吹得震耳欲聋，催命的战鼓擂得地动山摇，战马的嘶鸣响彻山岳，军士的呐喊声、兵器的碰击声、战车的碾压声交织在一起，此起彼伏，箭矢如蝗般地划过天空，向我飞来，脚下已是血流成河，粘粘稠稠的血慢慢地漫过了我的脚……

一个寒战，我从梦中醒来，原来外面正狂风大作、电闪雷鸣、大雨倾盆。

帐篷在狂风暴雨之中猛烈地摇晃着，幸亏那几道防风绳，否则帐篷不飞上天才怪呢。内帐紧紧裹着我的头，硕大的雨点毫无遮拦地砸在我的头上，我欠起身子，打开头灯，看看那娘儿俩正在酣睡。还好，只是帐底有点潮，并没大面积进水。我拉开帐篷门，我们的营地在风雨中摇曳，依稀看到有几顶帐篷中也有灯光，临近帐篷的驴友在唧唧呱呱地说话，他们帐中进水了。红绿灯的鼾声正浓，老驴就是老驴，任它风吹雨打，我自岿然不动，着实令人佩服。我的帐篷整个儿泡在水里了，昨晚未来得及收拾的锅碗瓢盆全部船样地漂在水中，伸手摸摸，积水深的地方足有半扎，可怜我的Karrimor背包早已浸泡在雨水中，彻底湿透了。看着眼前的一切，一点办法没有。唉！继续睡觉。在半睡半醒中熬过了下半夜。

5日早上五点半，我醒来，雨还在下，飘飘洒洒，没有半丝停的意思。我走出帐篷，来到小饭店，老K和小飞象早已起来，在店里赏雨抽烟,聊着一夜的故事，面带兴奋和疲惫，看来这一夜他们被折腾得不轻。

人们陆续醒来，小饭店里挤满了人，大家或坐或站，有的拧着湿透的衣服，有的倒着鞋子里的水，说说笑笑，感觉很好。

七点，当大家正为如何收拾装备而发愁的时候，雨突然停了，但云没有散去的意思，雾依然很浓，周围的一切还都在朦胧中。我们马上进入战备状态，抓紧时间收装备、吃早饭。

八点，雨又下了起来，淅淅沥沥，雾更浓了，能见度只有三五米，我们毅然决定放弃游览万寿园景区，兵分两路：妇女儿童一队乘索道下山，猛驴一队走石阶下山，一路飞奔，在索道下站会合，驱车直奔玉山县城。

## 四

6日早六点，包乘豪华金龙大巴离开玉山县，前往杭州。一行人结伴而行，河坊街品尝了小吃，游览西湖风光——湖心亭、阮公墩、小瀛洲、三潭印月、岳庙、苏堤等。

水光潋滟晴方好，山色空濛雨亦奇。
欲把西湖比西子，淡妆浓抹总相宜。

远处的山景与建筑群倒影在秀美恬淡的湖水中，如织游人的嘈杂淹没在清新迤逦的湖水中，远山青翠，绿树环碧，波光水影，在暮春的温暖晴柔中，漫步在西子湖畔，享受着西湖所独有的静谧与恬然，让身体放松，让性情愉悦吧。

站在苏堤的绿树下，深深地吸一口气，闭目收腹挺胸，然后放松肢体，放纵思想，慢慢地，你就会有一种升腾的感觉，悠悠然，仿佛置身于天堂。

游玩了半天西湖，身心俱得到放松。

18：47，T178次列车驶离了杭州，载着济南的驴友，载着26颗愉悦的心，飞奔回济南了。

## 五

我回到家中，冲一个热水澡，打开音响，放一曲萨克斯《回家》，沏一壶上好洞顶乌龙，倚坐在软软的沙发中，舒舒服服地享受着家的温暖。

回首这几天的行程，有什么感想呢？

婺源徒步、三清信步、西湖漫步，让人从一个境界飞跃到另一个境界，身心的体验各不相同。

如果把它们比作物件的话，那么婺源是陶器，粗犷厚重、朴实无华；三清山是青铜器，高贵神秘、高深莫测；西湖却是瓷器，神采飞扬、光影宜人。

如果把它们比作美酒的话，那么婺源是绵软的花雕酒，虽味淡却后劲勃发；三清山是刚烈的白酒，一杯入口，火辣辣的感觉直逼肺腑，让人云里雾

里，不知何物；西湖却是甘美的葡萄酒，色泽艳丽，美得毫无遮拦，只能细细地把玩，才能品出其中的味道。

如果把它们比作女人的话，那么婺源是善良淳朴的山野村姑，率直热情，淘气的时候使使小性子，耍耍小脾气，也会蛮横得不讲道理，让你吃尽苦头；三清山是傲骨侠肠的女侠客，冷峻的眼神让你不寒而栗，朦胧的面纱挡不住俊秀的面容，你渴望去揭开那层面纱，却永远也触及不到，只能远远地观望，用一种崇敬的心去与之交流，不容有半点私心杂念；西湖是一位小鸟依人的江南佳丽，温柔如水，缠缠绵绵，让你轻轻地捧在手里，深深地藏在心中，依偎着让你肌肤透彻，激情四射……

一口香茗啜在口中，在齿舌之间回旋着，香气顺两颊慢慢回拢，直沁肺脾，两眼呆呆地盯着天花板上的那只吊灯，久久地，久久地，心思已飞向再一次的远行……

2005年5月

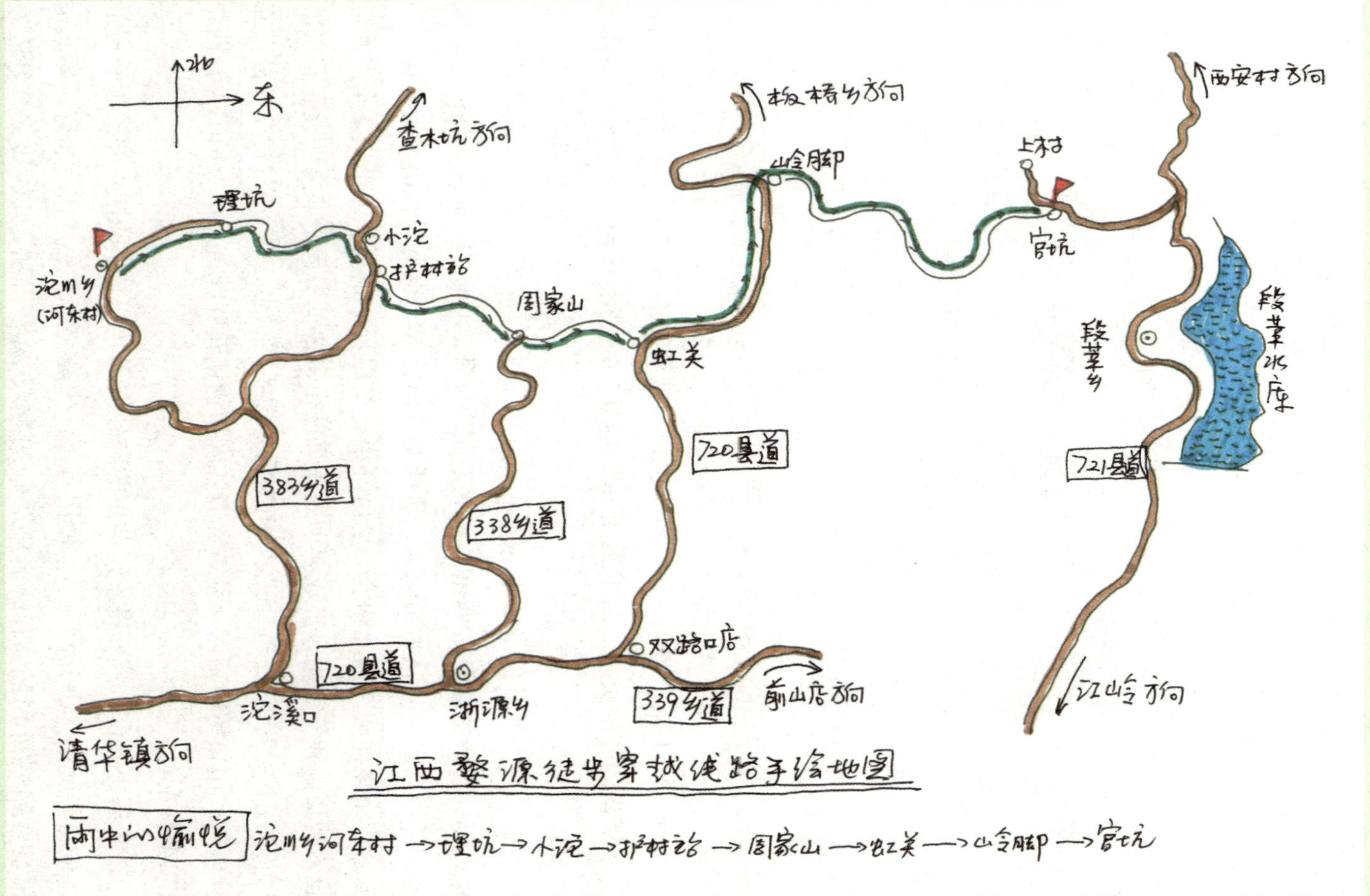
北
东
查木坑方向
板桥乡方向
西安村方向
上村
山岭脚
理坑
小沱
护林站
沱川乡
(河东村)
周家山
虹关
官坑
段莘乡
段莘水库
383乡道
338乡道
720县道
721县道
双路口店
720县道
沱溪口
浙源乡
339乡道
前山店方向
江岭方向
清华镇方向
江西婺源徒步穿越线路手绘地图
雨中的愉悦
沱川乡河东村 → 理坑 → 小沱 → 护林站 → 周家山 → 虹关 → 山岭脚 → 官坑

# 巅峰时刻

## ——小五台山穿越笔记

### 一　出发

2005年8月11日晚21：38，2598次列车驶离济南火车站，我们一行6人辞别了济南闷热的天气，即将经北京到蔚县，踏进小五台山那神秘的山巅与沟壑。

小五台山位于河北省张家口市南部，蔚县、涿鹿交界处，距蔚县36公里，是太行山的余脉，西南、东北走向，面积240平方千米，平均海拔2000米，其中东台最高，为2882米，是河北群山之冠，也是太行山的最高峰。小五台山山体浑圆，彼此相连，余脉环绕。气温较低，夏季凉爽，冬季严寒，且多地形雨和气旋雨，形成典型的垂直分布带，气温界限非常明显。谷底的白桦4月下旬发芽生枝，而顶峰植物仍处于冬眠状态，时至6月初才发芽；立秋刚过，山顶植物凋谢、枯黄，而谷底植物还花胜叶茂。山上山下生长期相差3个月左右。

了解小五台，就不得不说北京的户外圈子。在北京的户外圈子里听得最多的可能就是“小五台”了。原因有三：一是“小五台”在河北省，离北京市只有3个多小时的路程，而北京是全国背包客最多却又实在没太多好去处的城市，就只好到这里混了；二是这里地盘大、沟多、水长、路线成熟，从时间安排来说，从1天到7天都可以在山上耗着；三是这里海拔高、线路难、地形复杂，走一趟下来，户外活动中涉及的很多情况都能遇到。所以，在北京以及邻近的省份，“去没去过小五台”在某些时候就变成了“你玩过户外吗？”的另一种问话方法。

## 二　走进西沟

12日一早从北京出发，中午才到桃花镇赤崖堡村的小赵家。

小赵叫赵树军，经营家庭旅社，专门接待登山爱好者。在一亩多地的宅院里，盖了一圈平房，平房里满屋子都是床，最多同时接待过200多人。

车刚到门口，小赵就热情地迎了出来，帮这帮那，嘘寒问暖。他光着膀子，趿着双塑料拖鞋，人长得黑黑瘦瘦的，为人非常实诚。进得门去，首先看到的是几面各地户外俱乐部的旗子在迎风飘扬，南屋窗台上摆满了穿坏了的各种品牌的专业登山鞋。

从小赵家出来，十几分钟后，我们走到赤崖堡村南的一条遍布碎石的河谷中。小赵详细地给我们讲解了进山的两条路线：一条东沟，一条西沟。东沟经1700米营地、2200米营地后到达东台，线路比较长，一般体力的要走八九个小时；西沟相比东沟略短一些，经2400米营地后横切山脊直上北台，就算体强天好也得需要六个多小时。为了在天黑前能登顶，我们决定走西沟直奔北台。

与小赵握手告别，一头扎进西沟，我们正式踏进了小五台山。

从赤崖堡村出来进入西沟，最明显的标

志就是在路的右首有一间低矮的破屋和一块钢筋混凝土的进山警示牌，牌子上写的无非是爱护动植物、不得野外用火云云。

抬头远望，见到的只有近处的一座小山包，偌大的小五台山被浓雾所笼罩，察看登山表，气压一直在走低，预示着恶劣的天气即将到来，每个人的心情又沉重了许多。毕竟小五台曾经给了济南驴友太多的考验、太多的教训。看看驴友何何的游记，听听衩哥的回忆，想想himself对此山气候多变的敬畏，不能不让人担心。但是再大的困难也压不弯我们的腰杆，我们毫无畏惧地踏进小五台山的浓雾中。

## 三　2400米营地

进入西沟，路特别明显，沿着山沟向里走，不用仔细辨认，也绝不会走错。山沟中没有水，只有许多碎石，散生着一些高大的白杨树，几朵艳丽的小花从岸边山坡的草丛中探出脑袋。

十几分钟后，小路撕裂开低矮的灌木丛恣意地伸向远方。

下午两点，我们到达了攻略上说的掩映在灌木丛中的小平台。

天开始下小雨。

登上平台，稍事休息，给背包披上防雨罩，穿上雨衣，重又前进。

走不多远，听到了哗哗的水声，水流不大。又走了大约十几分钟，面前出现一道铁丝网，我们毫不费力地翻过。

溪流渐渐大了，顽皮的溪水从几块大石中跳出，跌落在大石下的一个小小水潭里，继而又欢快地顺沟流走了。到此，沟底已没了明显的路，倒是在左岸沿铁丝网有一条上山坡的小路。上山坡后，沿铁丝网右侧的一条山路行进。

雨越下越大，整个山沟都被浓雾包围着，能见度只有三五米，进入眼帘的除近处的树、草、山石外，四周一片白茫茫。

下午两点半，到达了小瀑布。大家卸包，把空瓶子加满山泉水。粗略估计了一下，6个人总共有30余升水，近30多千克啊，这可是我们的生命之

源，大家的命根子。实际上，水还是带少了，经过两天的艰苦跋涉，到最后不敢大口喝水，只能数着步数用水湿嘴唇，这是后话，暂且不提。

随后，便开始溯溪而上。

沟底虽然有水，行走起来还算比较轻松。穿梭在溪流之中，忽左忽右，忽上忽下，时而昂首挺胸，时而佝偻腰身，时而雀跃石间，时而穿越藤蔓。汗水、雨水早已浸透了衣衫，我那不争气的鞋子也早已透水，两只脚像是被囚禁在水牢中，极度难受。汗和雾气糊住了镜片，视线更加模糊，干脆摘掉眼镜，让一双眼睛在迷雾中游离。

终于在海拔1300米的高度告别了溪流，从沟的左边坡上升走入白桦与松树混杂的次生林地带，开始了最为悲壮的“之”字形攀爬。在泥泞湿滑的有着60°坡度的“之”字形的山路上行进，不是一件容易的事情。每行进一步都异常地艰难，双杖起了决定性的作用。抡起双臂，狠狠地把杖尖稳稳地插入湿滑的高坡，双臂用力，双脚小心地往前挪上两步，用力踩实，不断重复着相同的动作。这种场景，只是在电视上见过类似爬雪山抡冰镐的样子。不身临其境，不亲身体验，你不会体会到这种行走的艰难。这段行走，体力消耗相当大，时间也在一分一秒地流逝，当天登顶北台的计划眼看就要落空了。雾，依然没有散的意思；雨，也没有停的征兆。恶劣的天气和同样恶劣的路吞噬着我们的体力，也在消磨着大家的意志。

这难道是神秘的小五台山送给我们的见面礼吗？这难道是险恶的小五台山给我们的下马威吗？我们不信这个邪！这无尽的林中小路啊，虽然压抑着我们的心情，但却激起了大家的斗志，使我们从心底迸发出一股坚忍不拔、锲而不舍的劲头。滑倒了，站起来，不在意身上的泥水和伤痕，继续前进。

这条“之”字形攀升之路，从海拔1300米开始，一直到海拔2000米，结束在前往北台的第一个垭口。就这么区区700米的高度，我们走了两个半小时，到达垭口的时候差不多下午五点半了。

冲到垭口的第一个感觉是豁然开朗，被压抑了3个多小时的心，瞬间升腾到了云彩中。第二种感觉是冷，气温从赤崖堡的29℃，降到了15℃，并且还在下降。

雨突然间就停了，雾也忽然间就散了。冷冰冰的风吹在已湿透了的冷冰冰的衣衫上，不禁打了一个寒战，脊梁骨直冒凉气。

站在垭口左侧的山头上，已经可以非常清晰地看到山下的赤崖堡和一条条交错的乡村小路，可以饱览小五台的群山绵延和气势磅礴。在这一刻，你不能不被雄壮的山峦所折服，更不能不被自己的勇气所折服……

天空已被傍晚的气氛渲染，虽云雾渐已消散，可太阳还躲在一片极厚的云层后面不愿见人，一丝霞光从云隙中射出，打在一团飘离的绵绵的白云上，犹如佛光乍现，煞是好看。

站在垭口向南远远望去，东沟的2200米营地清晰可见，几顶帐篷早已棋布在草地上，不知是哪一支队伍。

山中七点就要黑天了。看看天色将晚，却是前途未卜，喘口粗气，收起雨衣，背上装备，上到右侧的山梁上继续前行。

路已经非常好走，不过还要在稀疏的松林中穿梭。

晚上六点四十，我们来到了一小块只能扎三顶帐篷的平地，海拔高度2400米。看看暮色已至，大家的体力透支很多，我的手指已经冻得麻木了，出现了身体失温的前兆，必须放弃登顶北台的计划，就地扎营。

换好衣服，扎好帐篷，生火做饭，一连下了三锅炸酱面，美美地饱餐一顿。几口二锅头下肚，那种坐拥山野的闲情逸致又油然而生，不禁飘飘然。

晚上八点半，气温已降到12℃，在瑟瑟的寒风中，身子也瑟缩着。想想远在济南被高温煎熬的家人朋友们，不禁愧然。

瑟缩着钻进帐篷，却发现帐底极度不平，仅有的一小片平地，刚好挤下三顶帐篷，没有什么好讲究的，蜷曲着身子，沉沉地睡了一夜。几场寒雨，几阵狂风，也未打扰我的梦乡。

13日凌晨五点，从睡梦中醒来，东方天际已泛起鱼肚白，正酝酿着旭日的诞生，预示着一个晴好的天气。西边的天空却黑云沉沉，正孕育着狂风暴雨。

五点半，煮了两锅奶汤玉米糊糊，啃了些烤排，收拾起装备。

两顿饭用去整整5升水，加上12日下午每人喝的1升多水，消耗掉近13升，剩余了不足17升，给接下来的一天半行程带来了一些麻烦。

## 四　北台顶

收拾好装备，踏上前往北台之路。

路是一条掩映在树丛、青草和鲜花中沿山坡横切的蜿蜒小径，很好辨认，远远望去就像一根麻绳缠绕在山峦之中，时隐时现；又像一道长长的褐色伤疤，隐隐滴着血。山坡呈现高山草甸所独有的特征，各种各样色彩艳丽的野花点缀着地毯般的草地，只有突起的几块山石没被绿毯覆盖。远处，海拔2000米以下的墨绿色松树，就像一排栅栏围挡起这一大片漂亮的地毯。山坡的坡度很大，有五十几度，虽比冲顶北台和西台时缓了不少，但与“之”字形上升路段相比差不多，可能也是早晨起来精力充沛的缘故，走起来却也省劲不少，步伐明显加快了。

路非常明显地被驴友们踩出了许多大小不一的坑，大部分都被践踏得露出土的本色。踩在这条小路上，虽有不易迷路的幸运，却也有种对大自然的惭愧，一块原始的土地，原本不应被人打扰，可人们偏要为了自己的一点私利，满足一下虚荣心，恣意践踏着。草甸其实很脆弱，碎石之上仅有二三十厘米厚的土层，失去草皮的保护以后，若被雨水冲刷，很快就会裸露出基层岩石，可能永远也恢复不了元气。

山坡很长，也很高，挡住了视线，到此还没有看到北台的影子。没有一丝风，走了十几分钟大家都已大汗淋漓，大口大口地喝着水。回望远处已被雾霭笼罩的远山，心情略有些压抑，唯有尽快冲出这片山坡，登上山脊才能一吐胸中的郁气。大家不禁加快了脚步，飞奔了起来。

我第一个冲上山脊，这也是前往北台的第二个垭口。

风一下子打在我的身上，舒畅极了。视野顿时开阔，那根被雷电烧焦的木杆，隐约出现在北台顶。周围的一切比先前更美更险。

继续沿小径行进，北台也越来越近了。

我们陆续到达了北台下的第三个垭口，这儿是一块不小的营地，能扎六七顶帐篷，地还算平，只是有不小的坡度，北高南低。如果不是错过了北京到蔚县早上七点的班车的话，昨晚我们就极可能在此扎营了。

冲顶北台的号角吹响了，我一马当先。冲顶北台的路很陡，足有七十多度，昨天刚下过雨，路相当滑，攀爬难度和体力消耗可想而知。刚开始的时候，还能大步流星，爬不多时就气喘吁吁了，心跳得厉害，喉咙开始发干。没有别的好办法，唯有坚持。

数着步数，走50步，休息1分钟，喝一小口水，一点一点往上挪。2600米、2700米、2750米、2800米，海拔高度被一次次刷新，离巅峰也越来越近了。汗不是在“出”，而是在“流”，用“大汗淋漓”这个词都不能很形象地加以表达。2810米、2820米，终于到达了北台下到东台去的拐弯处，这儿也有一小块营地，只能扎两顶帐篷。

卸下背包，轻装登北台顶。

2830米、2840米，我步履轻盈地飞奔着，与那座孤寂的铁架相拥，激动的心、颤抖的双臂，此时的感觉无以言表。转而折身向北，2845米，在8月13日上午九点十分，我登上了海拔高度2845米的北台巅峰，手轻抚着业已发黑的木杆，沉寂了一小会儿。

抬眼环望四周，东台、西台已历历在目，绵延的山脊把三台相连，蜿蜒的小路隐藏在怪石嶙峋之中，谁知前去是坦途还是充满险恶呢？

6人全部到齐，分别合影留念，看着每个人都自信而开心的笑容，刚才的担心一扫而空。

胜利在向每一个人招手。

下到刚才放包的平地，休整片刻，重又踏上征程。

## 五　东台顶

接下来开始了这次小五台徒步穿越中最为惊险、最为刺激的一段行程。

路在山脊的两侧时上时下，上坡时借助登山杖走得还算轻松，难度在下坡时，十几米的下坡，十分湿滑，近八十度的坡度，只有三四十厘米宽度，旁边就是悬崖，稍有不慎，就会造成非常可怕的后果。下坡时要掌握一定的技巧，先用登山杖找好支点，后蹲下，伸出一根腿用脚在突起的石头、草丛

或树根上踩实，腾出另一只脚寻找另一个支点，仅这一个动作，就会浪费几分钟时间，反复重复这一高难度动作，屁股几乎贴着地面，成了第五个支点，即使这样，也不能保证很有把握地下到坡底，幸亏大家都具有丰富的户外经验，真正到了八仙过海、各显其能的时候了，大家纷纷拿出看家本领。

爬过几道山梁，绕过几道弯，中午终于来到了东台下的东北草甸了。

前面山坳里传来了人声，我们站起身绕过山梁看个究竟。原来有十几个驴友正在从东山坳冲顶东台。他们相互之间拉的距离很大，架着绳索，轻装冲顶，距我们还有十几分钟的路程。我们相互之间打了招呼，了解到他们是昨晚在东沟2200米营地宿营的“北京探路者”的队伍，一行十几人，于昨天一早进山，宿营2200米营地，今天冲顶东台后原路返回。

根据北京驴友的攻略，从我们站的地方到东台顶只用8分钟。我们决定验证一下。

沿着四十几度的山脊线，踏上那条印在高山草甸中的羊肠小路，大步流星，几近小跑。我率先踏上东台之巅，站立在玛尼堆中间，时间刚好用了8分钟。

这座耸立在张家口南端的山峰，高虽只有2882米，却是河北省的最高峰，也是太行山脉的最高峰，比泰山玉皇顶差不多高出近一倍。

在北台顶不大的平地上，矗立着八座高矮不同、大小不一用石块摞成的玛尼堆和一通上面用红油漆标记高程的花岗岩石碑。这些玛尼堆或许是登山者为了表达对大自然的崇敬吧。我从地上捡起一块不显眼的石块，走到最北面的一座玛尼堆前，虔诚地把它摞上去，顺时针方向转了三圈，心中默默地祈祷，祈祷我们的这次行程顺利完成，全身而退，不出任何意外，祈祷上苍保佑我们，保佑我们这些热爱大自然的驴子们。

队员们陆续到达，开始午饭。我检查了剩余水量，除800毫升饮用水外，还剩1.5升生水和两瓶380毫升的鲜橙多。这些水必须撑到14日下午，还得坚持近30个小时。

火辣辣阳光当头照着，却突然下起了雨，豆大的雨点不由分说地砸了下

来，不留半点情面，雷声隐隐地在头顶炸开。此处不可久留，我们背上背包，穿上雨衣，迅速撤向三岔口。

环视四周，云雾已从东台下的三条山谷中涌来，状如万马奔腾，势不可挡。温度也开始下降。我屹立于山峰之上，虽有“人登山巅我为峰”的感慨，但在这巅峰时刻，人们付出汗水、付出艰辛，所能得到的除了那一份傲然于世的飘然之外，还有什么呢？“高处不胜寒，何似在人间”！其实，现实生活何尝不是这个道理！可在这繁杂的人世间，又有几人真正能耐得住寂寞、耐得住清贫呢？不觉黯然。

## 六　三岔口营地

从东台穿到三岔口原计划用3个小时，16：10到达后，卸下装备，用五个半小时轻装往返中台和南台，晚上21：10返回营地。

雨伴着大风越下越大，云雾忽左忽右，飘忽不定，时而吞噬了整座大山，时而又消失得无影无踪。

沿东台西向下撤，先有一个坡度很大的斜坡，路非常滑，后又沿满布草甸的山坡横切，路依然很滑。雨时停时下，时大时小，大到倾盆，小似细雾。一片云飞过，顷刻就大雨瓢泼，须臾乌云飘散，火辣辣的阳光重又炙烤着你的躯体。小五台的气候真是变化无常，捉摸不定，根本无需酝酿，从不矫揉造作。

横切过草坡之后，已下到南北走向的山脊上。队伍会齐，稍事休息。领队老老高目测了一下到三岔口的路程，估算了一下时间，分析了下一步的路况，决定分队前进：由欲穿南台的三人衩哥、K嫂和我做第一梯队先行，承担探路并留下行走标记的任务，到达三岔口后，卸下装备，直奔南台；老老高夫妇二人为第二梯队，衔接第一和第三梯队，承担到达营地后扎营做饭的任务；由于红绿灯虽体力消耗很大，行进速度慢了一些，但暂时不会出现虚脱等危险，调整好自己的节奏，合理调配一下体力，作为第三梯队断后。各队分头行动。

俗话说望山跑死马，这句话一点都不虚。站在东台顶眼望中台和西台近在咫尺，三条山梁会合成的三岔口清晰可见，可走起来却完全不同，翻了一道道岭，绕了一座座峰，满以为翻过下一座峰就是三岔口了，登上峰顶后却根本看不到中台的影子。

穿草丛，攀巨石，披荆斩棘；蹲马步，立金鸡，闪展腾挪；钻松林，绕藤萝，弓腰塌背。使出浑身解数，还是难免磕磕碰碰。一不留神，曲膝跪地，碰在一块突起的石头上，我的右腿膝盖下顿时鼓起一个大包，疼痛钻心；衩哥在一个90°下坡转弯处，为躲头顶的松枝，失去了平衡，眼见着向悬崖下栽去，本能使然，下意识抓住身后的松枝才幸免于难。

从东台到三岔的路虽不如从北台到东台险峻，但在连接五台的所有路中是最长的一条。我们错误地估计了形势。

行走了两个半小时后，到16:30，看看无尽头的山路，穿越南台的信心在一点点地丧失。

仅有的800毫升饮用水早已喝完，狠了几次心，两瓶380毫升装的鲜橙多也没有舍得拿出，留到最关键的时候吧，谁又知道将有什么事情发生呢？

终于在17:40，到达了那个叫三岔的地方，比原计划整整晚了一个半小时。当时狂风大作，见夜幕将至，身疲体乏，脚拐腿痛，只得放弃当天穿越中、南台的计划，留待明天实施。登顶三岔营地北面的山头，位置真是不错，环视四野，五台尽收眼底，雄壮的五台之间仅有一线相连，雾自谷底涌起，直冲云天，颇有些气势。远处红绿灯出现在视野中，飘忽在云雾之中，若隐若现，恍如世外高人悠闲地漫步在仙境。

下到营地，支好帐篷。燃起油炉，看看仅有的一升半生水，煮面条是不现实的，烧开后留做明天用吧。前途未卜，晚饭只能应付应付。烧开水后，往瓶中灌了1升，剩余的500毫升，和衩哥分而喝之，干嚼了些烤排、香肠、咸菜，填饱了肚子。饭后，老老高又统计了一下剩余的水量，人均不到1升，每个人心中都在打鼓。

此时阴云密布，像是要下大雨的样子，天助我也。把所有的锅、碗、瓢、盆统统置于大石上或外帐的下沿处，期待接满雨水以备后用。

我和衩哥执意明天一定要穿中、南台，老老高坚决反对，反对的理由是缺水，并反复解释缺水的严重后果。最后商定，如果天下雨，锅、碗接满雨水，每人带足一升水，才可去穿南台。

大家陆续钻到帐中休息。

为了节水，睡前没有撒尿，其实也没有尿意，整个身体早已进入缺水状态。按照常规，一天十多个小时的超负荷徒步行走，至少消耗4升水，还不包括饮料、水果等，可是这一天，我只喝了1.25升，身体缺水的程度可想而知。

躺在帐篷中，浑身的酸痛也阻止不了思念冰镇啤酒的味道，期盼着一场夜雨的到来，稀里糊涂地睡着了。

夜里发生了和衩哥相互让水的感人故事，在此就不细写了，留给后人挖掘吧。

一觉醒来已是14日的凌晨4:50，第一个念头就是冲出帐篷看看是否下了雨。失望得很，把锅、碗、瓢、盆统统翻了个底朝天，颗粒无收，沮丧地回身想睡个回笼觉，却发现了日出的美景。

当其他人还在沉睡中，我和衩哥、K嫂悄然离开营地，去登顶中台，近距离地瞻仰一下南台的雄姿，与南台道个别，期待下一次的相逢。

从三岔到中台的路很好走，仅用了22分钟就登顶到了中台。

中台顶那沉寂在岁月长河里的废墟呀，与三位热血驴子的亲近，能拽回你对昔日繁盛的回忆吗？无情的风吹雨打，刻下的只有岁月的痕迹，流逝的仅是无用的形骸，永存的却是那种屹立于天地间的骨气。

停留10分钟后返回营地，又干嚼了些食物，收拾装备，准备拔营，挥师西台。

## 七　西台顶

上午八点，大家把装备整理好。老老高摆弄着相机，红绿灯瞪绿了眼珠子正满地找水，衩哥眯缝着眼睛咧着永远合不拢的大嘴巴还沉浸在昨晚让水的回忆中，K嫂不声不响地背起包倚在一块大石头上心里很有数地盘算着什么，熏衣草细心地在营地巡视着生怕落了东西，我非常认真地从侧包里拿出一瓶380毫升装的鲜橙多，缓缓地拧开瓶盖，那液体散发着诱人的光泽，从瓶口涌出的香味摄人魂魄。就让它为我们壮行吧！每人仅有63.33333毫升！多么珍贵呀！我小心翼翼地把它举过头顶，仰起头，把那63.33333毫升金黄色的液体慢慢流入嘴巴，流过喉咙，沁入身体深处。瓶子在每个人的手中传过，金黄金黄的鲜橙多如涓涓细流流进每个人的身体……

时间好像停止，在这一刻，一种信念仿佛一下子深深地扎根于每个人的心灵深处……

我用眼角扫了一下南台，悻悻地，心存不甘。

再见了，南台。再见了，我的朋友。虽然我未能登临你的峰顶，未能与你亲密接触，可我已怀着崇敬之情远远地领略了你的气魄，你的雄伟。

在不久的将来，可能就在明年春天，我将再次踏上这片神秘的山林，我要站到你的峰顶与你亲近，与你交谈。

告别三岔口，沿着一条横切山坡的十分明显的小路向西行进，开始了西台之行。

经过一夜的休整，体力已不成问题，昨天一直走在最后的红绿灯，已进入到第一梯队。缺水成了目前面临的最大困难。在人均不到1升水的情况下，要走大约6个小时，差不多15公里山路，且路况不熟，是否有水源不得而知；另外，还有一种最为可怕的情况就是迷路，万一到了山穷水尽的地步，后果难以想象。唯有在心里祈求上苍的保佑！

疾步如飞，6人大踏步地行进在去西台的路上。

水越喝越少，路越走越长。

9:20，看见前面有一大群牛在悠闲地吃草。

9:30，绕过一块状如虎口的巨石时，见有一山泉从石隙中流出，水量很小，已被满地的牛羊粪污染，不可饮用。

复前行，西北方向看到了西台顶。远远望去，西台右边的山坳里有一圈用石块垒成的矮墙，墙内是一个放牛人居住的白色塑料布搭的窝棚，3个放牛人正远远地看着我们。

红绿灯的水已经喝光，我的也只有不到100毫升了。

9:50，我和红绿灯、K嫂先期到达西台坳。

与三位放牛人聊天，试探着借水。放牛人非常爽快地答应了我们的要求，从窝棚旁边拿出一只黑糊糊的2升的塑料桶，里面盛着满满一桶水。我们的眼睛登时放了光，红绿灯接过来，“咚、咚、咚”，眨眼工夫，半桶水已经进了他的肚子，我把剩余的水喝了差不多一半，K嫂忙把她的瓶子灌满。

看到如此光景，放牛人又提过一桶，我和红绿灯各自分别加了1升水。

询问水源，放牛人告诉我们，西台下的山坡上，据此1公里远的地方，长着两棵柳树的那儿，有一个泉眼，常年有水。

大家喝足、灌满水，向放牛人详细地了解了去西金河口村的路线后，冲顶西台。

从西台坳冲顶西台顶的山坡在我们登过的几个台子中是最陡的，坡度差不多到了75度，有的地方达到80多度。我们还是采用双杖固定的螳螂移步法，攀登起来还算轻松。

我们很快站到了本次行程的最后一个台顶上。

西台顶有一块很大的平地，可以扎数十顶帐篷。几座用青砖摞成的玛尼堆、一块残碑半掩在荒草中，透着几分凄凉。

## 八　到达西金河口村

下撤西台的路有人工修砌的痕迹，在路的右边临悬崖的一侧，有明显的路基，有的地方已出现坍塌，可能是通往西台寺庙的路。沿着陡峭的山路向西下行，半小时后到达了西台西侧的垭口，有一条十分明显的小路向山下伸展，消失在密林深处。稍事休整，我拿出最后的一瓶鲜橙多，与大家分而喝之。

随后，沿着山路在树林中穿行。随着海拔高度的急降，温度不断升高，没有风，十分闷热，汗水再次溻透了衣衫。幸亏在西台坳放牛人那儿补充了不少水，虽不至于断水，但也不敢敞开喝，密密的树林把四周遮得严严实实，听不到一丝水流的声音。

中午，终于从密林中走出，看到不远处的山坡上有一座放牛人住的简陋的木屋，几十头牛和一大群羊散布在山坡上，吃着草。此时路出现了分岔，一条继续向前经木屋绕道山坡上去了，另一条沿山坡下到谷底。为了尽快找到水源，我们选择了下行谷底的小路。路非常难走，遍地枯枝和腐土，十分松软，稍不留神就会崴脚。20分钟后，终于在一片碎石滩的河谷中发现了泉水。

我们兴奋得忘记了疲劳，飞也似的大步跑去，把包一扔，摘下帽子，脱去上衣，统统扔进水里，把头也一下子埋进水里，让水的清凉冲刷掉三天来的劳累与辛苦。须臾，一股怪味打破了短暂的惬意，抬头环视，这才发现原来在碎石滩上散布着一摊摊新鲜的牛粪和一粒粒羊屎，溪流中也有许多。看着这略显尴尬的场面，大家相视哈哈一笑。其实，这又算什么呢？真的无所谓，这满地的牛粪羊屎只不过是被牛羊处理过的青草而已。

为了进北京时体面一点，干脆把穿脏的短裤脱下，在泉水中洗净，晾晒在大石头上。

老老高淘净泉水中的羊屎，我把油炉拿出，生火做饭，K嫂找出剩的半瓶炸酱，我们要美美地吃一顿炸酱面，即便是要闻着牛羊粪的味道，这也是我们三天以来最丰盛也是最舒服的一顿饭。

下午三点半，饭饱水足，穿上半干半湿的衣服，重又出发。

经放牛人的木屋，绕过一个不高的山包，继续向北沿山路下行。

下午四点，到达了我们此次徒步穿越小五台山的目的地——西金河口村。历时50小时50分钟，完成了本次徒步穿越活动。

## 九　关于北京烤鸭

皇城根的爷们儿，嘴刁、眼尖、鼻子好使，就是手脚不勤，游手好闲惯了，手提鸟笼，摇着折扇，踱着方步，专爱挑毛病，吃的、玩的、耍的，五花八门，都逃不出皇城遗老的视野。北京的市场竞争特激烈，被挑出毛病的如不改正，就会被赶出北京城，改正了的慢慢就成了国粹、精品。

徽班进京，被蹂躏成了京戏，成了国粹；相声进京，成就了无数名嘴；演艺界但凡要走捷径成名，必须进京，上个晚会，进个大奖赛，参加个综艺节目等等，没准你就真的成了名人。

北京烤鸭，其实也是被折磨成的精品。清朝末年，咱们济南人在北京开了家烤鸭店，店刚开的时候，充分体现了山东人的秉性，朴实、厚重、粗老笨壮，把个鸭子烤得肉烂味重，什么葱呀、饼呀、酱呀统统没有，切成大块，就着芝麻盐烧饼，喝碗甜沫，倒也惬意。

京爷们儿不愿意了，不符合他们的口味，统统改，不想改，改不彻底，滚蛋。

于是乎，用料考究了，三个月的鸭子，二十年的果木，葱呀、酱的，郎闲芝麻统统用名牌，烤制工艺、片切手法、面酱的配料、小饼的厚薄以及葱丝的长短粗细，统统讲究。

这不，没用几十年，笨壮的济南烤鸭，就成了地地道道的北京烤鸭了。

讲究吃，就必须讲究地道，就要讲究正宗。北京烤鸭最正宗的是全聚德。

168元一只烤鸭，不贵，先吃皮，再吃肉，最后喝个鸭架汤。鸭子外焦里嫩，鸭汤乳白清香，两瓶青啤润润嗓，四道凉菜，四道热菜，四荤四素，吃得满嘴流油，唇齿留香，两指轻拈牙签，不经意地剔着牙，一个饱嗝，香气绕梁，大家爽心地聊着黄牛什么的，三天来的情绪顿时达到的高潮，快感四溢，身心通透，悠哉乐哉。

14日深夜十一点半，K101次列车缓缓驶离北京站，载着济南驴友的小五台情结，载着对北京烤鸭的厚爱，载着对首都黄牛的调侃，驶向我们的家——济南。

睡在12车厢7号上铺的大裤衩子，此时已经进入了梦乡，梦见了那只北京烤鸭正向他招手呢，你看哈拉子都流了半尺长……

## 十　关于13日夜“让水”故事的补遗

（伏笔：夜里发生了和衩哥相互让水的感人故事，在此就不细写了，留给后人挖掘吧。）

在不足两平米的帐篷里，我端着饭盒，眼睛深情地望着衩哥：“来，你喝吧。”

衩哥低下了头犹豫着，猛然抬起了头，把眼泪甩在了内帐上，又擦了一把鼻子，坚决地说：“不！还是你喝！”。

我这时眼圈一红，眼泪就掉下来了，紧紧地握着衩子的手，双眼激动地看着那双早已昏花的眼睛，意味深长地刚要说话，忽听得不远处老老高夫妇在帐中的窃窃私语：

男：还有喝的吗？

女：早在四小时前就没了！你渴吗？

男十分困难地咽了一口唾液：不，真的不渴！我，我还能坚持……最少两……分多钟？

女听后非常心疼，含情脉脉地看着自己心爱的丈夫，动情地说：早知道你这么难受的话，我就不喝那两小口了……

女声低声啜泣……

顷刻，那个柔柔的声音忽然间变得坚强了起来：这是我的泪水，你喝吧！如果，我的泪水可以解除你的痛苦，那么，让我滴上一万滴！我只有一个愿望，你爱我到永远！

男声失声痛哭……

那个嘶哑的声音像是在自问，又像是在对他的爱妻说，更像是对着整个世界发誓：不！不！我情愿化为一片干枯的沙漠，也要用最后一滴鲜血滋润着你的绿洲；我宁愿变做一尊花岗岩雕像，也要用最后的一丝汗液抚去你脸颊上的尘屑；我就算被制作成了一具标本，也会用最温柔的方式抚慰你稚嫩的躯体……

整个世界被这完美的爱情所征服。小五台作证，三岔口作证，天边那朵朵云彩作证，我和衩子作证。

苍天呀！厚土呀！大山呀！远处的松林呀！近处的小花呀！这个世界到底怎么了？！

衩子和我久久地，久久地对望着，不约而同地掐了一下对方的人中，哇噻！是真的！

我们被感动了，泪水冲破眼圈，江河决堤般地流下，原来刚刚盖过杯子底那黄黄的、发着怪味的液体，顷刻之间不见了，杯子里变成了一杯我和衩哥的晶莹的泪水，满满的……

我们轻轻地走出帐篷，不发出一丝声响，生怕打破了那种人生的最高境界，慢慢地朝老老高的帐篷挪去。

那脚步是沉重的，因为端起的是两颗心，是一种崇敬之情；脚步又是急切的，一个活生生的生命，不，是两个活生生的生命需要救助。牺牲我们又何妨呢？自从想做驴子的那一天，我们的心中就有这种念头，这绝不是一时的心血来潮，也不是感情用事，这是一种至纯、至真的精神。

我们捧着的不是一杯泪水，而是千百颗济南驴友的心啊！

大哥，大嫂，你就收下吧。这是我们的一点心意，也代表着各位驴友的心声啊！你就收下吧。我们隔着帐篷真切地说着，静静地等着……两颗心在祈祷着，不会有事的，不会有事的！

须臾，一只饱经沧桑的手臂连着另一只饱经风霜的手，缓缓地从帐篷中伸出，在空中划了三个优美的曲线，做出“不”的示意。我一把抓住那只苍老的手臂，衩哥把那盏满含泪水的杯子稳稳地放在那只苍老的手中，此时此刻，三只手紧紧地握在一起，四颗心在震颤，四张嘴嗫嚅着，哆嗦着……良久，那只手终于缩回去了。

我们轻松地站起身来，朝着东方望去，一轮旭日已喷薄而出，红艳无比。我们相视，会心地笑了……

2005年8月

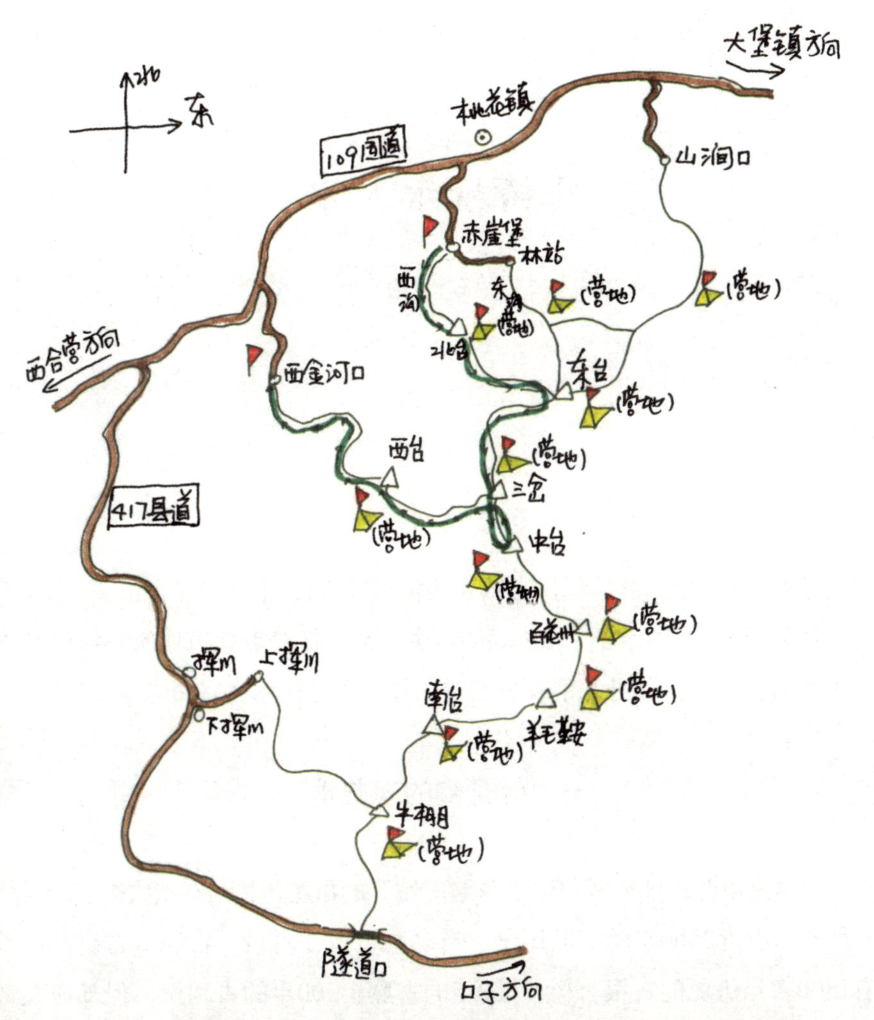


河北蔚县小五台山徒步穿越线路手绘地图

巅峰时刻

赤崖堡→西沟→北台→东台→三岔→中台→三岔→西台→西金河口

# 小桥枕水人家

## ——江南水乡古镇驴行笔记

经过近半个月的精心策划，2006年第一号计划终于成行了。

12月31日晚上六点半， 29人乘旅游大巴，辞别华灯闪烁的泉城，辞别2006年的第一场雪，驶进茫茫夜色之中，开始了江南水乡古镇之旅。

### 一 叶圣陶的魂归地

第一站是甪直。号称“神州水乡第一镇”的甪直，其实有点吹牛。

虽然它有近2500年的文明历史，有名胜古迹、古桥、古街、古民宅以及具有1300多年历史的古银杏树、500年的古藤、300年的古枸杞，但却让人赞叹不起来。历史景观鸭沼清风、分署清泉、吴淞雪浪、海芷钟声、浮图夕照、渔莲灯阜、西汇晓市早已荡然无存。

当我们行走在臭水沟边，站立在刚刚翻新的石桥上，放眼望去，无论古宅、民居，还是庙宇、商埠，都有翻修的痕迹，几串红灯笼，极不协调地挂在檐头，在风中飘忽不定。居民在水沟中恣意地刷着马桶，洗着臭烘烘的鞋袜，沿河的小巷中满是小店铺，形形色色，地方小吃、土特产品、木雕、假古董、破书旧报，搪塞着游人的眼睛……

来角直不是没有理由的，因为陆龟蒙、叶圣陶、万盛米行，还有那个《多收了三五斗》的故事。

步入古镇大牌坊，迎面就是那个叫“角端”的独角兽，据说它与“角直”的来历有关。古代独角神兽“角端”巡察神州大地路径角直，见这里是一块风水宝地，因此就长期落户在角直，故而角直有史以来，没有战荒，没有旱涝灾害，人们年年丰衣足食。

跟随导游左转右转，来到保圣寺。保圣寺原名保圣教寺，创建于梁天监二年（503年），即是“南朝四百八十寺”之一。欣赏完身着角直农村传统服饰老阿姨们的表演，瞻仰了陆龟蒙墓，转过生生菜园，来到叶圣陶老先生的墓前。叶老先生是苏州人，曾在角直教过5年书，对角直有着深厚的感情，百年后葬在了这座小镇上，这应该算是小镇的骄傲吧。我站在叶老的墓前深深地鞠了三个躬，表达一下崇敬之情。

“万盛米行的河埠头，横七竖八停泊着乡村里出来的敞口船。船里装载的是新米，把船身压得很低。齐船舷的菜叶和垃圾给白腻的泡沫包围着，一

漾一漾地，填没了这船和那船之间的空隙。河埠上去是仅容两三个人并排走的街道。万盛米行就在街道的那一边。”心中默诵着《多收了三五斗》的句子，随导游来到了万盛米行。米行位于角直古镇南市梢，是一家老字号店铺。该行规模宏大，有存放粮食的廒间近百，是当时吴东地区首屈一指的大米行，成为角直及其周围十多个乡镇的粮食集散中心之一。叶圣陶先生的名作《多收了三五斗》就是以万盛米行为背景。

岁月飞逝，过去的米行早已不存在，留下的仅仅是一个空洞洞的壳子。繁荣不再，风光不再，历史不再，米行前的小河沟里的菜叶和垃圾依然给白腻的泡沫包围着，依然一漾一漾地，依然没有空隙。

## 二　沉睡的美女

去锦溪古镇是偶然。

原定计划第二站去周庄。一者周庄开发较早，大部分人都已去过；二者现在周庄的商业化气息比较浓，与江南小桥流水娴淑慵懒的风韵已大相径庭；三者物价比较高，门票要100元。已故大师陈逸飞都无比沉痛地说，是他害了周庄。而锦溪离角直不远，刚开发不久，能比较真实地反映江南水乡古镇的原始风貌。舍周庄而取锦溪是再明智不过的了。

从角直到锦溪不过半小时的路程。

1日中午12:30，我们一行便来到了锦溪。从大巴车下来，一大片湖面静静地躺在你的面前，静谧得让你不忍心大声说话，几杆芦苇残存的断茎孤零零地插在湖中，几只不知名的水鸟倦怠地立在上面，长长的连廊与彩虹般的古莲桥相连接，架立在湖面上，与水中的倒影形成一幅绝美的画卷。

在古香古色的石牌坊里面，石板路泛着柔和的光泽，像是古董上的包浆，深沉而油润，青瓦灰墙的古民宅比邻相接、沿河而建，平的、拱的石桥、木桥扭结在小河上，岁月的沧桑随处可见，历史的斑驳俯仰皆是。乘一叶小舟在小河中穿梭，就像在时光隧道中穿行，枕水人家面河而开的木窗扇、青瓦拼画的窗格、从老石桥缝隙中垂下的一段随风摇曳的古藤枝条、漆

菜

面脱落的木架栏杆，每一处都无不诉说着随风而逝的历史。皮肤黝黑的船娘吴侬软语，咿咿呀呀甚是好听，我随着小舟摇晃着思绪，一段江南小曲，咿呀的橹声，把历史拉得更久远了。

小舟在小镇的中央停靠岸边，拾级而上，在窄窄的小弄中穿行。透过敞开的门扉，幽暗的小过厅杂乱地摆放着陈旧的物什，一桌、一几、一凳、一壶、一碗，苍老的面孔藏着深邃的微笑，门前的大木盆中鱼货很杂，活蹦乱跳的白鱼、鲫鱼、鲤鱼，很是新鲜。幸福的新娘子在亲朋好友的簇拥下，从古镇的石桥、小巷、老街上款款而过，吸引着游人的眼睛。清脆的自行车铃声从小巷的尽头传出，在老墙间回响。这所有的一切都在诠释着小镇优雅闲适的生活志趣。

倚栏而望湖中的陈妃墓，追想宋孝宗的爱妃八个多世纪的孤寂与惆怅。陈妃生前定是一位娴淑、姣好、楚楚动人的女子，临水而居，浣纱嬉溪，颦笑如水。死后也枕水而眠，与芦苇、游鱼为伴。而锦溪曾被称为“陈墓”，也是缘自陈妃病逝，水葬于此。“青草连连，碧水茫茫，有位佳人，她在水的中央”。我不由得想起了“在水一方”，也终于明白了锦溪古镇之所以被游人们称为“沉睡的美女”的缘故了。

## 三　宁静的港湾

到西塘的时候已经是19:30了。

从锦溪到西塘其实并不远。锦溪位于江苏省昆山市南侧，东距上海市50公里，西距苏州市35公里。西塘位于浙江省嘉兴市嘉善县，南距嘉善县城11公里。从地图上看，锦溪到西塘很近，直线距离不过30公里，一个多小时的路程。但是路不好走，乡村级公路不说，中国人特有的狭隘的本位思想作怪，好端端的路上竖上几个大桩子，只许行人和小车通过，不许大车过，我们包租的大巴车根本过不去，只好绕道。

15:30离开锦溪。行不多时，大家就都有了困意，晃晃悠悠，渐入了梦乡，那一池止水、那窄窄小巷、那幽幽古宅、那香喷喷的油炸臭豆腐、那咿

呀的橹声、那袅袅的吴音……

16:30，大巴车飞奔，在苏嘉杭高速公路上。不见西塘的踪影。

夜色笼罩四野，公路两侧的景物已经模糊了。

17:30，大巴车继续飞奔，在苏嘉杭高速公路上。依然不见西塘的踪影。肚子咕咕直叫。

大巴车的大灯把前方照得雪亮。一块路标："杭州35公里"。

鬼差神使，司机师傅把方向搞反了。

调转方向，大巴车继续在高速公路上飞奔。

19:30，终于，在大家眼珠子就要掉出来的时候，到达了西塘古镇，与前来接洽的"风雨人家"的老板娘潘女士会面。

大巴车驶过一座钢筋混凝土的大桥，停在一个小工厂里。在潘女士的引导下，我们沿桥边的一条小路插到古镇中去。

西塘是一座已有千年历史文化的古镇。早在春秋战国时期就是吴越两国

的相交之地，就有了“吴根越角”和“越角人家”之称。

匆匆走在河边的石板路上，一样的小路，一样的河水，一样的垂柳，一样的……大家似乎并没有感觉到西塘的独特之处，劳累、饥饿和困意在游荡，倦怠之情在徘徊，视觉已唤不回大脑对于肉体的生理需要。

转过护国随粮庙，进入了烟雨长廊的入口，景色迥然不同了。依河而建的古民居，在霭霭暮色中呈现黑灰的轮廓，临河的屋檐下、烟雨长廊的木柱间，挂起的一串串的大红灯笼，倒映在小河之中，间或拱桥黝黑的倒影，晃动着的垂柳婆娑的枝条，影影绰绰游人的身影，弥漫着的南方古镇所特有的地方小吃的香味，混合了西塘的祥和与安宁。我不由地为之一振。

大部队分别入住几家相邻的家庭客栈。客栈不论房间大小、床位多少、楼层高低统统一个价。大家放下行李，稍事休息，觅得小河对岸石皮巷中的静怡轩大啖西塘之美食美酒。

酒足饭饱，嘴中衔根牙签，在寂静、黝黑、深长、狭窄的小巷中游弋，摩挲着岁月的沉积，揣摩着古镇的思绪，在历史长河中徜徉，闪烁的星星点缀在博大的夜空中，也许是一颗颗纯洁的灵魂。

深夜，大多数小商铺都已打烊，只有几间茶馆还在营业，烟雨长廊下更加幽暗，在寂静深夜里，一串串红灯笼在风中摇曳着，显现出点点生机。招呼茶馆老板冲一杯碧螺春，坐在河边的藤椅上，久久地品味着江南水乡古镇深夜的雅韵，品味着幽深的夜空，品味着茶杯中冉冉升腾的清香，品味着平淡无奇却又生动的人生，梦想着在宁静和谐的港湾中生活着的那条鱼……

第二天醒来，天刚蒙蒙亮，古镇的景色依然朦胧，小河中漂浮着淡淡的白雾，像一层薄薄的轻纱，随风缓缓地飘荡。河中倒映出一幅幅黑白老照片，微微泛着斑驳的黄，在薄雾中如同仙境一般，四周没有一丝声响，时间像是凝结了，两只脚似乎冰冻的一样，迟钝了，不能移动，仿佛血液在血管中汩汩流淌的声音都是多余……

袅袅的炊烟开始在古镇的屋顶上盘旋，咿呀的橹声打破了这片刻宁静，人们醒来了，古镇醒来了，嘈杂的叫卖声盖过了咿呀的橹声，我的宁静的港湾也已随着薄雾的飘散而消失在九霄云外。或许，那片宁静明天会再回来；或许，那片宁静将永远停留在天外……

2006月1月

# 陶醉在深秋的色彩里

——石门坊、沂山驴行笔记

## 一

唐玄宗天宝三年春，大诗人李白在流放途中遇赦还乡，沿商州大道东行，至洛阳与杜甫相识，后与杜甫、高适一起畅游梁、宋一带，过着饮酒论文、追鹰逐兔的安逸生活。翌年，在山东兖州，李白又与杜甫相遇，同游青州、东蒙等地。

一天，李白与杜甫等文人骚客游完了青州，乘船南行，欲往东蒙等地。将至临朐，正赶上农夫的对歌会，不着修饰的歌声在田野中回荡，杜甫听得如痴如狂，问李白：山民们是用什么唱法唱得如此好听？李白说：是原生态唱法。行至临朐，但见山峦层叠，景色绝美，不觉诗兴大发，吟诵了“两岸原生啼不住，青州已过万重山” 的千古绝句。

听完了郑老师给我们讲的故事，大家狂笑不止。当然“两岸原生啼不住”是虚构的，但“青州已过万重山”还是有一定道理的。

过青州20多公里就是临朐县城。临朐县虽地处低山丘陵地带，但也有几处颇佳的景点。县城西南10多公里的石门坊、东南50多公里的沂山都有独到之处。

由于今年秋天天旱、气温高，致使济南周边几个景区的红叶焦枯，失去了以往的风采，苦寻几周也没有饱眼福。听郑老师说石门坊的红叶漂亮，于是决定前往，并且顺便穿越沂山。

我们是一群快乐的驴子，快乐得无拘无束；我们是一群坦荡的驴子，坦荡得一览无余；我们是一群陶醉在大自然的驴子，陶醉得忘乎所以。

## 二

早上6:00准时出发，轻装上阵，游览石门坊红叶。

“临朐人民欢迎您”的大幅标语镶嵌在石门坊对面的山坡上，眼扫过矗立在景区大门前的纪念塔，山崖上的一抹色彩在晨雾中朦朦胧胧，略显几分神秘。

石门重重几相迎，超然世外非凡风。

委蛇山径接天衢，起伏松涛连渤溟。

这是宋朝诗人贺元的《石门山寄兴》。

从景区大门望过去，两峰耸立，对峙如门。往里悬崖峭壁，迭曲峻峭，林木丛茂，怪石奇岩。至若深秋季节，更有霜染层林，红叶满山。不仅有优美的自然景色，而且还有众多诱人的文化遗迹：崇圣寺遗址、明朝石塔、三石龛、摩崖造像……从武中奇、沙孟海、欧阳中石等诸多名家的题字、题款可以看出此地的确不凡。

明末青州巡抚何永清为了民族气节，决不投降清政府，愤然削发为僧，隐居在石门坊的三元洞，了却残生。

回首江山事已非，别来五马换缁衣。
悬崖鹤舞松如画，曲径溪流蕨欲肥。
静听老僧翻贝叶，闲凭野叟话天机。
但能留得金乌在，谁向石门看晚晖。

这是他写的《石门山题壁》，包含了多少对时事的无奈。

我们是今天的第一批客人，偌大的停车场上空空荡荡。

走进石门坊，四周静悄悄。抬眼望去，整个山谷就像一个万花筒，色彩纷呈，又像画家的调色盘，大块大块艳丽的色彩密密地挤在一起，红的似火，黄的像金，绿的如翠……从谷底的密密飒飒，到崖顶的星星点点，疏密有致，浑然一体，活脱脱就是一幅色彩艳丽的油画。置身于这美景之中，仰观俯察，左盼右顾，美景接踵而来，目不暇给。

我陶醉了，大家也陶醉了，陶醉在大自然的妙笔之中。你、我、大家分明已是这五彩画卷中的一分子，一笑一颦、一蹦一跳、一摇一晃……爽朗的笑声、快乐的歌声在山谷中回荡，从画卷中逸出……

哎！哎！
竹板一打哗啦啦，
让我把石门坊的美景夸一夸……

就连一向不苟言笑的郑老师也陶醉了，打起了竹板，唱起了快板书。

驴子的本性不能忘。郑老师、宜山老师又带领大家寻找驴路。

功夫不负有心人，有一条窄窄的小路直通山顶，我们顺路而下，翻山而过，发现了一处世外桃源……

幽静的山谷中有一座土坯房，房中的陈设大都是四五十年代的老家具，房子不大，倒也显得干净。房前有一大片平地，足足能扎二十几顶帐篷。房中住着一位老人，姓谭，精神矍铄，性格开朗，心态平和，颇有些仙风道骨。一个人独守山林二十多年，无欲无求，过着自给自足的生活，用他的话说，他的生活就是“过日子混光阴”。

从石门坊下来，已经快12:00了。

## 三

午后，驱车来到位于沂山北麓的蒋峪镇陶家屋子村，开始徒步沂山。

谷沟的路大家都是第一次走，不熟。下午15:00才进山，时间已经有点晚。好在遇到一位家住陶家屋子姓王的大嫂，放下手中的活计，带我们进山。

我走在前面，和大嫂交流，知道她的丈夫是陶家屋子村唯一一户姓陶的，儿子在深圳工作。山里的红果有的能吃，有的不能吃。这条路很好走，连村里的八十多岁的老太太上山也走这条路，不紧不慢，一个半小时就能到歪头崮……

一路走，一路聊着。

大嫂子把我们送了半程，前面再也没有岔路了，就和大家道别。

这条路的确不难走，有几处景色相当美。

“满树尽挂黄金叶”，“满地尽是黄金甲”。走在这一大片栎树、榛子树、栗子树混生林中，满地都是金黄金黄的落叶，金黄的阳光从金黄的树叶的缝隙中射来，使得金黄的树叶散发出迷人的光彩。美得使你不忍践踏。

几丛黄栌从葱翠的松树中探出头，映得红叶更红，松柏更翠。

透过树枝的缝隙可以清晰地看到歪头崮。

17:00，我们登上了歪头崮。

来到歪头崮停车场边的张家小饭店，熬一锅地瓜粘粥，炖一锅土豆牛肉，自带的香肠、蚕蛹、麻辣鸡块、五香花生米……统统拿出来，热热乎乎地吃了个肚子滚圆。

饭后，到狮子崮小停车场扎营，什么星星月亮，什么风吹草动，什么鼾声如雷，统统抛到脑后，一觉到天亮……

次日一大早，我悄悄地起来，到狮子崮去迎接沂山顶的第一缕阳光。

沿石阶路向前，奇石狼牙交错分列路旁，狮子崮直插云天，玉皇顶在晨曦中渐渐清晰。

站在狮子崮顶，等待日出。

深秋的山峰在清晨的薄雾中，散发着异样的色彩，葱翠的松柏，枯黄的榛栎，淡灰的刺槐，白亮亮裸露的山崖，镜子般闪着亮光的水库，袅袅的炊烟……交相呼应，勾勒出秋末冬初山峦别样的景象。6:30，一轮红日喷薄而出，整座山都染红了，四周一片祥和。我陶醉了。

远处，地平线上，几座突兀的立方体显得和四周的景致截然不同，在这些立方体的前后隐隐地有两座小山包，这些立方体分明是摩天大楼，可是在临朐哪里会有如此高的大楼？这是什么？

“海市蜃楼，这肯定是海市蜃楼！”

我们激动了，更陶醉了，没想到在沂山竟然有幸看到了海市蜃楼，出乎意料，不可想象。

早饭后，冲顶玉皇顶，走法云寺，下到百丈崖瀑布。一路悠哉游哉，不亦乐乎！

百丈崖高65米，绝壁如削，山陡谷深。每当雨季来临，山泉四出，溪水猛增，激流喷涌，流至百丈崖处，便翻崖腾空而下，形成百丈崖瀑布。远望百丈崖瀑布，如一匹银练在高崖上悬挂着。尤其是在晨曦初明之时，旭日东升，阳光万道，照射在被瀑布激起的团团水雾雨烟之上，形成一道道七彩霓虹，蔚为奇景壮观。只因百丈崖下，水花四溅，如积雪一般，即使盛夏到此，亦觉凉气逼人，故古人云“百丈瀑布六月寒”，身临其境，方觉不假。冬天则成一挂冰瀑，晶莹剔透，是攀冰的好去处。每年冬天都吸引全省各地的攀冰爱好者前来一试身手。

从沂山下来，宜山老师要在临沭停留几天。

送走了慈祥的宜山老师，我们踏上返济的大巴车，满载着深秋的色彩，在心中回味，意犹未尽。

2006年11月

# 信步南山之一

## ——从斗母泉到菊花峪徒步穿越笔记

早就听说青铜山山头众多、山势险峻、群峰竞秀，是徒步穿越的好地方。2007年第一次南部山区一日徒步穿越活动就选在了青铜山，是因为那儿有白花泉、斗母泉、老庄泉、南甘露泉、灰泉子等众多名泉；是因为那儿有济南地区最大的也是世上罕见的车梁木；也是因为那儿有齐鲁第一大佛和神秘的溶洞……

元月21日上午，51名驴友齐聚南外环52路终点站兴隆庄，准备徒步穿越。

虽然天气预报显示天气晴，可是9:00多了，太阳却不知躲到哪里去了，放眼望去，整个天空都是灰蒙蒙的。

斗母泉周围，都是我们的人。驴友的到来，为宁静的山村增添了些许喧哗。

斗母泉也叫窦姑泉，在青铜山西北山阴，是济南七十二名泉之一。泉旁有连根同生的车梁木和刺楸古树，均为济南地区同类树种中的第一大树。

天空雾蒙蒙的，远处的群山不见踪影，山野中满斥枯黄，冬天有太多让人厌倦的理由。驴友们的兴致并没有因为季节与气候而减弱，个个精神抖擞，意气风发。山上转转不停地转动着摄像机，记录着一天幸福的时光。老头卖豆腐稚嫩的脸上洋溢着天真的笑容。伍的和教授一路走来一路神聊。老派派头十足，不成想被小驴子们整了一把，咧着大嘴乐呵呵地直笑。队伍行至一岔路口，沿路直行可到大佛寺，右拐可通菠萝峪。

聚拢一下队伍，翻过小山梁子下山，沿山路继续前进。着装鲜艳的驴友恰如红男绿女一般行走在“之”字形的羊肠小路上，长长的队伍，断断续续，愈加拉长了队形。穿过一道山门，看到了通往大佛寺的水泥路。热情的老乡给我们介绍关于大佛的情况。

队伍继续行进，十分钟后，看到了“齐鲁第一大佛”的指示牌。景区管理员老何是一个很随和的人，看到在严寒的冬日，乌压压一大群人来拜访佛祖释迦牟尼，由衷地激动，在我们轮番劝说之下，终于动了恻隐之心，让我们近距离一睹尊容。

青铜山山南半山腰为唐代大佛寺遗址，现尚存大佛寺摩崖造像，也就是“齐鲁第一大佛”。拾级而上，数到365下再抬头，那博大雄浑的石窟就整个呈现在眼前。这座开凿在隋朝末年的石窟，经过了隋朝、唐朝、宋元明等朝代的雕凿，称得上蔚为大观。石窟正中央是佛祖释迦牟尼的雕像，佛像高达9.05米，躯体伟岸，造型丰满，高度居全省雕刻佛像之首，所以有“齐鲁第一大佛”之称。大佛面部表情端庄肃穆，双眼略向下看，目光亲切柔和。头上梳着肉髻，身着披肩式长衣，衣带飘然下垂，传神的面目和流畅的衣纹褶皱，显示了极高的雕刻技巧，专家考证凿于隋末唐初。大佛左侧是菩萨与供养比丘，菩萨身着璎珞帛衣，手持净水瓶和枝条。旁边的供养比丘身披袈裟，双手虔诚地捧在胸前，笑着侧向主佛。右侧石壁上还有 7 尊小佛，分别是宋元明时期的作品，雕刻技法及造像风格各不相同。

大佛的左侧有一天然溶洞，与龙洞相类，只是小了许多，形成年代应相同。洞深二三十米，窄的地方仅容一人通过，洞内有电灯。屈身而进，多岩坎，洞身有水冲痕迹。洞底豁然开朗，面积有七八平方

米，高两米有余，靠洞壁置一瓷质观音，乃景区管理人员的创意。

歇息片刻，驴友们在石级上合影。融融的气氛，高涨的热情，人们的笑容，信徒的虔诚，在群山沉寂的冬日里，成为一道靓丽的风景。

最快乐的永远是孩子们。一遍遍地摆着“千手观音”的造型，天真无邪，笑从心里流出，涌向万米高空，溢向四野，在群山中荡开，感染了每一寸山，每一株草，每一棵树……由此快乐的就不单单是孩子们了。

驴友，是一个神圣的名词，也是一个亲切的称谓。素未谋面的人，在驴子的队伍中，亲得就像一家人。爷爷领着孙女，叔叔扛着侄女，大哥哥搀着小妹妹……其实他们昨天还不认识。其情真挚，其意纯真。

出大佛寺沿路左拐，到南甘露泉吃午饭。

南甘露泉位于大佛寺东南山阴崖壁间，因水质甘美，且有别于佛慧山开元寺的甘露泉，故名。清道光《济南府志》有载：“东西两股清流，如漱珠玑，哗哗有声，蓄水成池。四周高峰峭立，翠柏郁森，中央为沃土，山坡果树溢香，畦中菜蔬肥壮，皆由此泉水浇灌。”

明晏壁有诗云：

> 佛顶巍巍青插天，滴来甘露化流泉。
> 南风六月为霖雨，远借恩波溉井田。

现在的南甘露泉和古书上记载的大不相同。四周高峰依然峭立，翠柏依然郁森，但田地早已废弃，已不见“山坡果树溢香，畦中菜蔬肥壮”的景象了。青石垒的池壁，方方正正，水池长二十余米，宽十余米。靠崖壁一侧一铁管把泉水引入水池中。泉水不大，沥沥嗒嗒滴入池中。池中水早已结了厚厚的冰，成了一处绝好的溜冰场，驴友们在冰上玩耍了起来。

人们三三两两地聚在一起，开始午餐。那边，郑老师拿出自制的烧心铁壶，阿板接满泉水，宜山、笑笑等捡来木柴，为大家烧热水。这边，凳子拿出了地垫，往地上一铺，顷刻之间，上面堆满了从家里带来的自做的各种菜品，老K的辣炒萝卜干，蝈蝈的炒鸡，东北人的生菜炒羊肉，糖罐儿的粽子……都是美味。我从包里拿出高脚杯，打开高度北京二锅头，满满斟了一杯，大家传着喝着。香水拿出已经剥好的柚子，大家分而食之。李哥早已进入了梦乡。驴友们不管熟悉的还是陌生的，借这个机会都从这一人群转到那一人群，相互介绍着。南甘露泉前宽阔的空地上，俨然就是在举办一个盛大的自助餐午宴。

一阵风吹来，微微有些凉意。我站起身，环视自娱自乐的人们，虽在没有景色的冬日的山林里，四周枯黄一片，花草早已凋零，泉水也已冰封，人们却兴致高昂。是人融入了冰冷的山林了吗？不，应该是冰冷的山林已经完全融入了人们那一颗颗火热的心中。

午饭后继续行进。

从南甘露泉左侧沿羊肠小路上山。路很好走，在梯田间绕来绕去。十几分钟之后，右拐开始爬坡。山坡很陡，往上攀爬，要四肢并用。坡上布满了碎石，脚踏上去，一不小心，碎石哗的一声就会滚落下去，十分危险。不一会儿，大部分人都已大汗淋漓，大口大口地喘着粗气，可是没有一个人退缩，体力稍差的新驴，也都咬紧牙关坚持着，一寸一寸地往上爬。小刺猬、小毛驴不愧是小老驴，再危险的路，也不需要大人的帮助，靠着丰富的户外经验，大胆地往前爬着，不大工夫，就已经飞奔到了半山腰。年仅六岁的小龙女也是手脚并用在山石上爬着，非常努力，可总也赶不上前面的两个姐姐，实在是太累了，趴在一块大石头直喘粗气。阿板寸步不离地守在她的身边，充当起保镖。小果果和父母一起第一次参加活动，为自己融不进其他孩子的队伍而懊恼，闷闷不乐。她看到如此陡的山坡反而兴奋了起来，放开手脚，健步如飞，把爸爸妈妈抛在了身后。

一路走来，漫山遍野都是枯黄的蒿草，有的竟有一人多高，十分壮观。

天苍苍，野茫茫，风吹蒿草沙沙响。

一步步走来，终于站在了霹雳剑的山巅。此时此刻我的思想已经飞到了天外。

当远离尘世，历尽艰险，精疲力竭，站立在山巅之上，环视四野，让风儿裹着你，与山石为伴，与草木为伍，声嘶力竭地长啸一声，做一个深呼吸，让大脑片刻空白，呆呆地站着，此时此刻，我们的身体和精神已经与大自然完美地融合，合而为一了。

让我们终生接受山野的邀请吧，聆听山的佳音，和大自然交流，大自然的平和将流入你的心房，宛如阳光注入树心之中。微风令人神清气爽，暴风雨一扫胸中的郁闷，大山赐予了我们无穷的活力。

从霹雳剑下山，有一处两米多的断崖，对于初次参加户外活动的驴友来说，的确有难度。郑老师已经下去开路了。人们拉开距离，慢慢移动着。亮剑下到断崖下，甘当人梯，驴友们踩着他的肩膀，小心翼翼地下来。驴子的团队精神是战胜一切困难的力量源泉。当最后一个驴子顺利地下来后，我们的心才落到了肚子里。沿山路继续往南走，出菊花峪，进入到公安厅训练基地，20分钟后，到达仲宫至西营的公路上。

51位驴友顺顺利利地走完了全程。

大家都在心里欢呼着。

2007年1月

# 信步南山之二

## ——从商家到天齐庙徒步穿越笔记

2007年元月28日，周日，天气晴，微风，最高温度6℃。

一大早，驴友们就在仲宫镇商家集结，等待一声令下，兵发四门塔。已经是腊月初十，恰逢商家大集。集上年货琳琅满目，人头攒动。在当地人眼里，我们的装束显得有些特别，吸引了不少怪异的目光。

9∶30，31位驴友集结完毕，在郑重其事和宜山的带领下，队伍浩浩荡荡地进山了。

如果走大泉村翻过山垭口经泉子峪村直接去四门塔的话，仅有四五公里路程，有两个半小时足够了。线路太短，遛不开腿，还没有感觉就已经结束，徒劳无益。

信步南山，目的就是随意地走，随意地乐，随意地抛洒一周工作的疲乏，舒展筋骨，挥洒激情，放纵心性，让身体和精神与大自然合二为一。

郑重其事和宜山建议绕行，大家都同意了。

走了一小段去金象山滑雪场的水泥路，觅一小路穿过一片果园，斜插到半山腰一条能跑汽车的土山路上。这条路是去明贞观的。

明贞观坐落于仲宫凤凰山阳，始建于隋朝，唐代为佛教场，名为小庵。明朝改为道教，改称明贞观。清朝顺治十二年、乾隆九年、嘉庆六年、光绪

十五年，数次修葺扩建，建成东西两院，殿堂二十七间，道众十数人，香火兴旺，达到了鼎盛。文革期间，道众遭遣散，庙宇毁坏。20世纪80年代初期，全真教龙门派第二十代弟子，原被遣散道人窦明水，道心未泯，殚精竭虑，奔走呼号，于2004年10月在原址上重建道观。我们看到的建筑就是重建后的。

虽然儒道释的立教根本不同，但在齐鲁大地却也相安无事，并都能发扬光大。泰山周围有许多三教合一的庙宇。实为齐鲁文化底蕴深厚，山东人淳朴厚重，心宽能容事。

明贞观虽无法和其他名刹相比，倒也清静，是一个清修的好地方。不忍过多打扰，匆匆离去。出南门左拐，可见一泓山泉，名曰四清泉，是道观的唯一水源。泉水从一石槽中流出，水流不大。石槽下有一青石砌筑的七八米见方的水池，石槽上方是一块石碑，刻有“四清泉向阳池　厥而基建队1966年建”的字样。

顺山路北行左拐，斜插上山脊。往北可见险峻挺拔的霹雳剑，像一柄利剑直插云霄。山谷中公路两边的村村落落尽收眼底。

沿山脊向东南方向迂回。迟到的驴友沙漠打来电话，刚到商家。追赶大部队是不可能了，也没有必要。让其沿金象山滑雪场向南直接上山脊，等候大部队会合。

驴友们在郑重其事和宜山的带领下沿山脊绕来绕去，快到黄石崖时，见到了金象山滑雪场。继续绕行，从不同角度俯瞰滑雪场。

已经看到滑雪场东侧的山脊上有一小黑点在移动，这是沙漠。

12:15，登上了此次活动中最高的一座山峰，海拔617米的无名峰。北望可以看到大泉村，可以看到锦绣川水库。

与沙漠会合后，原地午餐、休整。

经过一上午的跋涉，有几人已显疲乏。

12:40，简单午饭后队伍继续沿山脊向东行进。钻过柏树林，就站到了从大泉村到泉子峪村的山垭口右侧峭壁的顶峰。环视四周，泰山、梯子山、青铜山、黄石崖尽收眼底。

驴友们相互搀扶着从崖壁上下到垭口。山垭口其实是一个十字路口，北可到大泉村，南可到泉子峪、四门塔，东上山脊可到红叶谷、跑马岭，西上山脊可到金象山滑雪场。

大部队登上山脊向东南迂回。几个体力透支的新驴友在宜山和郭金禄的带领下，从垭口向南下撤，到四门塔等候大部队。

蓝蓝的天，白白的云，青青的山石，枯黄的蒿草，一群装扮得五颜六色的驴子在山野撒欢，在清新的空气里恣意地伸展着身体，让心性高过天空。

14:50，驴友们走出四门塔景区，沿公路徒步，前往柳埠天齐庙。

天齐庙位于柳埠镇中心街一座十余米的高台上，始建于明隆庆四年（1570年），距今430多年。1981年政府重新修葺，对外开放。天齐庙又叫东岳庙，供奉的是泰山神，也叫天齐老爷。且抛开天齐庙不说，单那从崖下直通到庙门的石阶就让人惊奇不已。石阶共108级，长约百米，仿佛是从庙门直飘下来的一袭绸缎，而这绸缎从清幽、肃穆的天齐庙飘下，一直飘到凡间人声鼎沸的马路上。天齐庙坐北朝南，为硬山式砖木石结构，筒子瓦、小灰瓦覆顶，院墙由青石垒砌而成。一进山门是哼哈二将。穿过门殿来到院子里，院落里收拾得干净整洁。一位穿着道袍的老道士进进出出地忙碌着，院落中间的香炉里还飘着未燃尽的香烟。院落北面是正殿，正殿面阔三间，进深两间，中间塑着一尊披挂战袍、面相威严的大将军像，像前写着“东岳泰山天齐仁圣大帝”。天齐老爷两侧各立有两尊塑像，其东侧为两个文官，西侧则是两个武官。庙宇的东、西配殿也颇宽敞大气，均面阔五间，进深三间，为卷顶棚。两个配殿里供

奉着十大阎罗的画像。据说在世时犯下罪行的人，死后便根据各自所犯罪行的程度分配到不同的阎罗殿，接受惩罚。院落里还有几块残碑，其中一通龙头碑看上去最为古老，碑文已经看不清楚。老道士说，这通龙头碑便是该庙始建时所立。

明贞观在山北，天齐庙在山南。虽供奉的神灵不同，可目的相同，都为混沌的人提供精神寄托，假借神灵开脱心中的迷茫，以求得到心理安慰。时至今日，庙宇虽还在，假借神灵的雕塑像也还在，到底救赎安慰了多少人？如真有的话，却也无据可查了。到了危急时刻，神灵真的就能救你吗？

游完天齐庙，带着这些疑问，乘车回家了。

2007年1月

# 地狱？天堂？

## ——徒步穿越太白山行记

一台拖拉机，在崎岖狭窄的山路“突突”地跑着。天在下雨，路上全是水。路边的山沟里，湍急的溪水咆哮着。路另一边的崖壁，碎石随着雨水不时滚下，砸在路面上，砸在溪流中。坐在拖拉机上的是一群背大包的驴子，驾驶拖拉机的是驴野险踪……

就像是在玩电子游戏，“突突”的拖拉机在这条从周至通往厚畛子的崎岖狭窄的山路上左右躲闪，躲闪着坠石……

突然，一块硕大无比的山石，砸折了树木，冒着电光，从山顶忽忽地滚下。

汗水和着雨水，涂得我满脸满身都是，就像是刚出笼的馒头，腾腾冒着热气。此时此刻，我手中的拖拉机成了一辆横冲直撞的装甲车，把一块块滚石都撞下了山沟。双手紧紧握住方向盘，猛加油门，把一台颤颤巍巍的拖拉机开成了时空飞船，一下子冲了过去……

一拖拉机人都张着大嘴，但只是从嘴里冒出些许凉气，人们被惊吓得喊不出半丝声音……

这是一个时常进入我梦乡的场景。

……

山顶满是冰雪。

时而天空中灰蒙蒙的，鹅毛大雪在空中飞舞。

红松林从石缝中伸出枝身，鲜艳的杜鹃花在大雪中绽放。

时而大雨倾盆，第四纪冰川遗留下的石海、石河，真的像海像河动了起来……

我就像在大海中独自航行的一叶小舟……

时而云海裹挟着山峦，拔仙台在翻滚着的云海中挺身而出，一轮红日在云海中时隐时现，一群苍鹰在云海中翱翔……

这也是一个个时常进入我梦乡的场景。

何谓地狱？何谓天堂？

我不知道！

的的确确，徒步穿越太白山就是从地狱到天堂！

这种夙愿，虽然都没有实现，但是，我心中依然期待着……

从地狱到天堂是一种期待。

从天堂到地狱是一种境界。

与往年一样，五一长假无疑是驴子远足的日子。

2007年4月30日上午10:00，一行8人聚集在济南火车站进站口门前，即将搭乘K15次列车，前往西安，拉开了徒步太白山的序幕。

我的背包中塞满了从夏季到冬季的衣服，足有10公斤，四天穿越的粮食，以及一瓶2升的鲜橙多和3升饮用水，背上尼康D80和奥林帕斯两部相机，称称重量，全副装备足有35公斤。

太重了！

5月1日凌晨1：00多，到达西安与沙漠会合，徒步到西安八路军办事处的青年旅社歇息。

水司长途客车站，转车去周至。

从周至到厚畛子差不多90公里，一路上坡，从海拔450米到1200多米，走108国道，到黑河森林公园后进入狭窄的山路。

一路颠簸。

16：00才到达了厚畛子。

只顾赶路了，中午饭没有吃，黑木和庄主早饭还没有来得及吃，饿得肚子咕咕直叫唤！

小饭馆，还算干净，120块钱，十几个菜，米饭管饱，便宜。

老岳，我找的向导，叫岳建平，从铁甲树下来见我们，给我们的第一印象并不像网上炒的那样，老成中带着狡猾。

他没有空做我们的向导，推荐了一个姓李的师傅。

老岳简单聊了几句，无非是帮大伙忙，自己掏电话费，热心有点吃亏等，匆匆告别走了。

工夫不大，老岳领着一个年纪在40岁左右、怯生生的男人来了。

这就是我们的向导，老李。

老李叫李奇徽，可硬说自己叫李奇微，不知是不认字，还是工作证打错了字。

老李老实弯眼（济南方言，偏执、执拗之意），认死理。两天的行程中领教了不少。

用小刺猬的一句话说，老李实在得不是地方，让人感觉不舒服。

该说老李的话太多了，先说一件事吧。

1日下午与老李接上头后，由于厚畛子的汽油已经卖完，把油罐给他，让其想办法弄1升汽油。老李爽快地答应了。

17：00，我们辞别老岳、老李，徒步1个多小时去4公里外的铁甲树扎营，说好第二天早晨6：30与老李会合，一起进山，顺便把汽油和订的17个大馍带过来。

一夜无话。

2日早上6:30，老李准时到了，提了两袋子馍。

等大家收拾完装备，已经快7:00了。大家分别带好四天的干粮——每人两个大馍。

刚要出发，发现老李竟然没有带汽油！

此次活动装备物资都是经过事前仔细计算过的，其中炉头三个，两个气炉和一个油炉，气罐准备了8个，汽油需要1升。

没有汽油怎么能行？最后一天岂不要没热饭吃了！

对老李提出严厉的批评，令其马上回家去取！

还好，老李马上认识到了问题的严重性，搭摩托车回家去取了。

我们只好卸包，在营地等候。

7:40，老李慌慌张张地来了，手里捏着两个灌满汽油的矿泉水瓶子，并没有红色的油罐。问他？他说昨晚把油罐丢了！

没有油罐，要汽油何用？

不知老李是真不懂，还是装傻！愣愣地看着我们，一脸的委屈。

没办法，只好联系老岳，让其随后找人捎四只气罐到药王殿营地。

节外生枝。

等把事情处理完，已经8:00了，比计划出发时间整整晚了一个半小时。

从铁甲山庄营地出发，过一条小河，几分钟后，就来到著名的铁甲树。

铁甲树又叫铁橡树，属于壳斗科栎属，是一种常绿阔叶乔木，在秦岭地区它一般分布在海拔1000—2800米之间。由于它生长极其缓慢，材质坚硬如铁，厚革质叶片的边缘生有许多锐刺，像盔甲一样；所以人们形象地称其为“铁甲树”。

三个西安交大的研究生，加入到队伍中，我们一共15人。

5月2日上午8:10，正式开始了我们的驴行。

铁甲树海拔1400米，今天的目的地营地药王殿海拔3100米，一天要拔高1700多米，相当于从黄海海平面到泰山玉皇顶再向上200米，第一天的背包最重，我的包70多斤，凤凰归来的最轻也有差不多40斤，难度可想而知。

对肉体的磨砺，的的确确是走进了地狱。

今天的徒步路线，从铁甲树开始，经三合宫瀑布，走六里坡到老君殿，过石海、石河，走二里坡到达朝阳寺，经南天门，到达药王殿营地。

秦岭是我国的国家中央公园。2005年，《中国国家地理》对秦岭做了一期专刊，详尽地介绍了秦岭的风貌。它是中国南北方的分界线，也是我国气候的分界线，还是黄河水系和长江水系的分界线，它的第四纪冰川遗迹的冰斗湖、石河、石海等，气势磅礴，蔚为壮观。地理位置相当独特。

太白山是秦岭的主峰，海拔3767.2米，一年中差不多有近十个月冰雪覆盖，太白六月飞雪是很正常的事情。植被、气候的垂直分布明显，一天可以经历一年四季，别有趣味。

驴子喜欢它的理由很充分，它是我国中东部地区可以体验雪山乐趣的为数不多的地方之一，也是海拔最高的山。线路比较成熟，危险性相对较小。

每年都有成千上万的各地驴友来登太白山。一般，海拔2800米以上，基本上见不到普通游客，是驴子的乐园。

进入太白山自然保护区的大门，沿溪边的小路行进，满目葱翠，古木参天，花香扑鼻，山溪之中，枯木盘亘，巨石堆叠，清凉的溪水在枯木、巨石中环绕，奔腾而去，鸟鸣、溪流之声充盈两耳，一番盛夏原始丛林的景象。

打开对讲机，调好频道，我和黑木各持一个。我随向导老李在前，纵行天下坐镇中间，黑木收队，其他队员夹在队伍中间，前后距离保持在400米左右，队伍整体推进。

有昨天从厚畛子到铁甲树一个多小时的热身，今天走起来比较轻松，海拔抬升不大，早上气温比较凉爽，走了一个多小时，汗没出多少，水没喝一口。

两个小驴子拢也拢不住，一直冲在队伍的前面。

9∶20，到达三合宫瀑布服务站。

走不远，就到了三合宫瀑布。

从三合宫瀑布右拐，跨过一道溪流，就进入了六里坡。六里坡的起点是三合宫瀑布，终点是老君庙。

三合宫瀑布海拔1700米，老君庙海拔2700米，六里坡整整拔高了1000余米。

走一趟六里坡，壮汉也要扒一层皮，对肉体的磨砺，非同一般。

不过景色越来越美，周围的植物逐渐褪去了绿色，由常绿针叶林代替了落叶阔叶林。

进入六里坡，行进速度逐渐慢了下来，汗水啪嗒啪嗒地往下掉，衣服早已湿透，走上一段路就要把包靠着路边的大石块上喘粗气。

路离开溪流，继续拔高。

11∶15，到达了南清关。此处有一泉眼，向导建议在此用午餐。

泉水清洌，冰凉爽口。

大家拿出大馍，就着咸菜，喝着冰凉的泉水，填一填肚子。

我拿出鲜橙多给两个孩子。小刺猬啃了巴掌大的一块馍，吃了一小块香肠，喝了两杯泉水，算是午餐。

12∶00，队伍继续前进。随着海拔的抬高，走起路来越来越费力气。

孩子们没有一点累的感觉，脸上洋溢着快乐。

有几段路很难走。

老君殿，海拔2700米，是六里坡的终点，在残存的废墟上，一块几十平方的平地是很好的营地，不足之处是离水源较远。

原来的老君殿早已荡然无存，只留下一些残存的房子的基础，不知为何遭此浩劫。

在路边，有一座小得不能再小的小庙子，里面应该供奉的是太上老君。

海拔2000米以上，生长着一种小竹子，细细的竹笋就像芦苇，吃到嘴里甜甜的。

两个孩子一直跑在队伍的最前面，一点也不知累，见到啥都好奇。她们一人采了一把嫩竹笋，放在嘴里咀嚼，以为找到了一种甜美的食物，高兴得不得了。

一路上，小刺猬吃了十几根，小毛驴也吃了几根。当时大家都没在意。

海拔2700米是一个临界点，是人能够出现高山反应的最低点，如果在这个高度没有出现高山反应的话，再上1000米也没问题。

当我到达老君殿的时候是14:05，孩子们早已到达多时了。小毛驴跑过来对我说，小刺猬肚子难受，想吐。小毛驴显得非常着急。

2005年国庆长假，我们也来登太白山，从上板寺往上到了海拔3300米的时候，小毛驴出现高山反应，呕吐不止，头晕目眩，没办法，老K和K嫂带着小毛驴、小刺猬下撤了，留下了小小的遗憾。

这次小毛驴没有问题，反而是小刺猬出了症状。

我简单地看了一下情况，脑袋不烧不晕，仅仅是胃里难受，不太像高山反应。一种可能午饭时喝凉泉水啃锅盔伤了胃，另一种可能沿途吃小竹笋的中毒反应。我脑子急速转动，寻找对策。

凤凰归来找来两片胃药，让小刺猬服下。

上到六里坡，大部分人都已精疲力竭，意志薄弱的就会下撤了，因为接下的是二里坡，路更陡，消耗体力更大，对肉体摧残更严重。一些当地的山民，会在六里坡上段和二里坡尾随着驴队，给那些出现情况的驴友背包，赚取背包费。长假期间在太白山，背夫一天一般要100元，而从二里坡到药王殿，不到3个小时的路程，就会要到50元，一分不能少，你还要心存感激之情。因为如果没有背夫，你就可能彻底崩溃，就登不上太白山巅，就看不到壮丽风景。

是上？是撤？

我心情非常复杂，异常矛盾！

狠狠心，还是上吧！

小刺猬肚子稍微好受一点，队伍又继续前进。

孩子脸上表现出的坚强，让我非常感动。

刚走几步，小刺猬哇哇地吐了起来……

我俯在孩子的身边，看着小刺猬。

队伍停了下来……

此刻，我脑子中不敢有一丝下撤的念头，害怕小刺猬坚持不住，害怕自己坚持不住。

接着，小刺猬又拉肚子……

痛苦的我，内心苦苦地挣扎，好孩子，不要这样，一定要坚持，绝不是什么高山反应，也不是食物中毒，也许是中午吃的东西太凉了，凉了肚子，吐了，泄了，就好了！

向导老李过来询问了一下情况，听说吃了小竹笋，非常肯定是有点中毒，并没有大问题。

因为小刺猬，队伍行进得很慢，走走停停。

我看了一下时间，已是15：00了。

由于K嫂照顾小毛驴，体力有些透支，背包早就让向导背了。

看到小刺猬难受的样子，我和向导商量了一下，让向导背我的包，我背K嫂的包，然后，我再把小刺猬扛在脖子上，要把小刺猬扛上太白山。

向导同意了我的提议，和我交换了背包。

让小刺猬骑到我的肩上。我直起腰，撑起双杖，刚迈了两步，不觉一个踉跄，差点摔倒。

K嫂的包差不多40斤，小刺猬45斤，此刻我的肩上有85斤的重量，再加

上我的腰包、相机，差不多近90斤。在2700多米的海拔高度，即使是铁打的汉子也受不了。

我异常艰难地又往前迈了差不多30米，在一块大石头边坐下，呼呼地喘着粗气。

早就尾随我们的当地山民不失时机地出现在了我的面前，非常友善地提出要替我背孩子。

我断言拒绝了。

又挣扎着往前走了几步，我背负的实在是太重了，晃晃悠悠，差点摔倒。山民过来扶住我，劝我不要再犟了，纵行天下、黑木也过来劝说。

我把包给了山民，孩子是我的，我必须自己扛上太白山。

队伍继续前进，速度依然很慢。

黑木一马当先，只身去了药王殿抢占营地。

小刺猬骑在我脖子上，身子曳斜着，软软地靠着，我的双手牵着她的双手，登山杖失去了作用。

坚强的小刺猬强忍着难受，乖乖地，一句话也不说。

走过石河，走过石海，攀登二里坡。

时间是5月2日15:30，气温不到10℃。豆大的汗珠从我额头滴下，我的短袖运动汗衫早已溻透。

虽然小刺猬的体重只有45斤，比我的背包差了30斤，但是，我知道我的肩膀的责任重大，我扛的是我这么多年的心血，是我宝贝女儿健康成长的未来，是用我的言行，把人生执着、勇往直前、永不言败的意志力，真真切切地传给孩子，让她知道，在人的一生中，这一点困难并不重要，重要的是要把头高高地昂起来，攀登上人生的高峰！

16:05，走完了二里坡，登上了朝阳寺，艰苦的路算是告一段落。

朝阳寺海拔3050米。

从朝阳寺到药王殿，有上有下，路的起伏不大，还算好走。

登上朝阳寺，景色大不相同。山上的落叶松刚刚长出嫩芽，四周一片荒凉。

小刺猬的肚子好些了，只是还有点想吐。

她骑在我的肩上，要打瞌睡，我一边走，一边给他讲故事。

小刺猬骑在我肩膀上，已经能开口讲话了，讲她的学校、老师、同学、小朋友们，我们爬过的山、走过的路，驴途中遇到的趣事……用自己的思想理解周围的世界。

我们父女俩，走走停停，25分钟后，来到了南天门。

我一屁股坐在草地上，小刺猬顺势滑在我的身边，头倚在我的怀里。

绵绵四十里的跑马梁，出现在视线中，非常壮观，可以看到上面覆盖的一片白茫茫的冰雪。

可能是太累了，小刺猬闭上眼睛想睡觉。

气温继续下降，只有5℃左右。

找到背夫，给小刺猬加了衣服。我也穿上爪绒衣。

休整片刻，缓缓神，喘口气。

乌云压得很低。

出来之前，详细地了解了太白山的天气情况，五一期间，太白县、眉县、周至县大都以晴天为主。

但是，太白山不同于其他地方，天气是无法预测的，来块云彩就下雨，五黄六月会飞雪。

登太白山，只能是靠运气。

黑木已到药王殿，传回话来，药王殿营地人满为患，来自全国各地的上百名驴友云集在此，有的伺机登顶，有的转道下撤，已扎下五六十顶帐篷，还有驴友陆续赶到，营地异常紧张，已经把包里的东西拿了出来，分散开占地。要求兵力火速增援。沙漠背起包，飞身离开，前往救援。

天越来越冷，身子都快要凉透了。

纵行天下、怿红庄主、凳子还没有踪影。

不能等了，留下踏飞燕等候他们，队伍继续出发。

从南天门出发，开始是一段下坡路。

过了南天门，景色和前更不相同，到处是厚厚的冰和积雪，融化的水淌过羊肠小路，有的路段十分泥泞。

我驮着小刺猬走得并不轻松。小刺猬渐渐话语多了起来，这个信号告诉我，小刺猬的危险马上就要解除了。谢天！谢地！阿弥陀佛，无量天尊，无量寿佛，仁慈的上帝，我的主啊……我的宝贝女儿马上就要好了。

我问她，现在最想吃啥？

她说，喝点稀饭吧。

我说，到了营地，啥也不干，给你煮稀饭。

我想起了黑木，冲着对讲机喊，烧水，熬稀饭！小刺猬想喝稀饭了！

黑木回话带着兴奋，连说明白，明白！

我驮着女儿快步走着，好像已经闻到了稀饭的香味……

一个泥泞的陡坡，并没有在意，左脚踏着一根湿漉漉的树根，还没有踩稳，右脚就迈了出去，左脚下一滑，我一愣，本能地，左手紧紧地抓住小刺猬，右手向旁边抓去，屁股往下坐，身子往后仰，一连串的保护动作一气呵成。左膝盖还是生生地跪在了硬邦邦的树根上，屁股坐在了泥水中。还好，只是虚惊一场。如果身子前倾，后果不堪设想。

刺猬从我的肩膀上下来，关切地问，爸爸，没事吧！

我说，孩子，爸爸没事的，会把你一直扛上山顶，让你见到世上最美丽的风景。

爸爸，你不用扛我了，我会自己走的，你起来吧，我来拉你！孩子懂事地说。

我领着小刺猬，一瘸一拐地在泥泞的山路上蹒跚着。

其实，天并不很冷，路也并不太难走。

走了不久，看到凤凰归来和K嫂、小毛驴正坐着休息，小刺猬向她们走去。我回望一下，踏飞燕等四人还没有踪影，意识到可能是凳子体力有些透支，行走有些慢。

已经快18:00了。乌云压得更低，四周暮色苍苍，人在如此环境中，感觉竟不如蚂蚁。

我示意凤凰归来带小刺猬先走，我回身去接应他们四人。

小刺猬懂事地跟凤凰归来走了。

此时，视野所能看到的只有我一个人，四周静得怕人，连一丝风都没有。

在蔼蔼暮色中，我倚着一块长满苔藓的大石头，凝视着光秃秃的落叶松和远处的跑马梁，在深深反思。

我到底在做什么？……

等了差不多十分钟，踏飞燕过来了，我让他先走。

我扯着嗓子大喊，猛子，凳子，庄主……

没有回音！

我沿路向后走去，一路狂喊。

终于，听到庄主的回音。

5分钟后，见到了三人的踪影。

我要替凳子背包，凳子坚辞，说一定要自己背着包登上山顶。也是一条硬生生的汉子！

我只好让他们把帐篷取下，叮嘱他们几句，提着帐篷，快步向药王殿走去。

在一片满是低矮灌木和枯黄草墩的近似高山沼泽的地方，追上了凤凰归来和小刺猬。

18:30，转过一个小山梁，就到了我们的营地药王殿。

营地非常热闹，五六十顶帐篷，星罗棋布。黑木和沙漠拼尽全力，为我们抢占了6个营点。

到达营地的驴友们，有的在扎帐篷，有的在做饭，有的端着相机不停地拍照。

黑木的稀饭早已经煮好，小刺猬和小毛驴喝上了香甜的稀饭。

纵行天下、凳子、怿红庄主三人是19:00到达的营地。

大家陆续扎完帐篷，黑木和凳子非常认真地检查每一顶帐篷，打好每一根地钉。

晚饭是方便面、紫菜汤泡馍（锅盔），消耗了差不多两个大馍，又喝了黑木煮的小米面粥，我给大家煮了奶茶，热乎乎的饭，吃到胃里，身子顿时也热乎了，一天的劳顿随之云消雾散。

与向导老李商量，明天早上6:30出发，走玉皇池、三爷海、二爷海，争取10:00登顶拔仙台，然后撤到大爷海，下午到达文公庙或者放羊寺扎营。

为了节约明天早上的时间，也为了夜里取暖，三个炉子一起烧水，保证每人有2升热水。

操着各地口音的驴子门到处嘘寒问暖。

孩子和女人吃完饭后都睡了，男人们还在烧水，要烧开24升水。

天很黑，黑得连一颗星星也没有。山路上，有点点灯光，还有驴子陆续到达。

此时温度也就3℃。

22:00，起风了，下起了小雨。

22:30，烧完最后一锅水，小雨变得密了起来，并且夹杂着冰粒，唰唰啦啦地砸在外帐上。

风也大了起来，不远处的落叶松林剧烈地摇晃着。

看来要下雪。

我对面的三顶帐篷是临沂驴友的，他们早早地睡了。

大风，足有八九级。从北边的松林中吹来。先是听到松树林剧烈扭动得卡巴卡巴响，接着是帐篷剧烈扭动的声音，就像非洲土著女人庆典中狂扭的屁股。

这绝不是梦，是确确实实发生在5月3日凌晨太白山的事情。

我浑浑噩噩地从梦中醒来，帐篷外边风声呼啸，人声嘈杂。有人在喊，下雪了！下大雪了！下暴风雪了！

我从帐篷中探出半个脑袋，帐外已是雪白一片，寒风刺骨。一个寒战，身子马上缩进了睡袋中。

看看登山表显示的温度，帐篷内－4℃。

那个女人的屁股继续剧烈地扭动着。

猛烈的狂风肆意地刮着，想鼓足力气，把整个营地掀翻。

迷迷糊糊地又睡着了。

迷迷糊糊中听到黑木的笑声，谁的防潮垫在飞！以为是黑木的梦话，没有理会。

迷迷糊糊中，我头顶上的外帐啪啦啪啦直响。

坏了，可能是外帐的地钉拔出来了。

小刺猬也醒了，是被尿憋醒的。

爷俩从帐篷里钻出来，顿时被眼前的场景惊呆了。

大地一片雪白，雪还在飞舞，风还在狂吹。

我对面的三顶帐篷，只剩了一顶，有两顶在随风滚动，其中一顶抽打着我的帐篷边。几个防潮垫飞了起来，一会冲上高空，一会又跌到地面。我南面几顶探路者的帐篷已经坍塌，困在里面的人不知在想什么，做什么？

怪不得黑木夜里怪叫呢！

察看了一下，我们的帐篷基本完好。

伺候完小刺猬，返回帐篷继续睡觉。

早上6:00起来，去找向导老李。老李还在窝棚的通铺上睡觉，七八个人挤在一起。推醒老李，询问几点出发。

老李说，要等风停了才能定，现在走太危险了。

我把这个信息传达给队员们，让大家继续睡觉，等风停了再出发。

雪已基本停了，风还在狂吹。

水源已经结冰。

重又回到帐篷里。

小刺猬还没有醒。

我曳斜着身子，随便抓了睡袋盖在腿上，静静地看着小刺猬那甜甜的

小脸。

8:00多，大家陆续起来了。

我在帐篷里给两个孩子煮了方便面。

9:00，队员们都起来了，站在雪地里，就像来到珠峰大本营。

户外爱心联盟的大旗在营地飘起来。

整整一个上午，队员们等得有些着急。

有几队不顾狂风，强行出发了。

大部分驴友选择了下撤。

我们静静观望。

强行出发的几队也有撤回来的，说前面雪厚、路滑、风大，相当危险。

几次去找老李，都说，风太大，不敢走，还是等等再说吧。

没有脾气!

队员们都十分着急。

召集队员们商量，确定三个方案：

第一方案，原地待命，中午风停了，按照原计划，出发登顶，走营头出山。

第二方案，原地待命，等明天风停了，出发登顶，走汤峪出山。

第三方案，原地待命，中午风不停，原路撤回，到三合宫扎营，休闲几天。

11:30，风还没有一点停的意思。

大家都沉不住气了，不愿把时间白白浪费在等待上。

询问了几位向导，都说太白山刮起了风，起码要一个对时才有可能停，也就说明天午后才有可能停。这样，我们就有可能要在此等候一天半。

不能白白浪费时间！

可是，难道就这样轻易放弃穿越吗？

又是痛苦的抉择！

11:35，大家又聚在一起讨论。

大部分人想下撤，两个孩子坚决不同意，05年没能登顶，一直耿耿于怀，并且还惦记着汤峪的温泉呢！

权衡各方面利害关系，痛苦地作出决定，午饭后，原路下撤。

有了昨天的经历，黑木提出不吃午饭，提前下撤，去三合宫抢占营地。沙

漠和西安的三个学生也要提前出发。打开对讲机，与先头部队随时保持联系。

12:30，队伍出发，离开药王殿，又把小小的遗憾留在了心间。

昨夜的雪，让远处的跑马梁变成白花花一片。

今天的小刺猬就像换了个人似的，高高兴兴地跟在我的左右。

下撤过程十分顺利。队伍下撤得很快，黑木下撤得更快。我们刚到老君殿，他们5人就已经快到三合宫营地了。下二里坡后，遇到济南齐鲁社区的3位驴友，给他们介绍了一下山上的情况，匆匆别过。又遇到几队上山的驴友，看到我们下撤，都感到不可思议。虽心有不甘，可考虑到安全，只能选择下撤。既然决定了，就不要后悔，想到这儿，心情渐渐好了些。

三合宫营地扎下营，队员们放松了下来。

三合宫营地海拔高度2000多米，气候宜人，空气湿润，环境优美。

我们决定腐败到底，喝酒喝到自然醉，睡觉睡到自然醒。

早上起来，西安的学生要提前下山，与他们一一道别。

我带着小刺猬到营地边的溪流中洗漱。

溪流清凉，鸟鸣悠扬。山谷幽幽，粗大的枯木随意堆叠，滚圆的石块散落在谷底。抬眼望去，不远处有几叠小瀑布，溪水欢悦，大朵的杜鹃花点缀溪流中，顺水而下，飘飘摇摇。

往里走了一段，几乎没有人走过的痕迹。

不错，是一处难得的仙境。

于是决定对幽谷做一次探游。

吃过早饭，踏飞燕留守营地，其他队员出发，进入无名山谷，寻奇探幽。

神秘山谷风景绝美，三步一潭，五步一瀑。

当我们从山谷出来回到营地时，已经中午12:00多了。踏飞燕已为大家做好饭。

简单午饭后，收拾装备，出发去厚畛子。

一路走来，已没了来时对太白山的神秘感，也没有了兴奋。

凳子却在快到景区大门的地方扭了脚，一瘸一拐的。

回到厚畛子，跟随向导老李去他的村子花耳坪，晚上就住在老李家。

花儿坪是个不错的村子，群山合抱，绿树成荫，一条铺满卵石的小河从村边淌过，水流的声音很大，老远就能听见。

晚上就在老李的院子里扎营了。

第二天，实在不愿再打扰“相当实在的”老李了，转移到一家比较成熟的农家乐，打牌、聊天、洗衣、洗澡，哪儿也不去了，休整一天。

5月6日早上6:00醒来，收拾背包，包车去周至，乘中巴车到西安。

再见了，太白山！

再见了，西安！

仅仅是暂时的别过，我们还会回来的。

会从厚畛子到营头，会站到高高的拔仙台上的。

驴子的脾气永远不改。

2007年5月

# 泥腿驴暴走南山

## ——从黄巢水库到开元牌坊徒步穿越笔记

这次活动是从泰山樱桃园到济南开元胜景牌坊徒步穿越计划的一部分。原计划4天走完全程，分两次实施。总行程110余公里。

2007年4月22日，从7:50到18:40，耗时10小时50分，穿越了从泰山西麓的蓄能水库开始，经拔山沟、桃花峪索道站、黄石崖林工队、仙女湾、卖饭棚山脊、摩天岭、凤凰岭南亭子、防火监测站、界碑、十八盘南垭口、药乡森林公园，到达黄巢水库。行程50余公里。速度5.26公里/小时。

记得4月22日完成从泰山樱桃园到黄巢水库穿越后，郑重其事提出了一个大胆的想法：用一天时间从黄巢水库走回济南。对于此事，我一直耿耿于怀。

上周泰山仙女湾宿营时，与郑老师商量，计划近期走走。考虑到季节原因，气温太高，不适合高强度、长距离的拉练。

天公作美——上一周，淅淅沥沥的雨断断续续地下个不停，气温一降再降。

此次活动对于人的意志力是极为严峻的考验。

行前对徒步穿越中遇到的困难和问题作了充分考虑。

首先是线路。从黄巢水库到开元胜景牌坊，总体线路及方向了解，局部并不是十分清楚。比如从黄巢水库到柳埠，从哪里出山到103省道，不确定。再如到达柳埠后从何处进山，然后再从何处出山到商家，也不确定。

其次是距离。从黄巢水库到开元胜景牌坊，从地图上量取直线距离为37公里，考虑山地起伏，道路绕行，计算系数为1.5～2.0，估计距离为55.5～74公里。

第三是时间。按每小时平均行程4.5公里计算，计划行走时间为12.5～16.5小时。具体时间不好把握。

第四是天气。近几天一直关心济南和泰山两地的天气情况，一周来阴雨不断。23日济南上午有中雨，下午阴天，气温在19～23℃。局部地区雨量不好预测。

第五是人的心理状况。如此残酷的拉练，对于每个人绝对是严峻的考验，对体力、心理承受能力和意志力都有很高的要求，参加活动的9人是否都能走下来，心里没数。

6月23日7：25到达黄巢水库西岸的大蔡峪村，正式开始了一天的长途跋涉。

何谓猛驴？看看我们！

何谓耍飚？看看暴走南山！

何谓意志超人？看看我们的行走轨迹！

何谓老当益壮！看看郑重其事、影随风飘！

为什么叫泥腿驴？因为雨中登山，泥里水里，滑滑擦擦，弄了个浑身泥水，成了泥腿。

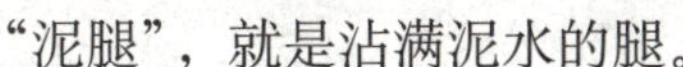

“泥腿”，就是沾满泥水的腿。

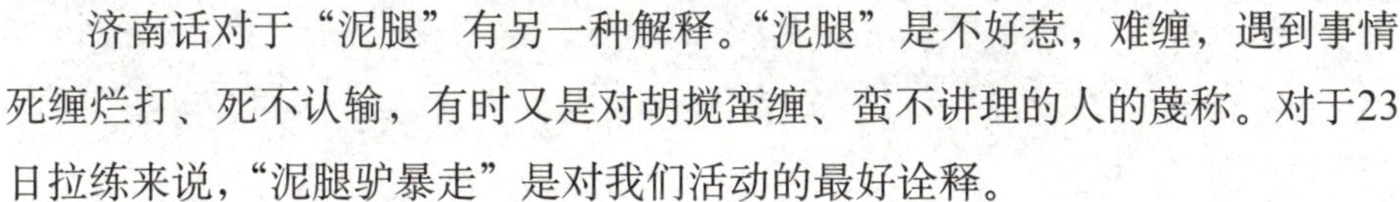

济南话对于“泥腿”有另一种解释。“泥腿”是不好惹，难缠，遇到事情死缠烂打、死不认输，有时又是对胡搅蛮缠、蛮不讲理的人的蔑称。对于23日拉练来说，“泥腿驴暴走”是对我们活动的最好诠释。

开始登第一座山——麦穰垛山。

走不多时，来到罗泉崖村。出村左拐，真正进山了。在云雾中翻过几座山头，应该在和尚帽子山的北面，具体位置不确定。

10：00，雨势渐渐小了，云雾也慢慢散去。但雨还在淅淅沥沥地下，迷雾笼罩着山野，能见度很低，刚走过的罗泉崖村也看不到了，只听到犬吠鸡鸣。在山里绕了几个圈子，大家很快就晕了头，乱了方向。如不借助指北针，东南西北真的就分辨不出来。

山里放羊的老李，热情地给我们指明了方向。沿小路向东北方向斜插，然后左拐，绕过麦穰垛山，一头扎进了柏树林子。看到了一条弯弯曲曲的小公路，箭在弦上说开车走过，却记不起这是哪儿。遇到西山村的一山民，告诉我们，前面不远处是岱密庵村，经过村子就能到103省道。

得知马上就到103省道，大家晃悠着泥腿留下了合影。

岱密庵村位于103省道上，在柳埠东南方向，距柳埠5公里。

云里雾里地走来走去，路线偏向了东北，出山的地方离柳埠有点远。

到达岱密庵的时候是10：30，我们已经连续走了三个多小时，但是走了不到10公里路程。接下来的任务将是十分艰巨的。

在郑老师的催促之下，大家撒开脚丫子在103省道上健步如飞。

趟过一条小溪，左拐前行，跨过一座大桥，看到了天齐庙，我们在12:00到达了柳埠。没有驻足休息，进入北峪继续行进。经过四门塔陵园、羊栏村，到达了北峪村。

此时又累又渴又饿。

出北峪村左拐，继续北进。

12:30，终于到了开饭时间。在一干枯的水池边，席地而坐，裸衣跣足，歇一歇备受折磨的脚丫子。简单的午饭，大家狼吞虎咽，吃得香甜。

从7:30出发至此，已经走了5个小时，行程20多公里，竟然一次也没有休息。简直是不可思议！

饭后小憩片刻，13:20出发，继续北行。登上山脊，看到了金象山滑雪场。翻山而下，穿过滑雪场，来到了西商家。

过商家，沿路继续北行。

穿经张家埠到达小佛寺村。

从小佛寺左拐，沿公路前往道沟村。

在小佛寺村，一群乘凉的村民见到我们，问我们从哪里来，到哪里去？

听我们说从黄巢水库来，到济南去，都无比惊讶！

一位老大爷面露同情的表情，关切地说，从俺山里坐车，3块钱就能到市里，你们没钱，俺给！

我说，不是没钱，是想走走。

想走走，怪累累地！不会是想不开吧！说完，不停地摇头。

出道沟村继续北行，翻过垭口就能到天井峪村。

郑老师决定上山脊走脖儿岭，去涝坡村。

此时是16:00，都已人困马乏，十分劳累。

沿山脊一道石头墙，有300多米长，半人多高，残留着垛口、射击口，有些地方都已残破倒塌，岁月的印痕留在上面，是齐长城的一段吗？

走石墙的右侧，直奔山脊。海拔上升了200多米。累得够呛，腿都已经快要走不动了。

17:30，当我们登上脖儿岭的最高峰的时候，已经筋疲力尽了。至此我带的3升水已全部喝完。老乐已经喝了5升水。

影随风飘出现了低血糖症状反应，采取了紧急措施，进行了及时处理，症状得到了缓解。

大家曳斜在草地上，喘着粗气，一句话也不说，一点也不愿意动了。

我们徒步山林，蹂躏双脚，疲乏肉体，难道仅仅是为了愉悦心灵，磨炼意志，历练心智吗？

在别人眼里，这些人一定是疯子！我们疯了吗？我们傻了吗？

在长长的脖儿岭上，在杂草灌木中穿行，走得十分艰苦。

西边的丁字山清晰可见。

夏天的傍晚，没有如血的残阳，只有满天薄云，远远的夕阳发着淡淡的光，就像此时大家的心情一样悲壮。

终于下到了通往涝坡村的土路上，大家心情好了一些，排起了整齐的队伍，唱起了嘹亮的军歌。

19:00，到达了涝坡村。大家补充水源，在街头坐下，和村民们聊天，休息休息。

征求大家的意见，都说还能坚持，不达目的誓不罢休！

19:20，一群泥腿驴又踏上征程，继续向北挺进。

过绕城高速，走上了前往大岭的路。从涝坡村出来，天就快黑了。

已经无法按照计划的时间到达目的地，大家反而放松了下来。4公里的公路走了差不多1个小时，20:30大家在大岭村南头的一座桥上集合。

天已经完全黑了。又征求了大家的意见，没有人要坐车逃跑。

其实，走到大岭，就已经很了不起了，也算基本完成了任务。

大家带上头灯，继续向北挺进！

肚子在咕咕叫，大家吃着凤凰从北峪村买的花生米，一瘸一拐地走进大岭。

按照计划，到大岭要上山，走山梁子到东外环。为了安全，放弃了原计划，决定穿越大岭、小岭、扳倒井到东外环。

时间在一分一秒地走过，我们的脚步没有停，一瘸一拐地往前走。

家人不放心，打来了电话询问情况。贤惠的雨荷已经为箭在弦上熬好了

大补汤。俺家的小刺猬发来短信给爸爸鼓劲。

走到此时，靠的不是体力，而是毅力，大家在拼意志力。

驴子的倔强、忍耐、默默无闻、忍辱负重等特点发挥得淋漓尽致!

凤凰、憨牛的肚子好了，影随风飘的低血糖也好了，箭在弦上的高烧退了！野狼的鞋底子还在勉强跟着他。

一连串的好消息!

也有坏消息，郑老师拐了，我也瘸了，这种情况只有在2005年火鸟四周年店庆徒步黄河的时候发生过。因为等不到我，朋友的饭局散了。

从扳倒井出来，终于见到了灯火辉煌的城市，终于快回家了！回家的感觉真好！似乎一下子又来了劲，大踏步跨过东外环，直冲最后一个山坡，大佛头下的山垭口。

往往在胜利到来之际生出一些眷恋，似乎不愿让美好的东西过去得太快，大家执意要在佛慧山的垭口大大休息一番，脱去鞋子，数一数脚上的水泡。

凤凰四个。

野狼六个，还有一个泡中泡。

箭在弦上没有泡，可是磨破了左脚。

我的脚被雨、汗泡得泛白了，右脚左数第二和第三个脚趾之间磨破了，真蹊跷!

……

大家数着脚泡，哈哈大笑。

郑老师说，这一辈子最对不起的就是这两只脚。说完，含情脉脉地抚摸着那两只老脚。

苦是什么？累是什么？乐是什么？幸福是什么？

没有真正经历过，是体会不到其中乐趣的。

只有我们，只有这一群在别人眼里是傻子、二杆子、缺心眼子的人，才能真正体会得到!

21：55，走在漆黑的夜里，走在佛慧山再熟悉不过的山路上，走在胜利

之路上，虽然拖着疲惫的腿，晃着劳累的身子，但是胜利的微笑写在每一个人的脸上。

下到山下的石头路上，几个乘凉的市民，交头接耳，议论纷纷。

一个说，现在的城里人身体真是不行了！缺乏锻炼！

另一个说，是啊，是啊。你看看这几位，爬了个大佛头，就累成这个样子，唉！边说边摇头。

终于在2007年6月23日22:15，我们走到了开元胜景牌坊。

此时此刻，大家的手紧紧地握在一起，大家心也紧紧地连在了一起。

我们用25个多小时，成功地穿越了从泰山樱桃园到济南开元胜景牌坊，全程110多公里。

我们的成功穿越，在到达的那一刻就已经成为了历史。对于我们参加活动的每一个人都是一种体验和历练，也是精彩人生的一个章节吧。

2007年4月

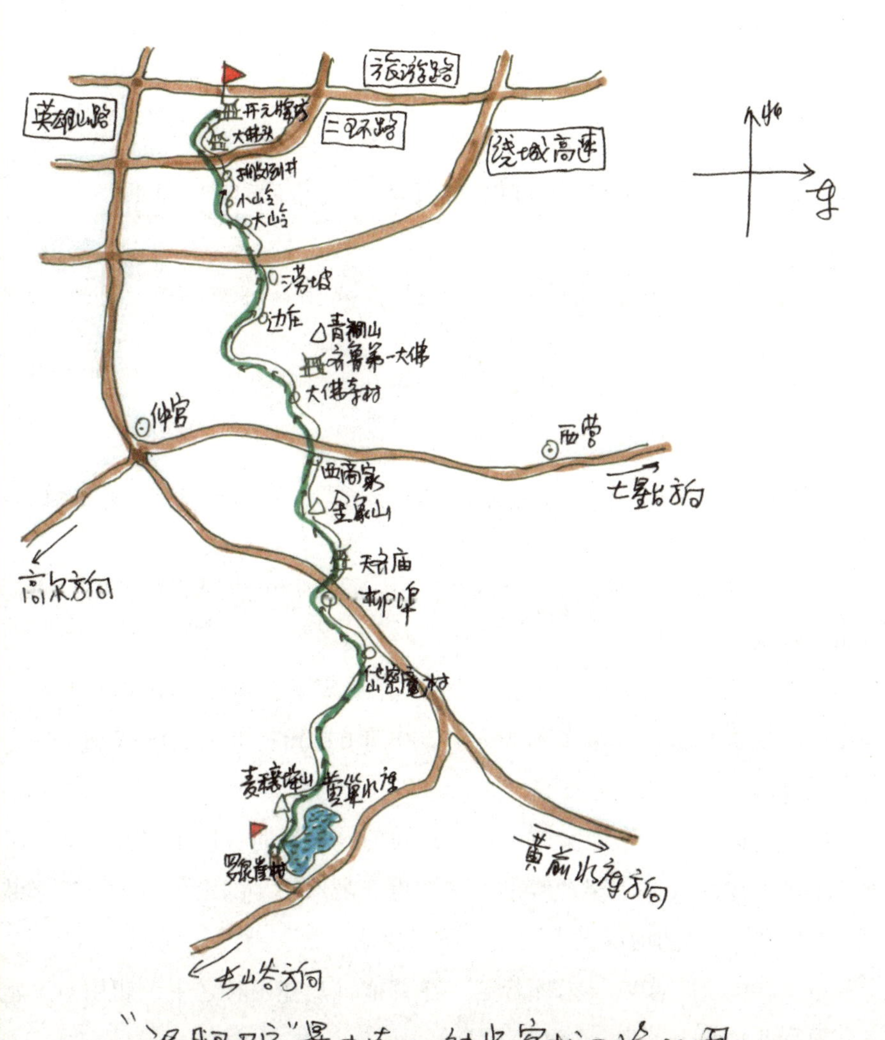


"泥腿驴"暴走南山徒步穿越手绘地图

罗泉崖→麦穰垛山→岱密庵村→柳埠→天齐庙→金泉山→西高家→大佛寺→边庄→涝坡→大山岭→小山岭→搬倒井→大佛头→开元牌坊

# 在历史的长河中，找寻残存的记忆

## ——翠屏山、贤子峪、卧牛山寨寻古探幽行记

平阴贤子峪是听李哥说的，长清卧牛山寨是听长清的朋友说的，翠屏山、胡庄教堂是顺便找来的。

与李哥商量，早想串起来走走。计划终于确定了，两天休闲游玩。

几天的暴雨预报，吓退了不少人。2007年6月30日上午9：00来到平阴，租车去翠屏山。

出租车司机小李是个老实厚道人，接我们这趟活时，周围好几个同行嘲笑他，人多钱少。人家小李师傅可不这样想，虽然小小的面包车满满当当装了9个驴子，还一个劲地说没事没事，还能装几个。

来到翠屏山下，李队长指挥若定，穿着拖鞋走在山林之中，爬山对于他来说，简直就是庖丁解牛，游刃有余！

其他队员也不示弱，爬上石墙，打起太阳伞，扭着腰肢，挪着猫步，尽显驴友风采。

游玩翠屏山，是为多佛塔而来。管理宝峰院的老赵如数家珍地给我们讲起了多佛塔的历史。佛塔矗立在翠屏山巅的宝峰寺内，宝峰寺建有山门、玉皇阁、八仙阁。山门西南，石砌拱顶洞门，为二层。门内为小院，正中建玉皇阁。玉皇阁下石砌券门，阁顶之四隅建筑为三角形锥堞式，似鸟展翅。中

砌垛孔短墙，若西欧古堡，风格奇异。多佛塔矗立在院内西侧，此塔建于唐贞观四年（630年），明嘉靖元年（1522年）重修。全塔共13层，呈八棱状，用当地青石构筑。塔底外周长18.5米，通高19.7米，塔形雄伟，简洁古朴。每层四周皆辟佛龛，内嵌石雕佛像，原有104尊，现存84尊。第二层以上佛像为半立姿，均高0.6米，肩宽0.15米。底层石雕佛像最大，均高1.1米，肩宽0.6米，佛身同饰有浮雕图案的底座联为一体。塔的第一层近2米高，从第二层以上愈高间隔愈小。所有佛像尊尊正襟危坐，仪表堂堂，形态逼真，造型优美，处处可见用工之精良。佛像结跏趺坐，背后饰佛光唐草，具有鲜明的唐代风格。塔顶置铁制宝瓶冠刹，高1.9米，内分三级紧扣相连，外形严谨，美观大方，构造甚为巧妙。宝瓶外铸文清晰，字字可辨，系当时著名金火匠杜文剑、杜思温于嘉靖六年（1527年）三月铸造。重建后的多佛塔，不但大量沿用了原塔的佛雕，整个造型也都保持了唐代佛塔的风格。全部施工，从嘉靖元年（1522年）五月至嘉靖六年（1527年）三月，历时五年。全国四大名刹之首灵岩寺当时的敕赐住持慈高僧前来主持了立塔奠基礼。多佛塔建成后，广为游人称颂。明代进士、山东按察司副使沈钟明弘治庚戌年（1490年）冬，游翠屏山时曾留诗赞曰：

峰尖孤塔势嶙峋，培喽纷然莫与邻。

十里横陈开野望，一锥直上插苍旻。

第二站是胡庄天主教堂。位于平阴胡庄村内的圣母无染原罪堂始建于

1906年，占地3.3公顷。主体建筑天主教堂南北52.25米，东西宽28.37米，后穹顶加十字架高50米，建筑面积1000平方米。整个建筑用大块料石靠缝砌垒，柱石上饰以高浮雕花卉。整个建筑群处处呈现出哥特式建筑风格。1998年在原址上重建。重建的天主教堂建筑规模如初。主塔楼由南端改到北端，为框架式罗马建筑。南墙改为透明式铁棂，大门也改为铁棂式，在门外就可看到教堂正面。院内整修了原来的水池，新植了花木、草坪，堂前成了一个美丽的花园。

教堂的老张热情地给我们演示做礼拜的仪式，带我们参观教堂，讲解圣经故事。精美的壁画讲述着耶稣的生平，讲述着博爱的故事……

一群悠闲的驴子，在天主教圣地胡庄的街头踱着步子，聊着冰糕的清凉，聊着驴行的愉悦，聊着生活琐事，聊着天主的三位一体，聊着过去，聊着现在，聊着将来。

露德圣母堂也叫尖山圣母堂，位于胡庄村西的尖山顶端。始建于1895年，1927年夏被雷击焚毁，1928年重建，1966年毁于火灾，1989年6月国内教友自愿献仪并出工修复。修复的露德圣母堂坐西向东，建筑面积270平方米。整个建筑仍然保持了原来的哥特式建筑的风格特色，处处呈尖锥型，给人以举心向上之感。堂外东侧增建了长200余米的石阶直路，路南侧竖有耶稣苦像和站在十字架下的白色圣母像、圣若望宗徒像。沿石阶下行路两侧的石柱上竖立了两尊守卫天神像，给朝圣者已进入圣地的启示。1990年5月该教堂落成。

时间过得真快，转眼中午了。从天主的世界回到繁杂的世俗，谁也离不了

吃吃喝喝。午饭后，一头扎进平阴的超市，疯狂购物，采购晚餐用的腐败物资。

下午来到了贤子峪。

贤子峪处于群山环抱之中，林木茂盛，浓荫蔽日，古木甚多，越显幽静清新。有古诗曰：

> 树密法王殿，云深仙子栖。
> 白衣贲远酿，红叶书新题。

由此可见一斑。

据有关资料记载，此村始建于明代，由明代贡生张宗旭兴建，后发展为村，村中石屋、院落仍保持明代建筑的风貌和格局。

在闹市中居住的人们，如能在这万籁俱寂的山谷民居中住上一宿，晚听

虫鸣，朝闻鸟语，出门见青山绿树，蓝天白云，呼吸着甜甜的空气，览赏山间美景，也该是一种难得的乐趣吧！

三泉庵建于贤子峪东侧的半山腰，庵门坐北朝南，两侧各有石狮一只。庵内正殿为观音堂，坐北向南，东西三间，平顶硬山，前抱厦。房顶四周有女墙。前有八棱石柱两根，上有平面磨光浅浮雕刻花卉图案，覆莲坐柱基上，格窗木门。上7级台阶进殿，殿内有观音等塑像及壁画。

庵东侧有“伏魔殿”，为长宽各4米的正方形石结构建筑，攒尖叠石顶，朝西的门楣上有篆书斜刀阴刻“伏魔殿”三字。殿内顶端有涡旋雕刻图案。庵内有明正德、嘉靖年间创建、重修观音堂建筑的石碑4通。其中有《重修观音堂记》的碑文，记叙了此处的景色：“视山之美而茹，摘木之鲜而食。坐石临流，逍遥徜徉……椒杨成列，佳水向莹，生香不断，玉树连云，向阳而垂，甘露遥峰，倚空映日……”恍若人间仙境。

在与三泉庵相对的峪南山腰处，还有一处送子观音堂，为一间，坐南朝

北，木石结构，正六边形平顶建筑。室内南墙上方刻有“白云阁”三字，落款为“甲戌怀二甫建”6字，为平地阴刻隶书。

贤子峪内多泉。三泉庵西的东山脚下有一井泉，泉水因从一巨大的石缝中涌出，又名抱珠泉。在泉旁凿石为池，水从山根的石缝中涌出入池，满池后溢出顺峪向西流淌，长年不涸。水盛时流水有声。居民多由此取水饮用。泉东的山坡上，过去植有桃树、杏树，春季桃杏花盛开，十分美丽，雨后又有山水顺崖流下，故名“桃花流水”，亦为此处一景。

绕庵外山坡北行，在庵东北的石崖上，有贡生题诗的摩崖石刻，还有“寻花绕寺”四个大字。

从建村到现在历经600余年，贤子峪曾经繁盛过，鼎盛时期有上百口人，皆姓张，无一杂姓，都是老张贡生的后人。

明朝初年，贡生张宗旭在此安家的原因已无据可查，但是有一点，他是个文化人，知书达理，有头脑。

贡生是古代科举制度中参加全县会考合格后取得的名分，也就是俗称的秀才。

明朝的科举制度规定，童生参加县试合格后，即是秀才。秀才分为两部

分，选拔出来进入国子监学习的叫监生，其他的称谓贡生，相当于现在的高中学历。监生和贡生都有资格参加乡试，继续考取功名。

很显然，张宗旭最后学历就是贡生，没有考上大学，政府也就没有给其分配工作。

可以想象一下：参加完县试的张秀才，屡试不第，心灰意冷，逃到贤子峪，创办了函山书院，立志教育子孙，好好学习，天天向上，考取功名，实现老子未了的宏愿。

也可能是看到官场的黑暗，萌生了陶渊明一样的念头，并寻找到了自己的世外桃源，开发建设了贤子峪，创办了函山书院，吟诗作画，在风景秀美的山林之中了却残生。

由于交通不便，现在的贤子峪仅存的两三户人家，也只有一户常住。其他都迁到距此一公里半的山沟外的村子里去了。

站在贤子峪后山上遥观小山村，古木绿树掩映下的残垣断壁，透出往日的辉煌，被历史的车轮碾压过的痕迹清晰可见。

来到贤子峪，在一户大户人家驻扎下来，从贤子峪唯一一户常住居民老张家借来炉灶、炒菜锅、桌椅板凳，准备晚上腐败到底。

大家自觉地干起了活，捡拾木柴，提水刷锅，摘菜洗菜……忙得不亦乐乎！

丰盛的晚餐后，乘着微微醉意，大家来到村南的山坡，夜观星象，看到了难得一见的蓝月亮。

在山坡平整的石板上，大家跑啊，跳啊，尽情地放松，尽情地愉悦。

累了，就地一躺，地当床，天做被，山风呼呼响耳旁，亦醉亦醒聊发狂，放歌余音绕山冈，不是天堂，胜似天堂！

深夜，大家闹够了，返回营地，困觉觉。

香格里拉打开汽车音响，悠扬的音乐在空荡的山村中飘着，鼾声随着音乐的节拍摇着，梦儿跟着风儿飘上了天空……

早上起来，李哥早已从老张家淘换来一瓢子面粉，要给大家做西红柿鸡蛋疙瘩汤。

一瓢面加一杯水，在李哥的手里变化着。一只指点江山的手，在面碗里搅动搅动，用力地搅动……但见，飞云手手到处，云飞雾起；二龙爪爪过时，天动地摇。到是，三昧火烧开翡翠汤，九重天飘落疙瘩面。更有，黑铁勺搅动乾坤，鸡蛋雨流光溢彩！

须臾，一盆鸡蛋疙瘩汤做好了。

一顿早饭，大家吃得非常生动！

早饭后，放风筝去。

香格里拉是昨天下午驾车赶到的，带来了各式各样的风筝，有软体风筝，有运动风筝，有立体风筝，有双飞燕风筝，有六米多长的老虎风筝，还有一个有三十多米尾巴的风筝……让我们看得目瞪口呆，大开眼界。

上午7：30，收拾装备，准备开拔。

让我们再看一眼静静的小山村。李哥深情地说，我们要走了，一定还会回来的。

9：30，坐平阴小李的车，直奔位于长清区驻地东南5公里处的卧牛山寨。

卧牛山的山形极像一头卧睡的水牛。牛头是水母山，供奉的是水母娘娘。相传水母娘娘和碧霞元君是亲姊妹，碧霞元君供奉地是泰山，而水母娘娘供奉地是水母山。

圣佛洞位于水母山的半山腰，在山下就能看到。洞为一自然洞穴略凿而成，洞门为石券门，洞外是关帝雕像，洞内亦有造像，均为高浮雕。洞北壁刻有1佛2菩萨2弟子，沿南壁刻有2尊菩萨，其中佛像最高者1.22米，尤菩萨像雕刻精细，居于长1.55米、宽

1.45米的区域之间，右边的菩萨造像是水母娘娘。

各地都有关于水母娘娘的传说，像山西晋祠中的水母楼就是供奉的水母娘娘。在此设立水母娘娘庙，应该和山地缺水有关。

水母山北侧山势陡峭，有一处露天的天然洞穴。

从悬崖上下来，继续向北攀爬，很快就到达了卧牛山寨古兵营。

卧牛山面积2.7平方公里，海拔338米。卧牛山寨东西长2700米，南北宽40米至120米。

相传，在190年，归德镇后夏村有一位性格豪爽、为人耿直、不畏强暴的汉子名叫周仓，参加了汉末的黄巾军起义。起义失败后，带领村民在卧牛山上筑寨，举旗为王。寨民从开始数十人到数百人，后来发展到数千人。随着寨民的增多，山寨上的房舍由数间增加到上千间。到了清朝咸丰年间（1851—1861年），太平军又重驻山寨，将山寨加固扩建，使山寨房舍覆盖整个卧牛山顶。

卧牛山地势险要，四面悬崖，笔直如削。只有东南、东北、西北三个外寨门与外相通。内寨门建在山顶西侧只有40来米的狭窄处。山顶两面是刀削似的悬崖峭壁，易守难攻。内寨门寨墙的建筑和外寨门相似。但走进内寨门后，迎面是座石屋，顺石屋之间留出的道路向上行进，看到了一片平坦辽阔的空地，这片空地很可能是当时兵家的演练场地！山寨上的石屋，多数是用

青石板收顶筑造的，无檩梁建筑，现虽有不少倒塌，但看上去仍气势磅礴，蔚为壮观。

这次活动，游玩了翠屏山宝峰院多佛塔、胡庄天主教堂、尖山圣母堂、贤子峪古村落、水母山圣佛洞造像、卧牛山寨古兵营等古迹。

从年代来说，卧牛山寨古兵营最早，由周仓始建于汉末190年，后来在清咸丰年间，1851年前后由太平天国起义军扩建，距今1800多年。水母山圣佛洞造像是250年左右魏晋时期建造的，距今1760余年。翠屏山宝峰院多佛塔建于唐贞观四年，即630年；明嘉靖元年，1522年重修，距今1370多年。贤子峪古村落建于明洪武十年，1378年，距今600多年。尖山圣母堂1895年建造，1927年毁于雷击，1928年重建，1966年毁于火灾，1990年重建，距今110多年。胡庄天主教堂最晚，建于1906年，1966年毁于火灾，1998年重建，距今100余年。

在浩瀚的历史长河中，没有什么可以称得上永恒，即使是石头砌成的堡垒，也经不住历史车轮的碾压，经历千年，如今只留下废墟一片。唯一能经得住风吹雨打的可能就是民族的血脉。

在多佛塔领略了大唐盛世的风韵，在胡庄感知了天主的博爱，在贤子峪有了儒道交叠的感悟，在圣佛洞寻觅魏晋思想的飘逸，在卧牛山寨听到的是厮杀、看到的是血腥……

在方圆百公里内，历史的遗迹始于血腥，也止于血腥。历朝历代繁盛与颓败，动荡与安宁，都在历史的长卷中或浓或淡地留下了各自的辉煌与平淡。

我们的驴行，凭借只言片语，蛛丝马迹，在先民们留下的巨大的空白中遨游，用心聆听山野的呼唤，乘着风儿穿越历史的时空，愉悦着自己，绝不做历史的傀儡！

2007年6月

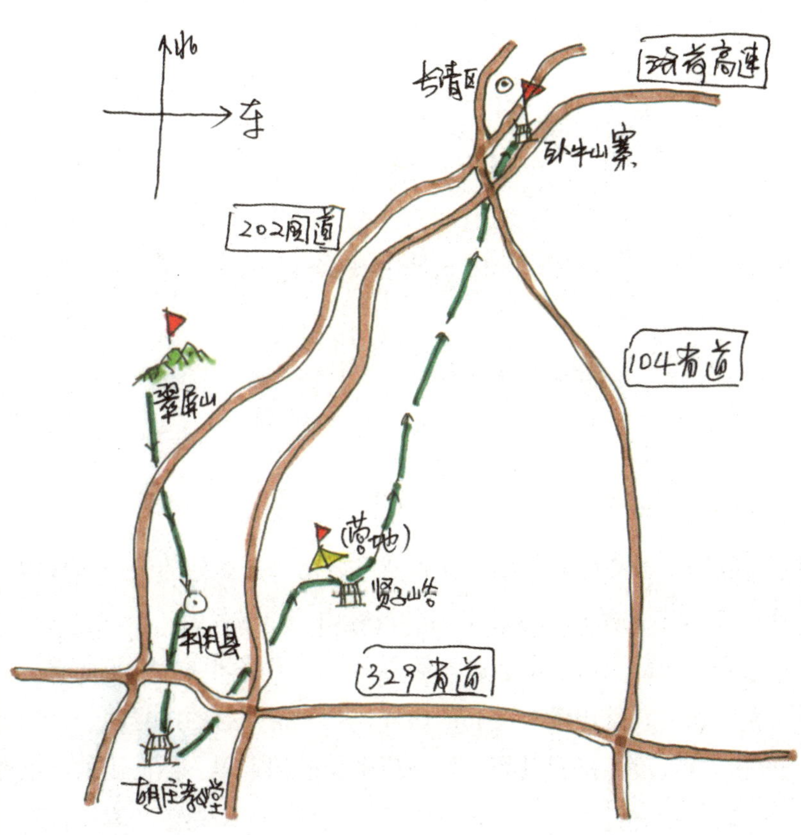


翠屏山、胡庄教堂、贤子峪、卧牛山寨位置手绘地图

在历史的长河中，找寻残存的记忆

翠屏山 → 平阴县城 → 胡庄教堂 → 贤子峪
→ 卧牛山寨 → 长清区

# 雨中的悠闲

——马山休闲两日游笔记

马山原名隔马山，亦称格马山，在长清县城南21公里处的马山镇境内，主峰海拔512米，是长清境内仅次于灵岩、五峰山的一座名山。

山，呈南北走向，因山形酷似卧马而得名。头尾部朝西。从正面看去，除南边马头稍高耸外，整山没有突起的山峰，是一条平直的山脊线。从山脚到山的三分之二处坡度不是很陡峭，植被茂密，松柏青翠。然而山的上端像是猛然拔起一般，峭壁直立，危岩嶙峋，且植被稀疏，灰白色的岩壁裸露，更显得山势峥嵘。远远看去似一道石砌长城，横亘天际。

2007年7月14、15日，两天马山之行，算是休闲腐败游了。

小毕说烤羊、速降。

我说放电影、打够级。

香格里拉说放风筝。

乱哥说晚上做杀人游戏吧！

……

三十多个人，十四五辆车，从四面八方赶来，齐聚马山，好不热闹。

上午10：00，先头部队18人来到了马山。

大家拾阶而上，走走停停。接近顶峰有一段陡峭的石阶，因其险峻故名

“天阶”。天阶72级，是靠着悬崖用石砌起来的，台阶狭窄陡立。通过天阶就进入了东天门。山顶建有东西山门，两门相对，距离20多米，两门造型相似，均建于唐朝前，全部用石块干砌而成，古朴、坚固、构造合理。出东西山门，路在崖下相交，向东的路通马山镇，向西的路通双泉镇。

从西门下来，西行，有一巨石耸立，乃飞来石。

从东山门沿山脊向东，是一处较开阔的山地，称为天街。穿过天街是一片庙宇，都是小门小殿，并且杂乱无序。沿天街向东南走，进入了南天门。

这里是山顶最大的一组建筑，有三座庙殿组成，由西向东依次是丰施侯殿、天官殿玉皇殿和碧霞元君祠。丰施侯殿又称马山圣母殿，传说唐贞观十九年（645年），薛仁贵奉旨东征，在马山被困后得救，上山朝拜马山圣母，见圣母神像貌似其老母，回朝后禀告太宗皇帝，遂封马山圣母为丰施候并拨银重修殿堂，再塑金身。中间的庙宇是两层建筑，下面是天官殿，祀天官、地官、水官，上面是玉皇殿，祀玉皇大帝。东面是碧霞元君祠，祀泰山圣母。

传说泰山、马山、五峰山是三姐妹，马山圣母排行老二。

所有庙宇建筑和诸神塑像都很粗糙简易，而非古建筑的工艺和布局，可能是近几年来由周围百姓募捐修建。院内还有古石碑22块，其中御碑2块，有一块是大明年间的，大部分石碑已字迹模糊或残缺不全。

出南天门择小路向东，几分钟就来到峰顶。峰顶南北走向，东西两侧皆是绝壁悬崖，山脊极平，宽处数十米，窄处一二米，在山脊上行走如履天径一般。眺望东西，沃野千里，峰峦叠嶂，远山朦胧，天地苍茫，使人顿觉襟怀开阔，心潮澎湃。峰顶还有布道场、仙人酒场、晒经台等景观，硕大的平

面巨石，或下临深渊或凌空凸探。临崖俯察，绝壁峭岩如斧劈刀削，更可敬扎根岩底壁缝中的翠柏，历经风霜雷电，仍生生不息，傲然挺立，有的仅存枯枝，依然傲视苍穹。

从晒经台再向南还有车辙沟、马耳岩，山势更加险峻。

文革期间当地群众用柏树在山坡上种植的五个大字“毛主席万岁”，由于年久疏于养护，现今只能清晰地看到一个“主”字，其余四字都模糊难辨。

从山顶返回，在新建的庙里吃午饭。

饭后，听隐居在马山三十多年的刘大爷讲马山的故事。

相传，东岳大帝有三个女儿，泰山、马山和五峰山。泰山和马山是双胞胎，本来马山老大，泰山老二，五峰山老三。可是，泰山不服，要争做老大，理由是谁长的最高谁就是老大。五峰山为人和善，与世无争，退出了争斗。马山和泰山开始比赛。开始的时候，马山长得很快，超过了泰山。泰山一看着急了，推动车轮向马山压来，车轮压在了马脖子上，就是车辙峰的位置。泰山回头一看，马山没有倒下，还在继续长，连忙拔出头上的金簪子刺向马的心脏，鲜血流尽，马山轰然倒下，成了一匹卧马。金簪子刺过的地方就是现在的透心洞。泰山继续长，长成了齐鲁第一高山，也成了姊妹三个中的老大。于是，后人编了一句顺口溜：癞人头上不长毛，泰山顶上不长草。说的就是此事。

刘大爷今年76岁，家住在离马山不远的小村子里。人很能干，上世纪70年代，就是远近出名的能人，做烧鸡，卖猪头肉，人实在，生意好。刘大爷兄妹两个，妹妹在师范上学，家里还有个老母亲，小日子过得红红火火，是一个幸福的家庭。

可是，天有不测风雨，人有旦夕祸福。就在妹妹师范毕业前三个月，发生了车祸，从此妹妹永远离开了人世。

老母亲失去了爱女，悲愤欲绝，终日以泪洗面。几个月过后，老母亲身体极为虚弱。

刘大爷看在眼里，痛在心里，心急如焚。

老母亲最后说，要么去死，要么就到马山顶上去住，远离让她伤心的村庄。于是，为了尽孝，和老母亲在山顶住了下来，这一住就是30年。

老母亲前几年去世了。已经习惯了山上生活的刘大爷，不愿再搬回村里去住了。

晚饭后，在幽暗的头灯的光影中，在孤寂的山顶的小庙里，一群驴子玩起了杀人游戏，庙外雨声淅沥，庙内气氛怪异。

天黑了，黑得不见五指，坏人出现了，他们杀死了一个好人……

可怜的摆渡人，连续三局都是第一个被杀，死得真是比窦娥还冤。

杀人游戏玩到凌晨两点多，大家还玩兴未减。

雨淅淅沥沥下个不停。一个上午，雨一直在下。速降已经泡汤，放风筝也只能放弃。

返回的路上，我在想，马山有何神奇呢？因为悬崖峭壁？因为神话传说？还是因为孝顺老母隐居山林的刘老汉？

2007年7月

# 散落在楠溪江源头的记忆

## ——楠溪江徒步行走笔记

楠溪江位于浙江省温州市永嘉县境内，是瓯江的最后一个支流。楠溪江融险、奇、幽、秀为一体，以水秀、岩奇、瀑多、村古、滩林美而闻名。其上游溪深林茂，飞瀑成群，次生原始森林郁郁葱葱；中游水清见底，卵石斑驳，游鱼可数，两岸滩林如黛，古村临江而建，一派田园风光；下游江水蜿蜒，舟楫如梭，风光旖旎。

驴子们喜欢的不是下游的风光旖旎，也不是中游的田园风光，而是上游的溪深林茂，飞瀑成群，年久的古村落。

2007年国庆长假，相约而行的是31位驴友，从10月2日下午到10月4日晚，用了两天半的时间，翻山越岭，涉水攀岩，徒步穿越了风光秀美的楠溪江的源头地区，寻访了罗垟、岩龙等古村落。散落在楠溪江源头的记忆，一丝一缕的感觉汇集成难以磨灭的印象。用队员二愣子的话说：奥，马爱疙瘩！

## 一　探访古村落

长满青苔的石板路，年代久远的石桥、汩汩流淌的溪流、苍劲的古树、斑驳的老屋、淳朴厚重的民风，我们仿佛置身于另一个世界。翠竹修长，稻谷飘香。鹅鸭在溪流中嬉戏，水牛在小溪边悠闲地踱步，大小狗儿停下脚步善意地打量着外乡人，摇摇尾巴不声不响地离开。白发垂髫的老翁在古亭中饮茶对弈，赤脚的孩童嬉戏着在溪流中捞鱼，豆蔻少女在捣衣砧上洗刷，衣着古朴的村妇肩背柴草在溪流中的碇步上不紧不慢地走着……一切都是那么闲适、悠然。这里是偏僻清贫的山村，罗垟、岩龙，我们徒步走过的两个古村落，一尘不染的自然美、天人合一的性灵美，比经诗子集更能纯净人的心灵。

罗垟被驴友们称为“最后的世外桃源”，由于地处楠溪江的源头，交通十分不便，生活物资都是村民们从山外肩挑手抬运进来的，人们生活异常艰苦。原来村里有近百间老木楼房，有500多口人，青壮劳力一般都外出打工，仅有几十个老人、孩子留守在村里。虽然今年的两场大火烧了三分之二的村子，残存的几间老房子仍然保持着原始的古朴风貌，我们扎营的老屋中

竟然还挂着“华国锋主席”的像，历史在此已经尘封了三十多年。

苹果树、南方红豆杉、银杏、香樟树，几株数百年的古树散缀在岩龙古村，它们默默无语地看着儿孙们“晨出肆微勤，日入负耒还”。数人才能合抱的大樟树下，季氏宗祠临水而筑。蛮石堆砌的低矮垣墙，长满青苔杂草。一道原木双柱小门，古朴简洁，让人无意间如步入宋人的山水画卷。正门由银杏木板做成，两边对联用隶书写着：“于古人书无不读，则天下事大有为”。门口有一对抱鼓石，还守着一对宋代的小石狮。宗祠正堂的几案上摆着几组先祖牌位，梁上悬着三块“流芳百世”之类的匾额，角落里立着一块明嘉靖五年的石碑，说的是“季文孚公，创业中兴，建宗祠以勒碑记，设谱牒以纪源流”。柱础浮雕着盛开的牡丹。戏台面对正堂，凸向院子。藻井与斗拱层层叠叠，宛如流云，精美的彩绘早已褪色，素面朝天，更显古朴。

## 二　溪流徒步

10月3日10:30，辞别了罗垟古村，开始了刺激、惊险的楠溪江源头溪流徒步。

经过村头的小庙，一条小路在半人多高的蒿草地中时隐时现，跨过一条溪流，小路爬上了山坡，钻进了一片密林中。脚下时不时有细流向山下流去，水流并不大，有时甚至只能感觉有水在石上流过，却听不到水流声。

这里是楠溪江的源头。

半小时后，隔着密密的原始次生林，终于听到了瀑布的轰鸣声。透过密林的缝隙，看到在百丈坑的尽头，两挂瀑布从几十米高的崖壁上飞流直下，在瀑布下面形成两个水潭，被风吹起的水雾在水潭上飘荡，晶莹的水珠跌落在山崖上的树叶上，在阳光下闪着光彩。这是石头湖口的两个瀑布，在楠溪江的源头，是普通得不能再普通的两个瀑布。

十几分钟，我们下到谷底，扔掉背包，鞋也顾不得脱，一下子跑进清澈的溪流里，女人、孩子开心地戏水、撒欢，小伙子们已经在往水潭里扎猛子，年长的宜山和无休两位老大哥，也孩子一样地笑着、乐着。笑声、歌声在峡谷中回荡。

站在溪流中，小鱼儿啜噬着你的腿脚，就像有人在轻轻挠你，痒痒的。水底散乱地铺着五颜六色、大大小小的鹅卵石，白的、黄的、青的、红的。

水浅的地方，波纹粼粼，映在水底，水底的色彩更丰富了；水深的地方，水的颜色渐渐变成深蓝色，身上长着横纹的小鱼在水中慢条斯理地游着，长着四脚的娃娃鱼在水边晒着太阳。峡谷两边的树影、远处的山峰、天上的流云倒映在水中，更增添了无穷的乐趣，置身其中，感觉自己已经成了神仙。这里就是仙境，也是驴子们的乐园。

吃过午饭，背起装备，在山谷中顺流而下。溪流时深时浅，浅的地方刚没过脚面，深的地方却要到大腿，更深的水潭只能从岸边绕行。水底的石头很滑，涉水时要特别小心，稍不留神，就会滑倒在水中，弄得浑身湿漉漉的。即使滑倒在水里，你也不会抱怨，慢慢地从水中站起，嬉笑着抖落身上的泥水，拧干衣服，继续前进。

半个多小时后，来到了龙凤大瀑布。龙凤分成上下二折，高均90米，如遇大雨，龙凤二瀑连成一线，从180余米高的悬崖上急泻直下，犹如巨龙咆哮，地动天惊，瀑风袭来，咄咄逼人。龙凤瀑中间有一深潭，嵌在石壁中，碧绿如翡翠。据说这是一个神潭，每逢天旱，罗垟周围的山民就会来此求雨，很灵验。

从龙凤大瀑布南行，离开溪流翻上山坡，路很难走，一队人马搀扶着走过乱石滩，下到谷底溪流中。一个“之”字形的大瀑布挂在崖壁上，瀑下的水依然很清、很蓝。

时间过得很快，转眼到了16:00，离天黑还有不到1个小时。今晚的宿营地在周坑口。按目前的行进速度计算，此时离营地还有两个多小时的路程，看来要夜行楠溪江了。

人们已经从刚才的陶醉中清醒了，没有了嬉笑和歌声，不觉加快了步子。从10:30到16:00，已经走了五个半小时，个别队员体力不支了。李哥带领大部分体力好的队员快速行进，争取在天黑之前到达营地。我和老K收队，督促后面的队员尽快跟上大部队。走到石门槛，路离开溪流，在山坡上绕行。

夜幕降临，天已完全黑了下来，四周黑黢黢的，只有天上稀稀落落的星星闪着朦胧的光。山路陡滑难行，几个队员开始步履蹒跚了。

借着头灯微弱的光，我们走得更加小心，速度愈发地慢了。有几次一脚踩空，从陡坡上滑落，连滚带爬地抓住身边的小树，半天才回过神来，不觉一身冷汗。翻过山坡，下到谷底，清凉的溪流依然汩汩地流淌，却再也提不起情绪，漆黑的夜紧紧地裹着每个人的心，汗水浸透了衣衫。一泓十几米深的水潭，我们小心翼翼地在潭边的崖壁上一寸一寸地挪过，丝毫不敢马虎，一刻也不敢放松，深一脚浅一脚地在溪流浅水潭中机械地走着。

路，时而浸没在水中，时而钻入崖边的草丛，时而翻过湿滑的巨石，在夜色中恣意地伸展，仿佛没有尽头。大部队早已消失在沉沉黑夜中，大声呼喊听不到回声，每个人的心都吊到了嗓子眼。就在大家陷入绝望的时候，两盏萤火一样微弱的灯光在远处闪烁，隐隐听到李哥的呼喊声。从没膝的浅潭中趟过，顾不得潭底溜滑的鹅卵石，大步飞奔着冲向李哥。晚上19:30，我们到达了周坑口营地。

2007月10月

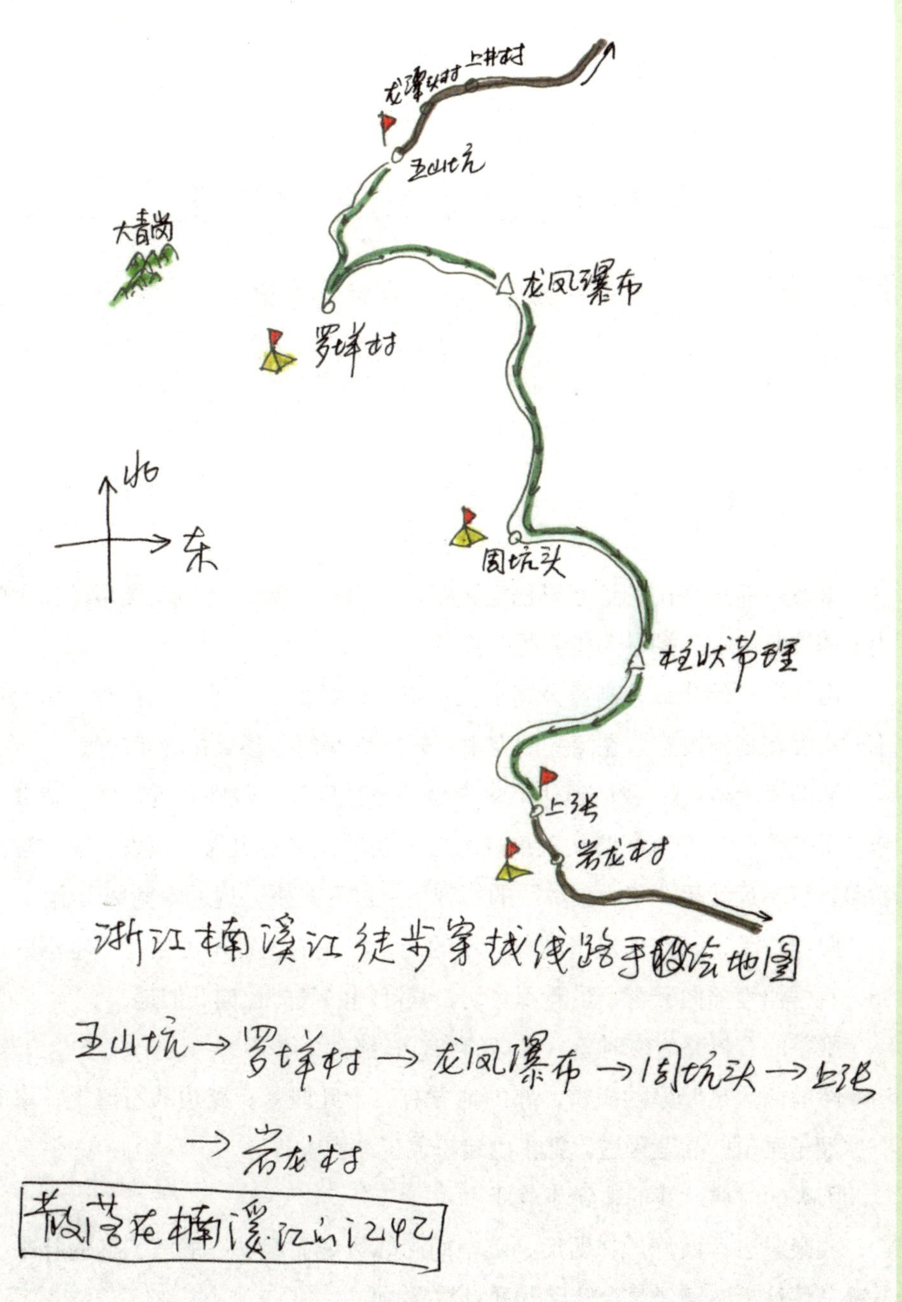
上井村
龙潭头村
玉山坑
大青岗
龙凤瀑布
罗垟村
北
东
周坑头
柱状节理
上张
岩龙村
浙江楠溪江徒步穿越线路手绘地图
玉山坑→罗垟村→龙凤瀑布→周坑头→上张
→岩龙村
散落在楠溪江的记忆

# 只有天在上，更无山与齐

——西岳华山徒步穿越笔记

春节去西岳华山的计划早已定下了，打算用三天的时间，领略冬雪中华山的秀美与险峻，探寻那些美丽的传说。

由于过年的缘故，高速公路上汽车很少，我们的车子匀速行驶。路两边不时有礼花划破夜空，在漆黑的空中展开，斑斓的色彩烘托着年的气氛。

初四早上6:00，我们到达了华山脚下的玉泉院。告别司机师傅，背着背包，戴着头灯，沿石板路从玉泉院的右侧绕过，路两边都是积雪。穿过陇海铁路，行不远就是“华山独尊”的石牌坊。过五龙桥，远远看见华山山门。

四周漆黑，天空中星星闪着淡淡的光，黝黑的山在不远处，泛着雪的白光，直愣愣地插向云霄，虽看不真切，其陡峭的气势已向我们逼来。

平整的石板路时缓时急，头灯的光打在路上，影影绰绰。

路的两边是厚厚的积雪，厚的地方有二十几厘米，路边的石壁上，不时有冰溜子垂下，晶莹剔透，把华山装扮成了冰雪世界。

天亮的时候，我们来到莎萝坪。

放眼望去，西峰近在咫尺，陡峭的山峰拔地而起，一股煞气迎面扑来。从莎萝坪往上，已经是台阶路，并且越来越陡。

歇脚的连椅积雪盈尺，接水的瓷缸结了厚厚的冰。

孩子们手脚并用在陡峭的台阶上爬行。不一会儿就到了毛女洞。毛女洞对过的山崖上一段石级，传说是沉香的父亲刘玺开凿的。

钻过石洞，便是响水石，穿过云门，经过通仙观遗址，便来到南柯坪。网上攻略说，玉泉院到南柯坪是20里，其实没有这么长，路很好走，只有从毛女洞开始有两个大的陡坡，对于我们来说，简直就是小菜一碟。

下车后摸黑赶路，走了两个半小时，大家还没有吃早饭，肚子有点饿了。

继续前行，就到了回心石。说起回心石还有一个故事。

相传，元致和元年间，高道贺元希带着梅良、竹青两位弟子在华山凿洞，已备修道。每当洞凿成，清扫干净时，便有道友肯求居住，贺元希从不推托，慷慨相送。师徒三人从山脚到山顶，共凿了71个洞，都送予了他人。梅良和竹青便萌生了离开贺元希，另寻高就的念头。

一天，贺元希在落雁峰东侧冲霄崖上凿大朝元洞，令两位徒弟在崖头看护绳索。二人故意将绳索松开，将师傅丢入万丈深渊后跑到千尺幢下，二人已累得浑身无力，刚想躺下休息，就见师傅从南柯坪健步走来。两个徒弟吓坏了，倒头便拜。贺元希没有责怪徒弟，告诉他们这也是一种修行。两个徒

弟终于明白师傅的用心，于是便回心转意了。后人在梅良、竹青回心转意的山石上刻下三个大字“回心石”。

过了回心石，便是华山奇险的千尺幢。

> 险光一线开，窄缝夹青天。
> 蹑足先妨膝，扳崖侧用肩。

这是明朝诗人阎尔梅的诗，可见其险。千尺幢形如裂缝，两壁直立，凿石为梯，悬索为栏。在此穿行，上有青天召唤，下有阴风催促，石阶上附着冰雪，滑溜难攀。胆小的站在石阶上早已两腿发颤，脸冒虚汗，哪里还敢攀爬。我们的手紧抓铁链，脚下用力，十分小心地一步步往上挪，大部分人不敢往下看。差不多20多分钟，到达了幢口，攀出石梯外，豁然开朗，顿生超尘脱俗之感。

石壁上刻着的千尺撞的“撞”字有两种不同的写法，一个是“山童”，一个是“撞”。不知是“山童”还是“撞”。“山童”汉语字典中查不到此字，疑为“幢”，“幢”者刻着经咒的石柱子，“撞”者跌跌撞撞。一个形容此处的气势，一个形容攀登者的狼狈相，一个静，一个动，都恰如其分。

上得千尺幢，便是百尺峡。百尺峡比千尺撞略短，其陡峭难攀的程度一点也不逊色于千尺幢。

“虽为百尺峡，一尺一千仞。”

转过洞中瓮，面前又一长段陡峭的石阶，这便是老君犁沟。传说这是太上老君驾青牛为百姓们犁成的山路。沟的上端石壁上是国民党名将王耀武题的“山河永寿”四个大字。

一步一步走来，华山主峰越来越近了。刀削般笔直挺立的西峰，让人们叹为观止。

经过犁沟门便来到华山主峰之一的北峰下。北峰海拔1614米，是五个峰中最矮的，是小老弟。北峰四面悬绝，上冠景云，下通地脉，巍然独秀，犹若云台，故名云台峰。道人们在北峰上的鱼嘴石的嘴部凿得一石室，使其极

像一张张开的鱼嘴，惟妙惟肖，大鱼托小鱼，年年有余。

北峰的极顶是一块平地，朝着白云峰立着两块巨石，一块巨石上刻着金庸老先生题的“华山论剑”，另一块巨石上刻着“飞雪连天射白鹿，笑书神侠依碧鸳”的对联，金老先生的所有武侠小说就在这副对子中。

玉泉院海拔400米，北峰海拔1614米，高度相差1200米。从玉泉院到北峰距离是6.5公里。我们6：00离开玉泉院，11：00到达北峰，一路上走走停停、停停走走，竟用了5个小时，平均速度1.3公里，这还是轻装行进的速度。

站在北峰上远眺西、南、东峰，的确像个大元宝。北峰东北方向的白云峰，就像一幅名家的白描国画，用墨考究，线条清晰流畅。而北峰东面的那座山峰的风格却和白云峰截然不同，焦墨皴笔，将山石的褶皱表现得淋漓尽致，随意洒落的墨点，星星点点成含黛的苍松，不着墨迹的留白是片片的积雪，笔意老辣，气势磅礴。

从北峰下来，经过纪念亭，便是擦耳崖。这是北峰到天梯下的一段险道，石阶路的一侧是悬崖峭壁，一侧是万丈深渊。古时路面非常窄，只能容得一只脚，游客通过时，必须腹肚紧贴崖壁，双手紧抠石窝，但由于“受手者不没指，受足者不尽踵”，游人就只能像贴在崖壁上的松鼠一样，磨面擦耳，横移而过，以至于崖壁上的青苔把耳朵都染绿了。

明朝袁宏道的诗《擦耳崖》写道：

遖客时时属耳垣，依天翠壁亦何言。
欲知险径欹危甚，看我青苔一面痕。

当然，现在的路已经很宽了，两个人并排也可通过，游人尽可以大胆走了。

再往前走，就到了上天梯。这是华山著名险道之一。

上天梯虽高不盈丈，但却是直上直下，窄窄的石阶只容下半个脚，只有手抓铁链，慢慢上挪。

登上上天梯便是日月石。日月石是由两块巨石组成，一大一小，大者为日，小者为月。巨石矗立，绝无依靠，形如斩块，大有一触即溃的感觉。

意志坚毅的华山道士，耗尽毕生精力，在巨石上生生地凿出了一间石屋子，用此修道悟道。不知他们是否参透了人生的真谛？其实，凿石屋子的过程也是悟道的过程。

站在日月石上，险要、峻奇的苍龙岭一览无余。

苍龙岭是华山著名的险道。它是连接北峰与南部诸峰的唯一通道，自古华山一条路就是说的此路。这是一条刃形山脊，沿山脊人工凿出石阶，窄的地方不过尺，宽的地方也仅三尺。古时候，石阶两边没有立栏杆，行走在上面，十分危险。道行岭脊，如在刃上，两侧绝壑千尺，深不见底，浮云在身边游走，阴风从脚下吹起，犹如驾龙腾空一般。

怪不得韩愈老先生登华山的时候，登到苍龙岭寸步难行，坐到岭上放声大哭，写了诀别信，凄凄然投书于崖下。不能怪韩老先生，只能怪华山的雄奇，苍龙岭的险峻。

从山下一路走来，千尺幢、百尺峡、老君犁沟、擦耳崖、上天梯、苍龙岭，一处险似一处，步步险象环生。韩老先生不知道后面的路还有多少险要，再说唐朝时候的路比现在窄得多，险得多，吓得大哭情有可原。

其实，韩愈之哭绝不是因为害怕路险而怜惜生命，是因为苍龙岭的奇险壮美，实在太令人惊叹了，以他的才华，也不能用笔墨表达出来，只好大哭一场，来抒发自愧才疏的心情。

翻过五云岭，再转两个弯，登200余步台阶，便能看到华岳仙掌。华岳仙掌位于东峰东北之石楼峰东北侧，崖高数十米，色赤，形如巨掌，形象逼真。清晨暖暖的阳光洒在上面，光灿耀目，如镀赤金，是华山著名景观。

过上马石，锦鸡守玉函，便来到金锁关。金锁关又称通天门，其北接五云峰，南控华山四主峰，东西两侧壑深千丈，周遭古松苍翠，奇石林立，是通向华山主峰的要道。道家认为华山乃仙乡神府，只有过了金锁关，才算进入仙境。所以有了“过了金锁关，又是一重天”的说法。

过金锁关后有三条路，西路到西峰，中路到南峰，东路到中峰、东峰。我们事先联系好东峰宾馆，选择东路先到东峰。

从引凤亭到东峰有一处垂直险道，号称“云梯”。其高度和险况与上云梯相比有过之而无不及。云梯高十余米，与地面夹角达90度以上，中上部外突，呈倒坎崖之势。梯上置悬索三条，游人挽索而攀，身体无法贴近崖壁，因而随索摆动，心旌飘摇，如同腾云驾雾一般。

由于云梯危险，在云梯左侧新架一座铁梯，坡度比云梯略缓，好走了许多，但是惊险程度降低了不少。

中峰又叫玉女峰，因弄玉“吹箫引凤”的典故而得名。海拔2043米，在五个主峰中排第四。东峰海拔2091米，是华山第二高峰。峰顶有朝阳台，居高临下，视野开阔，是观日出的最佳处。从东峰宾馆用5分钟就能到东峰顶，我们选择在东台住宿，与此有关。

站在东峰宾馆的平台上，可以清楚地看到博台，传说这是赵匡胤输华山的地方。去博台必须走华山第二险道鹞子翻身。从鹞子翻身下去，沿石级路就会到达博台，可以观一下当年的残棋，可以替赵匡胤支支招，或许可以从陈抟老神仙手里赢回华山。可惜因为积雪路滑，鹞子翻身关闭了，只能凭空想象鹞子翻身处的奇险了。

我们到达东峰宾馆的时候是13:30。从玉泉院到北峰距离是6500米。从6:00进山开始算，我们已经走了七个半小时。从北峰到金锁关距离是1412米，从金锁关到东峰距离是704米，从11:30离开北峰顶开始算，走了2个小时。高度从玉泉院的海拔450米，到东峰的2091米，拔高了1541米，整整一个东岳泰山的高度。算距离的话，走得其实并不多。算高度的话，我们已经从黄海的海平面，攀上了泰山顶，还是不简单的。

此时，午饭还没有吃，我们感到又累又渴又冷又饿。大队人马还在后面，陆陆续续往东峰宾馆聚集。

找宾馆的服务员打开两个早已订好的10人间。宾馆中设施简陋得不能再简陋了。房间不大，挤着五张双层床，每床上只有一床薄薄的被子，一台只能收到三个台的破旧的彩电，连张小桌都没有，没有暖气。此时是14:00，是一天中温度最高的时候，室外温度－8℃，房中的温度是－4℃。

要说东峰宾馆有啥可取之处呢，让我说，只有两点：一是看日出比较方便，二是可以免费足量供应开水。这两点都十分重要。

简单午饭后，我们不顾劳累，出东峰宾馆南门，去游览南峰、西峰、中峰等景点。走在东峰宾馆南门的石阶上，放眼望去，在午后的阳光里，在淡淡的薄雾中，绵延的群山藏着许多传奇和神秘，三凤山、三公山就在面前。

虽说华山有春天的羞怯，夏天的娇媚，秋天的丰腴，但是最美、最迷人的还算是它的冬天。冬日的华山，拂去了盛装，卸去了艳彩，直白地展露在你的面前，那似雾、像烟的雪散落在苍松的罅隙、岩石的臂窝，覆雪的房顶、小径在这幅超俗的画卷里成了点睛的神笔。

你看吧，一棵棵的树，在雪铺就的舞台上，成了主角，在华尔兹的舞曲中，优雅的身段展现出迷人的色彩。一块块突兀的巨石，带着雪白的毡帽，披着雪白的大氅，像一个个观众，如神地欣赏着这华尔兹的舞步。

此时此刻，华山的美景，你已经无法用语言来表达了。

有什么比语言表达不出你内心感受更痛苦的呢？难怪韩愈在苍龙岭号啕大哭呢！

华山迎客松就在东峰宾馆的南门口。迎客松枝干苍劲多曲，其形如躬身伸臂作迎客状。

站在此处，东俯察博台，南观三凤、三公，西望南峰，任你联想翩翩。

我们从东峰宾馆出来的时候已经15:00了，宾馆的服务员告诉我们，转完南峰、西峰、中峰要3个多小时，冬天天黑得早，晚上天冷路滑有危险，建议第二天一早去转转。我们的计划已经安排好，明天中午前要赶下山去，还要驱车去卢氏县汤河泡温泉，明天是绝没有时间在山上游逛看风景了。

不顾服务员的好心劝阻，我们毅然决然地出了门，只是不自觉地加快了

速度，景看得也不仔细了，有些景点一带而过，有些甚至避而不看，走马观花，尽管是皮毛，华山的秀奇还是给我们留下了深刻的印象。等待以后再上华山，再细细地把玩吧。

从东峰宾馆南门出来是一个石阶的大下坡，足有四五百级台阶。台阶的两边积了厚厚的雪，这条台阶路就像是一件雪白的裘皮大衣上的拉链。

沿路标右拐，直插南峰。

去南峰的路上，南天门是必经之路，由于时间的原因，我们没有走进南天门，因此也错过了一些绝奇的景致，如长空栈道、升表台、全真崖等。

南峰这株枯死的华山松，据说已有近千年的历史了。在人生岁月里，百年就已经很长了。可是在历史的长河中，区区千年也不足为奇。要知道华山大约是在2.2~0.6亿年前形成的。一株树的生灭轮回，怎能和华山相提并论呢！人的一生又怎么能和这株枯松相比呢！人生一世草木一秋。慨叹人生苦短堪比草木乎？非也！非也！！

从东峰宾馆出来，只用了二十几分钟就登上了南峰。南峰海拔2160米，是华山最高峰。站在南峰向南望去，视野极阔，连绵的群山中，有多少仙乡洞府，有多少脱尘超俗之士羽化为仙，逍遥于山野之中……

阵阵仙风拂面，倒想随着风儿羽化而去了。

西峰海拔2083米，是华山的第三高峰，因位置居西而得名。峰巅有片石，状若莲花瓣，故名莲花峰。西峰如一块完整的巨石，三面凌空，绝崖千丈，似刀削斧截一般，其陡峭巍峨、阳刚挺拔之态，是华山形貌之代表。“沉香劈山救母”的神话就发生在这里。峰顶的翠云宫是当年智取华山时，国民党残匪的指挥部。西峰顶守身崖旁边的状似莲花瓣的片石上凿了台阶。因为有雪，台阶太滑，石阶两边又没有铁链，我们只好放弃登顶。游览片刻，看看太阳即将西下，我们无心留恋这绝美的风景，转身离开西峰。

经镇岳宫到朝阳洞，拾阶而上，回到东峰宾馆。此时是17：00。从东峰宾馆出发时是15：00，回到时是17：00，我们用了2个小时游览完南峰、西峰。

驴子自有驴子的习性。

平时住帐篷没有感觉，此时十个男人挤在一间小房子里，鼾声自不必说，就是鞋子的汗臭味，已经混合到了最原始的程度，没有一丝空间不充斥着这些男人的味道。

一夜很快就在鼾声交响曲和男人味中度过了。

二月中旬，华山的日出一般在7:20左右。不到7:00我就起来了，没有登顶东峰，就近在宾馆东面的平台上等待旭日东升。

近处的博台已经清晰了，远山还只是朦胧的轮廓。渐渐地，远山的边际天空染了一丝淡淡的红。远山也渐渐地清晰了。薄薄的云裹着群山，远处的天成了灰色，那轮红日分明就躲在云的后面。

原本平静的心，有些急躁了。端着相机的手，在寒冷的空气里抖着，恍惚了视觉，模糊了映像。

7:25，人们渐渐散去。日头还在云里雾里，不肯露面。原计划8:00出发下山。此时已经7:30，大家都回到房间收拾东西，吃早饭。

不知谁喊了一声：看呐！太阳出来了！

我赶忙抱着相机冲出房间。果然，那轮红日已经高高地挂上了空中。远山近景都融在暖暖的阳光里。冬日的旭日，仿佛淡了许多，也远了许多。遗憾，没有看到太阳从群山的怀抱中挣脱出来，弹向空中的那一瞬，仅仅就差了几分钟的时间。

8:00，准时离开东峰宾馆，在朝阳的霞光里，踏上下山的路……

一只自由翱翔于天空的鹰，以独自的视觉，俯瞰着群山，俯瞰着整个世界，俯瞰着芸芸众生……

只饿死的野山羊，挤在山岩的罅隙中，惨不忍睹。这只羊，被遗弃了，仅仅是因为一场雪吗?

在这个物欲横流、充满诱惑却又陷阱重重的世上，要安身立命，或者是只鹰，或者是只羊……

山下升起了袅袅的雾气，环绕着山岩，慢慢升腾着。神秘的华山，更加神秘了……

神秘的五岳，神秘的印记，隐藏着许许多多神秘的故事。

2008年2月

# 夙 愿

## ——从泰山玉皇顶到济南泉城广场徒步穿越笔记

每个人都有夙愿。

有的人想挣钱，有的人想当官，有的人想拥有一所大房子，有的人想有更多的学问，有的人想拥有最漂亮的女人，有的人想登顶珠穆朗玛峰……

夙愿不同，有俗有雅。

郑重其事的夙愿是用一天的时间从泰山玉皇顶徒步穿越到济南泉城广场。

郑重其事是济南户外的老前辈，年近花甲，为人谦和热情，极富责任心。对济南周边地区的山山水水有着深厚的感情。每次出行，总是聊起心中的这个夙愿。

终于，在2008年5月18日20：40实现了这个夙愿。

在那一刻，我们的老前辈已经是饱含热泪，激动之情溢于言表。

在那一刻，我们齐声欢呼，我们热情拥抱。

在那一刻，我们从17日22：00走到18日20：40，用了差不多23个小时，整整走完了一百多公里，一步一步，从泰山玉皇顶走到了济南泉城广场。

在那一刻，用我们那一颗颗火热的心，捧起了奥运的圣火，用我们的汗水、泪水和疲乏的躯体、净化的心灵告慰了四川震灾的亡魂……

在那一刻，我们身边的每一个人，心心相连，用我们的毅力、我们的信

心、我们的自强不息，挺起了中华民族的脊梁……

此次活动，不仅仅是一次纯粹的徒步穿越，时代赋予了它深厚的内涵。

我作为策划组织者，也是参与者，用镜头记录了整个行程。

其实，此次活动的动因很简单。

2007年，我们一行用了两天时间22个小时，从泰山的樱桃园徒步穿越到济南的佛慧山开元牌坊。那时候，郑老师就想用一天时间从泰山走到济南，这是多年的夙愿。

这是典型的暴走，是对驴友体能、毅力的严峻考验。我们组织这样的活动是为了锻炼驴友的体能，磨砺意志，历练心智，去年那次活动组织得很成功。

今年征得郑老的同意，从5月初开始着手策划、组织。当时想到，除了完成郑老的夙愿之外，增加迎奥运的内容。

5月11日，完成了从药乡森林公园到仲宫西商家的探路活动。这样，从玉皇顶到泉城广场的徒步线路完成了对接。

5月12日14：28，一场灾难突降四川，8级地震夺取了数万人的生命，数百万人没了家园。于是，活动又增加了抗震救灾的内容。

于是，我们怀着激动而沉重的心情，17日下午13：30，驴友们集结在仲宫，准备向泰山进发。在这些驴友中，有年近花甲的长者，有情窦初开的少女；有身经百战的老驴，也有初出茅庐的新驴；有政府公务人员，也有在校大学生。他们都有共同的特点：热爱户外运动，热爱生命，富有爱心。

从泰山东麓小明家滩村进山。

泰山来过无数次，泰山的每一条徒步线路都浸透着驴友们的汗水，每一次徒步中，驴友们有欢笑，有激动，有友情……可是这一次非同寻常的登山，驴友们都默不作声，一脸的严肃，一身的沉重，为了远方的同胞，为了远逝的魂灵。

我们的驴友怀着沉痛的心情，默默地祈祷，默默地祝福……素色的小花，满树的槐花，似乎也在为遇难的同胞们盛开。

远方传来的信息，寄托着悠悠的哀思，用镜头记录着身边的一切。

从生到死，从有到无，一切转瞬即逝，如这摇曳的白头翁，昨天的艳丽，今日的飘摇，一阵风雨，就会踪迹全无。

肩负着庄严的使命，向着雄伟的泰山主峰玉皇顶攀登。

此时的泰山，已恍如仙境，云雾或浓或淡，山峰若隐若现。

是否是一颗颗虔诚的心，感动了苍天，让我们领略了久违的泰山的云遮雾掩。

17：40队员们到达从老虎口上来的第一个山垭口，大家在云雾中休息片刻。

雨雾幻化着，玉皇顶的铁塔成了云中的标杆，一株株泰山松若隐若现……

一位敦厚的长者——郑老在泰山的云雾中愈显刚毅、坚定，为了实现心中的夙愿，已经做好了充足的准备。

我们来到位于玉皇庙旁边的微波站。大家在餐厅里围坐一起，聊着奥运，聊着震灾，聊着徒步穿越的活动，等候出发的号令。

20：00，一声闷响炸得地动天摇，一团火光烧红了窗外，大家都以为可

能是电短路。紧接着又一声闷响，一团火光。此时才明白，这是电闪雷鸣，外面已是大雨倾盆。

刚才热闹的场面已经静了许多，大家都在盘算着心事，看着风雨雷电，是留是走，犹豫难决。

21:00，风雨雷电继续着，已经没有情绪吃饭，部分驴友已经下定了决心，决定放弃夜行泰山，留宿山顶，追着店老板办理住宿手续。几位驴友早已趴在餐桌上睡着了。

几位老驴心情平静地玩着“保皇”。玩了几年户外，可能是经的事情太多了，全然未把此事放在心上，他们早已横下一条心，无论天气如何，22:00准时出发，完成心中的夙愿。

21:35，我走到餐厅的门口，大雨依旧倾盆。

我悄然回到座上，默默地祈祷。

几位驴友依然兴致很高地玩着扑克牌。

21:40，雨似乎小了些，没有了电闪雷鸣。

21:42，细细的雨丝从天上飘落下来。

奇迹出现了，雨要停了。

郑老招呼大家马上出发。

一队人马列队在餐厅的连廊上，郑老打头，我收队，“1、2、3……15”，队员们报数，参加夜行的共有15人。

郑老一声令下，队伍有序地出发了。

此时时间刚好22:00。

从这一刻起，我们将一起在漆黑的夜里，踏着泥泞的山径，向着济南的方向前进。

从这一刻起，一位长者的夙愿将要实现。

从这一刻起，我们携手前进，共同完成那个夙愿。

雨，断断续续。时而似细丝飘落在脸上，时而似豆粒砸在身上。

雨渐渐地停了。

回望玉皇顶，已看到烁烁的灯光。

天空中，一闪一闪的飞机的灯亮也看得清清楚楚。

24:00，到达了卖饭棚。和卖饭棚的护林员都已经混得相当熟了，护林员老唐看到我们，十分惊讶。

老唐把大家让进屋中，忙不迭地沏上茶，执意要点火炉，给大家取暖。

18日凌晨0:30，我们在卖饭棚合过影后，告别老唐，继续行进。

夜里行走的速度很快。走过摩天岭，雨完全停了，夜空中虽然没有星星，云似乎淡了许多。凤凰岭南侧防火监测站的灯光闪烁着，在黑夜里特别扎眼。它就像一座航标，指引着我们前进的方向。

队伍继续前进。

虽有些困意，行进速度一直没减。

大概是在翻上凤凰岭亭子南侧的一个高岗时，迷路了。当我们登上峰顶的时候，起雾了，雾很大，能见度不到三米，头灯的光打上去，眼前白茫茫一片，分不清哪是山？哪是树？哪是路？哪是沟？我们翻过山头下山时，路没有了，钻进了松树林中。

感觉路走得不对。分析后，决定撤到山顶，向左侧斜插。

雾越来越浓，监测站的灯光根本看不见了。

我在前面探路。

脚下是一条明显的路，直插山沟中。我沿着路向下走，和队伍拉开了几十米的距离，身后只有隐隐的灯光，只能靠着喊话相互联系。

继续向沟底插去。

感觉越来越不对头，可脚下却是明显的路。

看了一下指北针，方向东北。大方向不错。下到沟底，是一段缓缓的上升路。

我们无数次走泰山，每条路都烂记在心里，特别是今天走的这条路，就算是闭着眼，也不会迷路。

但是，此时在深夜的浓雾里，迷路了。

此时是3:25。

人困马乏。如果再翻上山顶，就会耗费太多的体能。即使再翻上山顶，

也不一定能够找到路。

可能是冥冥之中老天在考验我们。

几个老驴商量一下，既然是大方向不错，先下到山底，到达公路再说。感觉此时的正东方向应该是大牛山口。

队伍重又排好队形，我和郑老在前，老K收队，一刻也没有休息，快步行进。

已经清晰地听到狗的吠声。

路一直在下降。看到了零星的灯光，感觉马上就到村里了。沟底是一户人家。此时，男主人打亮了院子里的灯，站在院中的石头上，打量着我们这群怪人，夜里不睡觉，在山里瞎转悠。

经询问才知道此地叫青冈峪。青冈峪是位于玉泉寺北侧的一条山沟，向东北翻过山梁是大牛山口，沿沟向南3公里是玉泉寺。

此时是4:13。

天快要亮了。队员们困乏到了极限。两个眼皮一合，就能睡着。

几个老驴做出了抉择，沿青冈峪南下到玉泉寺走公路。

即使这样会多走十几公里，多用两个小时，也不能再上山了，经过了一夜的折腾，队员的体力已经不允许了。

休息片刻后继续行进，速度慢了下来。

5:10，来到玉泉寺停车场。

后援小马打来电话，他和宜山老师已经到了药乡。

大家坐在桥栏上，有的吃东西，有的换鞋子，我用登山杖拄着腮，三分钟时间，美美地睡了一觉。

给小马打电话，开车把跑步鞋送过来。

队员们继续徒步向第一个目的地行进。

6:30，队员们陆续到达药乡森林公园门前的小饭店，简单早餐。

7:30出发，下一个目的地小佛寺村。

一路小跑。

由于迷路，比计划晚了一个半小时。我们必须争取把失去的时间抢回来。

8:30，到达柏树崖，又匆匆上路。

10:20到达柳埠天齐庙。

11:20翻越金象山。

后援已经在小佛寺村等候多时了。宜山老师打来电话，饭菜已经准备好了。

后援正在小佛寺村迎接我们。

经过半个多小时艰难徒步，我们终于到达了第二站——小佛寺村。

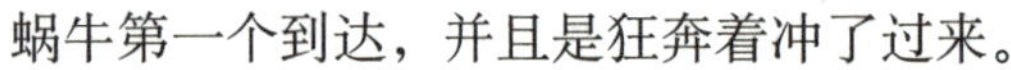

蜗牛第一个到达，并且是狂奔着冲了过来。

宜山提前联系了小佛寺村的一家小饭店，作为今天徒步的第二个休整点。等队员们到来，可口的饭菜也已备好。

14:30，九名队员在第三梯队的陪同下继续完成徒步穿越计划。

15:30，顺利到达斗母泉。队员们大步流星斜插涝坡村。

16:45，大部分队员到达了南绕城高速。

流水不争先带领十名驴友从霹雳剑赶来，两支队伍在涝坡会师了。

他们陪同走了一段路程，为队员们壮行，这让我们十分激动。

此时，迎接我们的朋友已经会集到目的地泉城广场。

凤凰打来电话，脚上磨起了无数的水泡，章鱼的脚跟腱也出现了问题，在一步步咬牙挺着，慢慢往前挪。已经非常疲惫了。

刚才流水他们乘车从凤凰身边经过，劝其上车，她婉言谢绝了！

我们已经拉开差不多2公里路程。

此时离目的地还有近20公里，还要翻过大岭、小岭、大佛头三座山。按照目前的行进速度，22:00也不能到达，那么，泉城广场的活动就要泡汤，此次徒步穿越就不完美了。

我给凤凰回电话，鼓励她继续坚持，但是不要伤了身体，这已经很不容易了，已经从泰山走回了济南，已经完成了任务。告诉她队伍行进速度太

慢，此时必须分队。泉城广场还有许多朋友在等着大家，我们必须用最短的时间到达。凤凰十分理解我的苦衷，告诉我不用等她，队伍按照原定计划前进吧。

我让凳子留下等候凤凰和章鱼，队员们继续前进。

翻大岭，走小岭，队员们健步如飞。

当大家翻上小岭近距离看到了济南市的高楼大厦的时候，个中滋味在心中禁不住翻腾了起来。

一轮落日映红了大地，此时已是18:15。

队员们没有停留，走石板路到扳倒井村。

刘勇右脚跟已经磨破，趿拉着鞋子行走。

郑老师也已经一拐一拐的了。

憨牛也显出了疲态。

我经过了几个极限周期，两腿、两脚已经麻木，脚底板子简直就是别人的。

西窗烛、老K还是健步如飞。

最让人敬佩的是劳拉，依然像小鸟一样飞着。

到达东外环，已是暮色笼罩了。

翻过大佛头，青山、杨柳岸在等候，随后小毕会合。

18:50，华灯初上的时候，我们到达了开元牌坊。

凤凰打来电话，他们三人坚持到兴隆村，搭车到了泉城广场，留影后回家休息，不等大家了。凤凰、章鱼也算了了一个心愿。

憨牛的脚痛得厉害，不去泉城广场了，搭车回家。牛哥也了了一个心愿。

告别牛哥，我们继续完成计划。

走科院路转经十一路，走经十路、千佛山路，穿佛山苑小区，走泺源大街，离泉城广场越来越近了，心情也越来越激动。

虽然已经是一瘸一拐，但心里异常轻松。

对自己而言，对户外爱心联盟而言，对济南大部分驴友而言，从泰山到泉城广场穿越成功，可以算是一项壮举。

用我们的实际行动，为奥运、为震灾进了一份力量。

公元2008年5月18日20：40，驴友们相聚在泉城广场泉标的西南角。

在郑重其事、宜山的带领下，从泰山玉皇顶徒步到泉城广场的队员列队迈着整齐的步伐绕过泉标和迎接的朋友们相拥相抱。

此时此刻，所有的豪言壮语都显得无力，所有的瑰丽篇章都显得苍白。

我们用心做了一件事情，靠着意志力，靠着必胜的信心，一步一步从泰山玉皇顶走到了济南泉城广场，陪同郑老完成了他心中多年的夙愿，也完成了我心中的夙愿。

人生可以有多种选择，我们选择了坚持。

坚持必定胜利，这是真理！

此时此刻，所有的疲乏，所有的肢体痛苦，都被胜利的喜悦冲淡了。

我们不仅仅是走完了110公里的路程，更重要的是心灵有了一个清晰的轨迹。

在人的一生中，有太多的困难，太多的不测，只要你确定了目标，只要你能坚持，那么，胜利的一定是你，微笑也一定会永远挂在你的脸上。

2008年5月

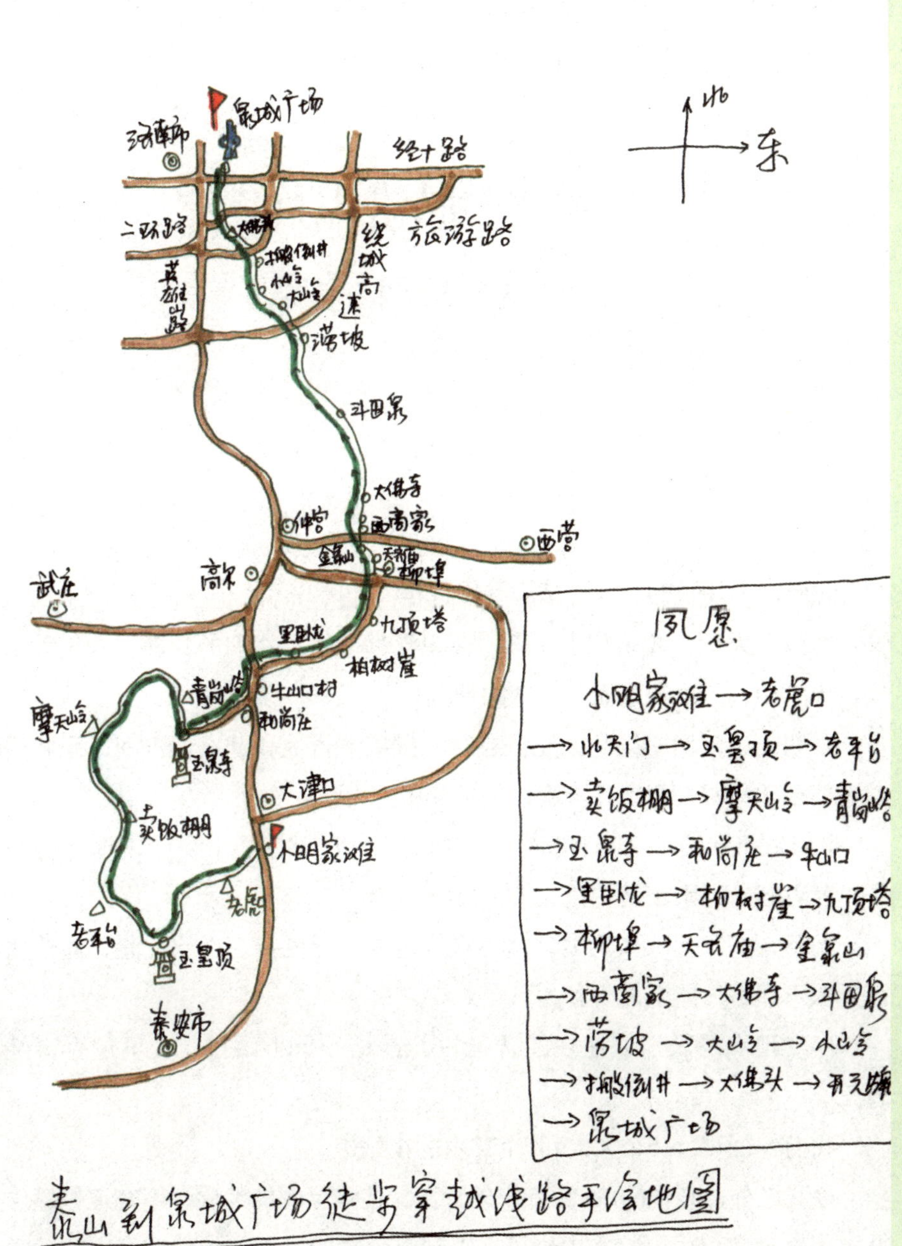


泰山到泉城广场徒步穿越线路手绘地图

# 山水怡情泰山行

## ——从青天到天龙水库徒步穿越笔记

每年的十一长假，我们都有一次远足。

太白、太行、胶东三山一岛、楠溪江都留下了我们的身影。今年计划去安徽天堂山，一个美丽而又神奇的地方！

假期临近，琐事缠身，无法成行，依依不舍地和驴友们告别，眼睁睁看着老婆孩子和驴友们离开济南，去了梦中的天堂。

该走的都走了，我们也该出去转转了，时间长了不允许，远处是去不了，就近吧，到泰山转转！

人不在多，七八人足矣。路不在远，能出汗就行。山不在险，能怡情即可。水不在秀，能清濯凑和。

出发地点是长清武庄乡的青天村。这是一个小山村，人不过百，姓不过三。

我们一行7人，6个大人和1个13岁的小姑娘。

除我之外，其他6人都没有户外野营、徒步穿越的经验，不知道帐篷怎样扎，不知道在荒山野岭之中也可以喝到热腾腾的奶茶。他们对泰山的感觉也仅仅是玉皇顶、南天门、十八盘……

即使是这样，我们还是成功地完成了此次穿越。

在泰山腹地，奇山秀水怡情悦性。博大的泰山，给予了我们太多的感悟。

从青天村出来，沿着弯弯的山沟南行不远是一道陡坡，山坡上满是山楂、栗子、核桃树，山农们在忙着采摘山果。

攀上陡坡南望，那座高峰就是老鸹尖。翻过青天垭口，顺山坡南行，忽听溪水潺潺之声。我来过几次，这条山沟都是干干的。这次，倒是有了溪水流过。

溪水并不大，在沟底石间缓缓流动，还有几处浅浅的水潭，几叠小小的瀑布，很有些情趣。

人们见到水的第一感觉，就是兴奋。每个人的脸上漾着笑容。刚才的疲乏，似乎被蒸发了一样，顿觉身子骨轻松了许多。

渐行至沟底，眼前不觉一亮，一整块青色的大石铺在沟底，平滑、干净，上面还有许多流畅的白色条纹，就像一幅绚丽的画卷，清凉的溪流在这幅画卷上舒缓地流动，使这巨幅的画卷活了起来，几株苍劲的虬枝，一丛丛艳丽的小花，点缀在画卷中，浑然天成，这水、这石、这花、这树，还有我

们，都成了大自然的作品。

从沟底穿出，翻过一座小山坡，就到了桃花峪景区。

溪水汇入路边的小水库，小水库的水静静的，就像一面镜子，把四周围的山峰树木都揽入了怀中。我们就在这静静的小水库边简单午餐。

饭后，我们一行进入浅沟。

今晚我们的宿营地将要设在位于浅沟中部的仙女湾。

沟中到处是瀑布、水潭，到处是山珍野果，到处是烂漫山花，到处是芦花飞扬，还有蜘蛛、蚱蜢和蝴蝶……

三两片秋日的落叶，随意地散落在山石上，随风晃动着，不经意间跌落在溪流中，随波逐流，飘摇在大山的怀中，没有怨语与欢颜，没有沉沦与躁动，随处是家，随处都是归宿！

一株恣意生长着的芦苇，纤细的身子在岩边的溪流中扭动着，贪婪地汲取大山的营养，透出繁盛的绿意，生生不息。

在山水之间，所有的生灵都会自生自灭，遵循着生命的规律，遵循着大自然的信条。

两杆枯枝，不知是纠缠，还是相互搀扶着，已经走到了生命的尽头，被上天所抛弃，了无生息。

有阳光的普照，树木和我们在山石上留着淡淡的影，诠释出生命的真谛。

无论是生，是死，都是物化自然。

下午16:00，我们到达了仙女湾营地。

帐篷扎在山民们废弃的梯田中，非常平整舒服。这里就算我们的卧室了。

接下来是晚餐。

因为午餐比较简单，所以晚餐就要相对奢华一些了。

讲究的晚餐当然要在餐厅进餐，要有高山流水，要有山花烂漫，要有星光点点，要有微风扑面，地点当然要设在仙女湾畔了。

此时，我们就是泰山的主人，仙女湾就是我们温馨的家，从卧室到餐厅就有100多米的距离。我们的家确实有点大。

奢华的晚宴荤素兼备，肉蛋咸有，饭前清茶，饭后水果，香热玉米羹，醇香美酒，更有味道独特的新疆奶茶……

大家热情洋溢，吃得满口留香。

酒足饭饱之后，大家依然兴致不减，侃天、侃地、侃人生、侃社稷，侃得山风涌起，星光闪烁……

远足的妻女打来电话问候，融融之情在心里面升腾。

同在天地间，虽远在千里之外，大家的感觉都是一样的。

习惯了车马喧闹的城里人，一旦冲出钢筋混凝土的禁锢，总是有些无所适从。

在大山之中，要学会融入山野，聆听大山的声音。

山也是有生命的。

你听吧，潺潺的流水是大山的脉搏，呼呼的山风是大山的呼吸。

帐篷虽然把你和山野隔离了，自己有一点隐私的空间。但是，薄薄的帐篷阻隔不住溪流潺潺，阻隔不住山风呼啸。把身体直白地融入大山的怀抱，把心情也直白地裸露，坦然地置于潺潺细流之中，坦然地随着呼啸的山风飘动，不要想自己的存在，想象自己其实就是山中的一块石头，一丛野草，一株山花，一棵树，是潺潺溪流，是不羁的山风！

坦然了自然也就泰然了！

早晨，在大山的呼唤中款款醒来，懒懒地，蜷曲在睡袋里，斜倚着背包，不愿起来。

打开头灯，捧出兰仁巴大师的《心传录》随意翻动着。

其实，此时此刻，读任何书都没有意义，读的只是一种心境，一种物化自然的感觉。

早饭后我们又出发了。继续沿浅沟北上。绕过仙女湾，翻上崖壁，我们来到了世外桃源。

壮观的瀑布，清澈的水潭，苍劲的古树，俊秀的奇峰……

经过艰难的攀爬，几经周折，终于登上了浅沟东侧的山脊。

这条山脊是通往泰山主峰玉皇顶的必经之路。

山顶又一番不同的景象。奶黄的山菊花正在盛开，蝴蝶、蜜蜂穿梭其中，翩翩起舞。

休息片刻，翻过山脊，又进入一条山沟，景致和浅沟大不相同，没有溪流，久无人行的山路已长满野草，湿滑难行，到处都是藤条，有些地方必须钻行才能通过。从沟中出来，就到了老陈家羊圈。

过羊圈往南，走20分钟就到天井湾瀑布群。

这是我们此次行程中经典所在，也是泰山少有的壮观瀑布之一。

离开天井湾瀑布群，在沟底的溪流间沿石而下，徒步行走半个小时，来到目的地——天龙水库，结束了两天的行程。

每一次行程都让人怦然心动，都有不同的收获，不同的心得。

但是，有一点是永远不会变的，那就是“起与自然，止于自然！”

那就让我们的心性都物化自然吧！

还是那句话：人生无论如何，心地坦然，处事泰然。

坦然了自然也就泰然了。

坦然像水，泰然像山，山水怡情，情怡山水。

2008月10月

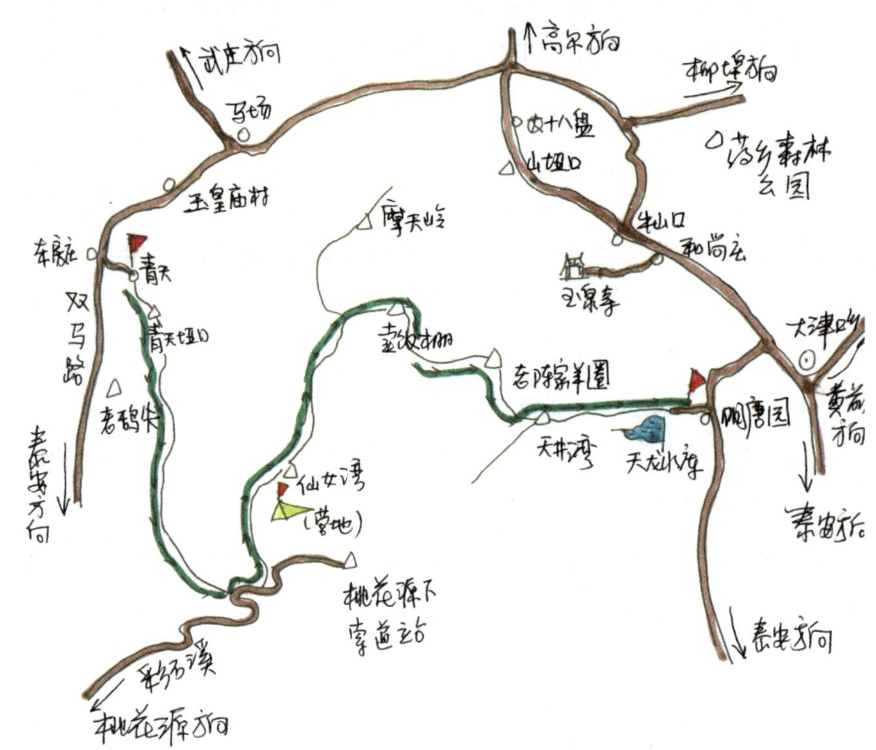


从青天到明唐园徒步穿越线路手绘地图

青天 → 青天垭口 → 彩石溪 → 仙女湾 → 壶饮棚 → 羊圈 → 天井湾 → 天龙水库 → 明唐园

# 游走在刀刃之上的感觉

## ——穿越泰山恐龙背笔记

人有一颗心，一张嘴，一个脑袋，两条腿。每个正常的人都是如此。

泰山只有一座。巍然矗立在天地之间，博大精深的泰山，蕴藏着深厚的中华文化。

道说：天地合一，万物顺时而生，逆时而亡。阴阳调和，不偏不倚。

佛说：四大皆空，空无一物。山非山，人非人，皆为空也。

儒说：仁者乐山，智者乐水，仁智之士者，乐山乐水也！

虽然，泰山只有一座，可每次登泰山的感觉却不同。周日，登了趟恐龙背，感觉大不一样。

恐龙背位于玉皇顶的东南侧，山脊陡如刀刃，状如恐龙脊背。当地人叫刀刃山，济南户外人士称其为恐龙背。

早上4:30就醒了，绝不是因为兴奋。玩了这几年户外，虽没悟出许多道理，但也处事不惊了。

因为约好5:30家门口集合，打的去火车站，坐火车去泰安。

为了尽早赶到火车站，早早地起来了。

准时出门，准时集合，准时搭车，准时出发……就像设定的计算机程序一样，和计划的几乎没有误差。

车到经一路延长线，接郑老师电话，集合地点改到仲宫，集合时间改为8:30，交通工具改为汽车……

虚晃一枪，差点把腰闪了。

时间刚到5:50。济南人勤快，起得真早。铁路医院第一班88路公共汽车满满当当！

晃晃荡荡，到了仲宫趵突泉酒厂门前。

阵阵酒香，后悔没有带点小酒。咳咳，小酒没带就算了吧，可连烧饼也没带，空空荡荡的包里塞了一只德州烧鸡，一个糠心萝卜，几块三天前剩的谁也不愿吃的硬得不能再硬的烤羊腿肉，三五根疙瘩咸菜……

等人集合齐了，做老朋友老陈的面的车，晃晃荡荡，9:00到了泰山东麓东御道的直沟水库。

深秋的泰山，草已枯黄，树叶变得色彩厚重了，比夏天更有层次。

秋风习习，吹在面颊上，有点凉了。

晴朗的天，薄薄的雾，太阳洒下片片金光。直沟水库的水面映下了秋天的色彩。

开始进山了。

人们渐次走入枯黄的山草中。

路时而没在草中，时而钻进树林，时而裸露在岩石上。路在陡坡上来回扭动着，人随着路也来回扭动着。

山的色彩越来越丰富了。枫树、栎树、松树……红的、黄的、绿的……

没有来得及凋谢的山菊花、苍头，都已经变成黄白的干花，一簇簇，顶在筋骨的枝头，随风摇动着……

秋天虽没有春天的娇嫩，却多了几分厚重；秋天虽没有夏天的妩媚，却多了几分成熟；秋天虽没有冬天的孤傲，却多了几分从容……

从一片松林中钻出，山更陡了，有几处几近垂直的山崖，虽说不高，却也难爬。此时人家都已大汗淋淋、气喘吁吁了。回望来路，却也风光无限。

翻上一个山头，抬眼西北望，巍巍玉皇顶已入眼帘。

刚刚走过的路虽然艰辛，可和将要走的恐龙背相比，其实就像是在散步。

站在山头，迎在面前的路，就像远古时候的一头剑龙的脊背，隆起的背上一溜的巨石就是那片片的鳞甲，犬牙交错，石头与石头之间，相互挤压着，拥簇着，似乎毫无干系，又像彼此扶持，也似块块积木，互无牵扯地叠摞在一起。路就在两块巨石之间的夹缝，或从左右绕过巨石，或从巨石上攀过，你的手脚一定要共用，手攀脚蹬，大意不得，窄窄的巨石隆起的脊背两边就是万丈峡谷，一不留神，就有坠崖的危险。

山顶的风很大，站在巨石上两腿必须用力，脚着实地踏着，腰弓得像个虾米，双臂张开，随时找着平衡，风大得就像要把你刮下山底。山石边的几株树，直叉叉的，顶着几片树叶，在山风中摇曳着。

天空瓦蓝瓦蓝的，空气清新得让人窒息。

我的心随着山风飘摇着。

我的灵魂就像这些山顶的巨石一样执著。历经寒暑，不惧雪雨，陶然，泰然！泰山，我去过无数次，仅去年就有20次之多。

天井湾、仙女湾、樱桃园、扇子崖、傲徕峰、摩天岭、老鸹尖、黄石崖、窑子沟、破头沟、玉泉寺、天烛峰、老虎口、老平台、铜器场、后石坞、玉皇顶、十八盘、腰边、松棚、桃花峪……数不胜数。

但是，如此险的路，却很少见。

当然，每次登泰山都感觉迥异。

2004年11月的大雪中登泰山，走的是天井湾、卖饭棚、老平台，厚厚的积雪没到了大腿根，每迈出一步都十分艰难，天寒地冻，滴水成冰，用了整整十二个小时登上了玉皇顶。

2005年5月的春风中登泰山，走的是牛山口、玉泉寺、仙女湾，和煦的阳光、柔柔的春风、潺潺的溪水、粉艳的桃花，如野鹤闲云，信马由缰，慵懒的心情，闲适的心境，悠游逛逛。

2006年8月的暴雨中登泰山，走的是老虎口、后石坞、尧观顶，狂风呼啸、大雨倾盆、电闪雷鸣、天崩地裂，像一只虎，又像一条龙，在风雨中跋涉、穿梭，浑身湿透了，双眼模糊了，坚持着，没有放弃目标。

2008年5月17日，用了23个小时，昼夜兼程，徒步110公里，从玉皇顶走到了泉城广场。

每年的12月中旬，重装行走，从十八盘村到玉皇顶，用一颗虔诚的心，朝拜泰山碧霞元君。

……

每一次的感觉都不一样!

站在如刀刃般的恐龙背上，遥观玉皇顶，那天街上的宫阙，映在蔚蓝的天空中，疑为仙境。

从恐龙背下来更为艰险。一面笔直的崖壁有十几米高，只有几块突出的岩石可以抓扶，站在崖壁边上往下看，双腿有些战栗。面对着崖壁，双手牢牢地抓住突出的岩石，一只脚踩在突出的岩石上，另一只脚摸索试探着踩牢下面的岩石，听着先行下去的队友的指挥，缓缓地往下，身子紧紧地贴住岩壁，丝毫不能马虎。

绕过马峰山，继续前行，山坡上有一片厚厚的草地。走过险峰重归坦途，心里彻底地放松了。

片刻休息之后，踩着厚厚的松针，悠游地下山了。走出山谷，来到五大夫松，来到泰山前山的石阶路。

踏在被千万人踩过的石阶路上，虽说心里踏实，可感觉不是在登山。

五大夫松枝上红红的丝带晃动着驴友们的思绪。

儒说：仁者乐山，智者乐水，仁智之士者，乐山乐水也!

游山玩水，爱山爱水，乐山乐水，沉醉在山山水水之中，山为床，水濯足，洒洒落落任逍遥。

何为仁者？何为智者？

道说：天地合一，万物顺时而生，

逆时而亡。阴阳调和，不偏不倚。

行走在如画的山野之中，登山登到自然累，喝酒喝到自然醉，睡觉睡到自然醒。

师法自然，物化自然。与天地合其德，与日月合其明，与四时合其序，与鬼神合其吉凶。

何为天地合一？实为天人合一！

佛说：四大皆空，空无一物。山非山，人非人，皆为空也。

我道是：人在山中走，山在心中留。非山亦非人，山人两无忧。

何为空？何为有？

哈哈！

寥寥片言以记之。

2008年11月

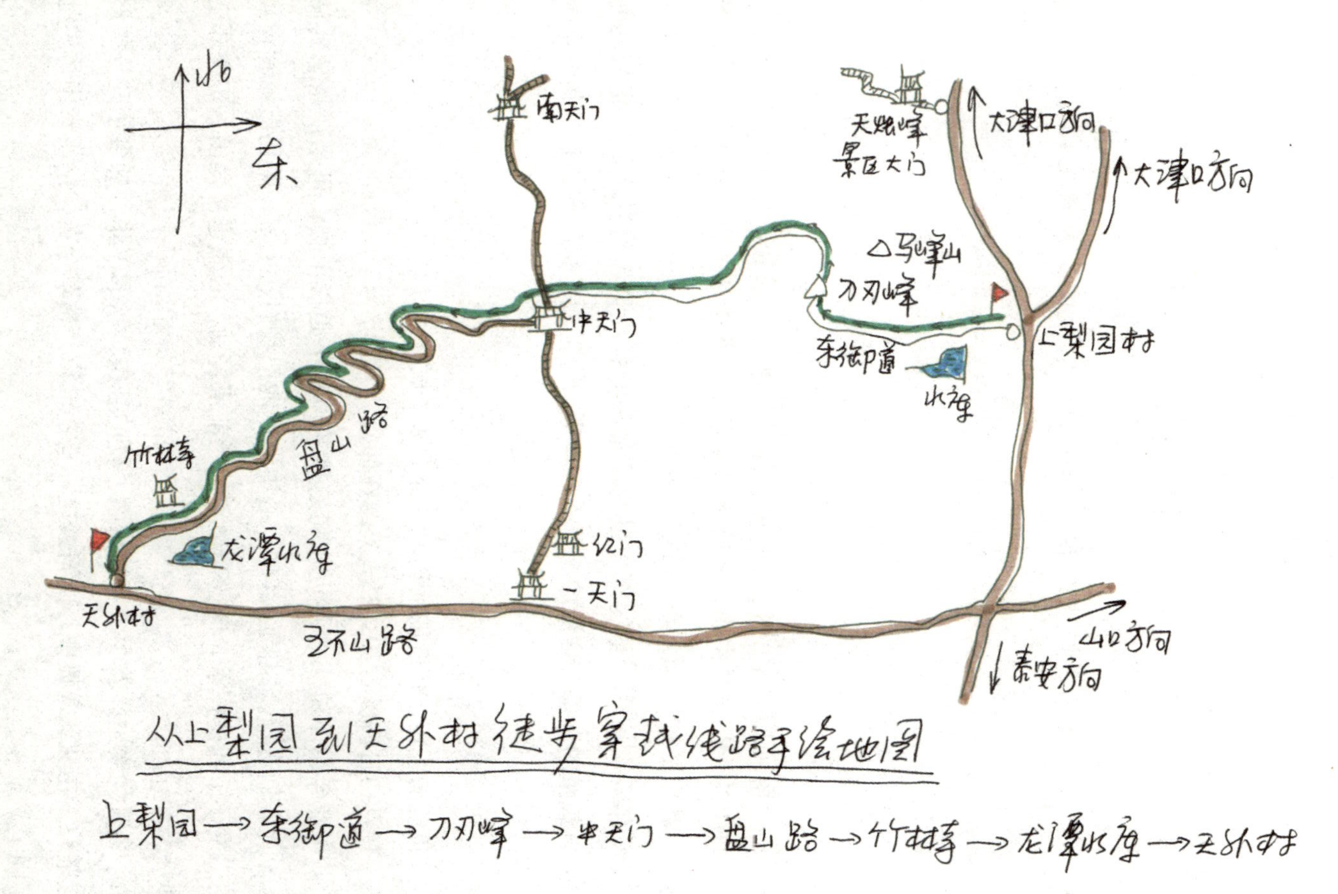
北
东
南天门
天烛峰
景区大门
大津口方向
大津口方向
马蜂山
刀刃峰
上梨园村
中天门
东御道
水库
盘山路
竹林寺
龙潭水库
红门
一天门
天外村
环山路
山口方向
泰安方向
从上梨园到天外村徒步穿越线路手绘地图
上梨园→东御道→刀刃峰→中天门→盘山路→竹林寺→龙潭水库→天外村

# 拜山记

## ——从济南十八盘村到泰山一天门徒步穿越笔记

每年要登十几次泰山，可这次却与众不同。

每年的十几次登泰山，围着玉皇顶东南西北绕来绕去，进入十一月，光刀刃峰就去了3次，就是没有登顶玉皇顶。

每年只有一次，最为郑重其事、最为心怀虔诚地拜登泰山，走最远的路，背最重的装备，虔诚的心里不存丝毫杂念，就是每年十二月中旬的这个周末。

今年，我们又来了。

传统的线路，传统的活动，传统的驴子成员。

12月13日清晨7：30，25人集结在仲宫。

毕竟年龄不饶人，年近六旬的郑老师不小心扭了腰，可是还是来到仲宫，为我们送行。眼睛红红的，心中悻悻地把我们送上车，眼巴巴地看着我们出发了。我挥挥手，向德高望重的老前辈告别，心想这次拜山，定替郑老师拜上一拜。

冬日的泰山俨然少了春的稚嫩、夏的狂躁、秋的浮华，却多了几分威严与坚毅。在瑟瑟寒风中，山石矗立，苍松含黛，枯草金黄，整座泰山仿佛都凝固了。

在这样的季节里，在这样的环境中，你就更应该心存虔诚。

上午8:45开始登山。开始登的大山坡，给大部分人来了一个下马威。

坡极陡，登起来十分费力，有时要手脚并用才能向上攀登。不一会儿就都大汗淋漓，大口大口喘起了粗气。

在几处缓坡上都是金黄金黄的草甸子，厚厚的枯草，就像铺就的地毯，踩上去软软的，舒服极了，真的很美。

绕过界碑后就钻入了挂着枯叶的橡子树林。

不远处的山坡上是拔山防火站，又一次拔高。

翻过防火站后是一个大下坡，下坡的感觉真爽。

不停地上坡、下坡，翻过了无数的山头，听着K哥手机放的一首首老歌，思绪忽远忽近。蓝蓝的天空洁净得没有一丝云彩，就像我们此刻的心境。

累了就歇吧，渴了就喝吧，歇了就走吧。相信吗？就这么简单。

看看走过的路吧，就不再简单！

上海的老鲍满怀自恋地说：我真的很牛，第一次从陡崖上下来，一点也不怕！真没想到。我开始崇拜我自己。

中午到达卖饭棚防火站。我们已经走了4个小时。在此午餐，休整半个小时。

防火站的老朋友老唐歇班，值班的护林员姓吴，可能是因为水是从山下挑上来的，一壶开水要卖5块钱。

区区5块钱并不多，可是原有的那份热乎劲儿却不知跑到哪里去了？

老唐在的时候，我们到了防火站有种到家的感觉。老唐热情地给我们烧水，我们就把背来的食品、烟、酒留下一部分，有时特地从济南带两瓶好酒送给老唐。我们留下的东西要比那壶开水贵了很多，可谁也没有在乎过。我们交换的不仅仅物品，其实最珍贵的是一份真情。

唉，一旦把物品的价值用货币的形式固定下来用于交换，那份真情也就没有了。

走了一个上午的轻松愉快，被这件小事偶尔闹了一下。

午饭后出发，经老平台进入泰山景区。

路，虽然比上午的好走了许多，可是还是有人已经露出疲态。

走走停停，停停走走。

天气依然很好，能见度很高，可以清晰地看到远处的黄前水库。

翻上老平台，就能清楚地看到玉皇顶，于是，我们的目标越来越近了。

下午16：40，当最后一个驴友踏进空军招待所的时候，我们结束了一天的行程。下午，我们用了3小时10分钟，从卖饭棚一步一步挪到了空军招待所。

西边的太阳就要落山了，我们的腐败晚宴就要开始了。

每年一度的异常丰盛的腐败无极限的泰山夜宴如期在空军招待所餐厅举行。

一个个大登山包里并没有带帐篷，腾出的空间完完全全被腐败食品和炊具、餐具器皿填满了。

23个人，分到三桌。

炉子一点，锅子一支，菜肴一摆，羊肉下锅，顿时就热火朝天了起来。觥筹交错，推杯换盏，你来我往，好不热闹。

酒过三巡，菜过五味，话就多了起来。谈天说地，溯古应今。聊得最多的还是山山水水，这是驴子的秉性。

如果有上帝让驴友们许一个愿的机会，我们会说，就让驴子把所有的人的脑袋都踢坏吧，省得玩户外惹得两口子打仗父母担心。

哈哈哈！一阵阵开心的大笑。

月亮爬上了树梢，所有的酒都已经喝光的时候，就到了进入梦乡的阶段了。

每个人的梦肯定不一样，也许有人连梦也不会做。

的的确确，我就连梦也没有做，而是一觉到了天明。

14日一大早起床，直奔东尧观顶，在寒冷的清晨，在瑟瑟的风中，人们在期盼着，是斗转星移？是旭日东升？是群山苏醒？还是生生不息？

如人们期盼的那样，那轮红日冉冉升起，整个世界亮了起来，模模糊糊的山清晰了，扑朔迷离的路真实了，一颗忐忑的心也踏实了！

上午9：00，我们走前山台阶下山。

玉皇庙、碧霞祠转一转、拜一拜，为的是一年来平平安安、顺顺利利。

出南天门，下十八盘。

跨出升仙坊，就又回到了尘世间。

中午，陆续到达一天门。

两天的拜山活动，可以说圆满结束了。

两天来，心怀虔诚， 一步步地从济南最南边的小山村十八盘村走来，翻山越岭，不辞辛劳，登顶泰山主峰玉皇顶，朝拜玉皇大帝、碧霞元君，朝拜心中的圣山，一步步地从前山的台阶上走下山，也是不辞辛劳。

从尘世间走入天街，又从天街走入尘世间，每个人留下了什么？又带走了什么？

我不知其他人的收获。我只知道我自己：留下了这一年的平平安安、顺顺利利，又取走了下一年的平平安安、顺顺利利。不为权屈，不为财迷，不为色媚，不为名累，心地坦然，处事泰然。或许，这正是每年都来拜山的真实缘由吧！

其实谁又想得明白呢？

如果你能读懂天街边崖壁上那块石刻上神秘的文字，那你就一定是世外高人了，那你就一定能读懂世间万物，那你就能想得明白！

2008年12月

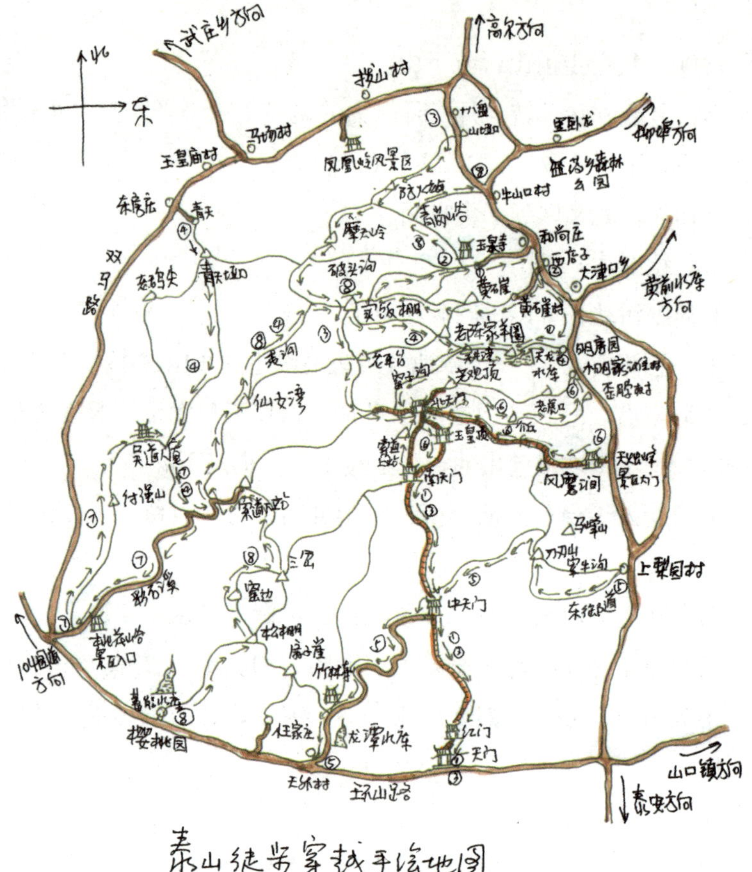


# 泰山徒步穿越手绘地图

经典线路：

① 登泰山散记　玉泉寺→明堂园→天龙水库→天井湾→窑子沟→玉皇顶→南天门→中天门→一天门

④ 山水怡情泰山行　青天→青天垭口→彩石溪→仙女湾→浅沟→卖饭棚→老陈家羊圈→天井湾→天龙水库→明堂园

⑤ 游走刀刃上的感觉　上梨园村→东御道→刀刃山→中天门→竹林寺→龙潭水库→天外村

⑧ 从樱桃园到半山口：樱桃园→松棚→窑也→三岔→桃花峪索道下站→盘山路→仙女湾→浅沟→卖饭棚→玉泉寺→青岗岭→半山口村

# 愿随夫子天坛上，闲与仙人扫落花

## ——徒步穿越王屋山笔记

### 一

今年是太行山徒步穿越年。

太行山徒步穿越年的第一站放到了王屋山。

之所以第一站放到王屋山，是源于《列子 · 汤问》中的记述：“太行、王屋二山，方七百里，高万仞……北山愚公者，年且九十，面山而居。惩山北之塞，出入之迂也。聚室而谋曰：‘吾与汝毕力平险，直通豫南，达于汉阴……’”这些句子都是我们这个年龄的人耳熟能详的。因此，说起太行就想起了王屋，王屋和太行是不能分开的。唐朝大诗人李白的诗句：“愿随夫子天坛上，闲与仙人扫落花。”更坚定了我们先上王屋山，再走南太行的想法。

王屋山位于河南济源市境内，东接太行、西连中条、北依太岳、南望黄河，因气势雄壮如王者居住之屋而得

名。王屋山的主峰天坛峰，犹如巨大的石台拔地而起，传说黄帝曾在此祭过天，故名天坛。

## 二

清明时节，和河南济源的驴友相约，同登王屋山，也拉开了徒步穿越太行山的序幕。

说来也巧，济南、济源因济水而相连，一个在济水的源头，一个在济水的尾端，两地的人有许多相似的地方，都富有热情、激情，都豪爽、好客，并且都有毅力、有韧劲。此次王屋之行，充分感觉到了济源人这种魅力。

从山东到河南，从济南到济源，走高速公路也不过600公里。3日早晨5：00，我们就顺利地到达了济源。

为了我们此次穿越王屋山，济源市的大度户外特地组织了一次东村经王母洞回东村的穿越活动。从东村到王母洞正好和我们第一天的线路重合，这就为我们免除了许多麻烦。

按照济源驴友岩石的安排，我们在济源市检察院门前广场等候。7：40，一个略显消瘦的中年汉子向我们走来，黝黑的脸膛，结实的腰板，两眼炯炯有神。不用问，就知道这是岩石。没有俗套的话儿，就像早就相熟的老朋友，掏出地图，铺在地上，用笔在地图上做着标记，用河南山西混杂的语调讲着此次活动的线路和注意事项。

7：50，三辆大巴车停在广场上，济源的驴友渐次集聚。和传说中的大度、浩子等驴友见了面。

济源的驴友队伍声势浩大，眨眼工夫就集聚了97人。近百人的队伍分乘三辆大巴，前往王屋山东麓的小山村东村。

这次活动，济源驴友还是分为两支队伍，快队从东村出发，经原山寨、王母洞、西佛寺下山到小竹林，回东村；慢队从东村出发，经原山寨、溶沟，回东村。

我们15人作为一个机动小组，融入到大队伍中，一支122人的声势浩大的

驴友队伍，在王屋山的腹地开始了徒步穿越活动。

9:20，四辆车停在了东村北面河滩的一小块平地上，驴友们鱼贯而下。旗手浩子舞动着“王屋山大度户外”的队旗猎猎作响。人们集聚在一座小山坡前，山坡上大度的书记大海在作战前动员，提出“环保、防火、安全”的要求，对济南的驴友表示热烈欢迎。

我们全副武装，硕大的背包和全套装备，让济源的驴友们唏嘘不已。特别是三个孩子的出现，更是让他们惊奇万分。小刺猬、小玫瑰自不用多说，7岁的由由让所有驴友惊叹不已，小小年纪就徒步王屋山，开始玩户外了，可见户外运动从娃娃抓起，不只是一句空话。

书记大海讲完话，旗手浩子已为先导，风展红旗，人头攒动，百余名驴友们前呼后拥，浩浩荡荡，开进了王屋山。第一个目的地原山寨。15分钟后，队伍陆续拉开距离，蜿蜒的山路上，前后相距足有500多米，驴友们奇异的装束，色彩绚丽的衣服，在满目枯黄的山谷中无疑是一道亮丽的风景线。歌声、笑声、吵闹声，给沉寂了一个冬天的大山带来了生气。春天来了，我们用独特的方式唤醒大山，唤醒万物，唤醒自负浮华的现代人，尽快摒弃腐朽的生活方式，到大山之中，换一种怡然的心情，换一副通透的心肺，换一躯健康的身板，换一种全新的生活方式吧！

半小时后，大队人马集合在一老屋废墟前，大度开始分队。

快队先行，慢队随后，我们夹在快慢队之间，可见济源大度户外的朋友们考虑得十分周到。

分队以后就没有了明显的道路，沿山坡直上，坡度极陡，藤枝错杂，落叶满地，深一脚浅一脚，手脚并用往上攀爬。我们小组中有几个人已显疲态。岩石早已接过了百合的背包，挂在胸前。大度招呼着，鼓励加油。

20分钟后，路更加陡了。沉重的装备压在身上，说不累，只能是糊弄鬼，豆大的汗珠已如雨下。

大度、岩石、浩子一直和我们走在一起，高度关注着这队伍的行进，关注着每一个队员的动作、表情，我们交流着户外运动的发展情况。

攀上一个陡坡，透过密密的树林，已经能看到原山寨了。

继续往前走，上行坡度稍缓，横切一个大陡坡，路极窄，土松软，一不留神就会踩空，滑落到坡下，十分危险。

天蓝第一次独自参加活动。本来老公小西要和她一起来的，单位加班，没能请下假来，天蓝只好一个人来了。可能是背包稍重，上陡坡体力透支的缘故，身子一歪，双腿一软，左脚踏空了，整个人跪在窄窄的山道上，身子悬在半空中，一脸的痛苦。

岩石和大度几乎同时冲上去，用手紧紧地抓住了天蓝。岩石卸下天蓝的背包，浩子抢过背包背在了自己的肩上。大度紧紧地拉着天蓝的手，简单检查了一下，拽着天蓝，慢慢地移到坡顶稍缓的地方。给天蓝作详细的检查。断定只是扭了一下脚踝，从背包中取出气雾剂、绷带进行包扎处理。

济南的驴友对每一个细节，都看在眼里，记在心里。

一股股暖流在大家的胸中涌动，济源、济南驴友一家亲。

让我们衷心地感谢济源的大度户外，感谢济源的驴友们！

队伍继续前行，经过最为艰难的攀爬，终于到达了原山寨。

褐红色的岩石，斑驳多年，风化如骆驼，在原山寨的东面，是比较典型的标志。驴友们拍照留念，有的早已攀上了骆驼的脖子，引吭高歌，一副游离天外的神情。

继续往西走，壁立的褐红色的岩壁，高近十余丈，斑斑驳驳，峭壁下，一条风化的小路，紧贴着高耸的岩壁，剥蚀的岩屑，铺满山径，脚踏上时会吱吱嘎嘎作响。

离开原山寨翻过牛栅栏，便到了宽阔的大路。慢队要从牛栅栏向右拐入谷底，走溶沟回东村。

不知名的小伙子执意要背我的背包，体验一下重装行走的感觉。我极不情愿地把背包递给了他，小伙子背起背包乐不颠地狂奔了起来。

我紧随其后，一边招呼着其他队员，一边紧紧地跟在那个小伙子的身后，怕他万一有个闪失。

从原山寨转出，走到大路——那种能跑三轮车、面包车的土马路，往王母洞方向再没有岔路，大度的队伍要和我们分手，其实我们已经拖了大度的后腿。

大度、岩石、浩子等济源的驴友们交代再三，后面的路如何如何走，王母洞那家的手擀面条如何如何好，三块、五块一碗……济源驴友的热情，我们感觉很是受用。

送走了济源的驴友们，我们简单地食用午餐，K哥的小炒肉是不可缺的，黑木的辣香肠、我的鱼香疙瘩咸菜都成为户外的名菜。菜不在多，咸淡皆行，话不在多，知己就好，三盏两杯淡酒，聊叙你我性情，溯济水之源，攀王屋之巅……

下午2点多，我们酒足饭饱，收拾装备，徒步到宿营地——王母洞。

一路走走停停，并不急着走路，因为通过王书记的GPS定位，离王母洞

不到300米，实际上就这300米，我们走了差不多一个小时，这肯定是GPS定位出了问题。

转过一个歪歪扭扭的木牌楼，转弯就到了王母洞。

差不多3点，太阳当头照的时候，我们已经坐在了那家卖面的小饭店前的小木桌边。

背包整齐地摆放到台阶上。屁股踮在小木凳上，伸手捻出三两张钞票，扯着嗓子对老板娘吆喝着，三瓶啤酒。

啤酒真的上来了，四五个山东汉子迫不及带地吹起了啤酒瓶子。

顷刻之间，多半瓶啤酒已下肚，神仙般的感觉悠然在心中升腾。

不知不觉太阳西移，渐渐失去了光芒。45人的三门峡驴友队伍浩浩荡荡地从羊圈东南的垭口翻上来，在王母洞四周找寻营地。

看看西去的太阳，看看三门峡的驴友队伍，挥落道音佛号，卷起装备，越过羊圈，到山梁南面的草地上扎营。灵山顶上的彩色旗子呼啦啦作响，只能作为明日的号角，今天的使命只是在吞咽一碗三元钱的烂面条子之后呼噜震天了。

沉沉的夜，繁星闪烁，北斗七星尤为耀眼。星星点点地不知哪是牛郎，哪是织女，就连银河的走向竟也没有人说得明白。

对面悬崖上山鸡的鸣叫，再也不能唤醒狩猎者冷寂的沉思，梦中的黄帝、女娲赏阅着仪态万千的王屋，祥云环绕，神鸦齐鸣，不觉已是日升东山。

## 三

太阳也只是浅浅地露了一个小红脸，就又躲进了云中。

一大早，驴友们陆续起来，舒展腰肢，生火做饭，热腾腾的汤下肚，浑身暖暖暖和和，甚是舒服。

我和朗月清风、赵员外、王书记、怿红庄主、楚天云开、黑木一起登灵山，其他队员在营地收拾装备，原地待命。

灵山东面的小山坡上，有一座小小的城隍庙，香火很旺。站在坡上向南眺望，天坛顶就在对面薄薄的雾霭中，昨天走来的弯曲山路就在脚下，东面是原山寨。薄雾、枯藤、断崖，春风、老屋、神鸦，驴子就在灵山下。

合影后继续前行。一块巨大的断崖横在面前，一条窄窄的石头路几近垂直，近80岁的老妪，腿脚麻利地从崖壁上走下来，并不拄拐杖，却能从容健步，让人钦佩不已。沿路上行，转到崖壁的东面，有一天然石洞，穿崖而过，需钻洞而过，方能登上灵山之巅。洞前一石碑，乃流芳碑，碑上镌刻捐资建庙者的姓名。所建庙为黄金老母庙。黄金老母为何方神圣？石碑上云：是道教佛教儒教三教的总办公室主任！让人喷掉大牙。

钻洞而过，穿到了崖壁的西面，拾级而上，登上崖顶。崖顶平整，方十余丈，一座摇摇欲坠的小庙，蹲在上面，香火还是很旺。一老尼在给一老妪做法事，嘴里哼哼唧唧，老妪跪在蒲团上，一脸的虔诚。紧邻小庙有一块巨石立于崖边，一清瘦的中年男子在打坐，一副超然物外的样子。

过小庙，一道窄窄的山梁上一条更窄的蜿蜒小路通向灵山最高峰。走在小路上，寒风自两面山谷涌起，直逼脊梁、面颊，腋下不觉一凉，两股战栗，险些栽倒。奇险的灵山，给了济南驴友一个小小的下马威。继续攀爬，9点登上最高峰，眼前豁然开朗，五斗峰已进入视野，透过淡淡的薄雾，远眺五斗峰，像在揣度一位裹着神秘面纱的蒙面大侠，深不可测，不可企及。

王屋、太行相连，绵延而去，王屋紧紧地依偎在太行的臂膀下，就像一对父子。我的思绪也随着王屋、太行绵延而去……今年的某一时刻，就会踏上秦家磨盘、云台、八里沟、回龙、锡崖沟、王莽岭、南坪、郭亮、南马庵、白云山、林州大峡谷、嶂石岩、小五台山……

站在灵山顶，做出了一个大胆的决定：要从灵山的西侧下山到王母洞。

赵员外、朗月清风考虑到自己体力难支，放弃了随行。我们剩余的5人，铤而走险，过足了登山瘾。

从营地出来，仔细观察了灵山的走势，感觉西侧能下，但是没想到如此危险。到达山顶，询问几个看管山顶小庙的老者，均言下山要原路返回，没有其他下山的路。

我和王书记仔细观察地形，发现在荆棘乱草中有一条不太明显的小路，通往山下。于是，就大胆顺路下山。

我和王书记在最前面探路，怿红庄主和楚天云开随后，黑木收队，5个人形成了一个机动作战小分队。

路渐渐失去了痕迹，面前除了横杂的荆棘，就是断崖，我们的处境十分危险。是进还是退，其时不能确定。在逆境中毅然要冲出一条血路来，我们决定继续前行，驴子的脾气使然。

手脚并用，扣石扳树，从一处3米多高的崖壁下来，转到北侧，脚下又是一处十几米的断崖。手抠住石缝，手脚并用，慢慢滑到崖下。凭着经验，王书记、黑木从一垭口处翻到山的南侧，探路去了。十几分钟后，黑木返回，引导我们翻过垭口下到第二层崖壁的坡地上。

大家都以为已经脱离了险境，口喘粗气，回望翻过的崖壁惊悸不已。

根据在山下的观察，顺陡坡向右横切，走山梁子就能下到王母洞。其实我们错了！沿山梁子往下，竟走到了断崖，这是第二层崖壁。没有办法，只好折回头来，从沟底断崖最矮的地方下去。黑木一马当先，抓着树藤，哧溜一下就滑到了崖底，胳膊被老树皮蹭破了一大块。我没有黑木的能耐，只能继续向前找寻下崖的合适地点。在沟坡的东侧，崖壁只有两三米，沿崖壁长着两棵大树，正好作为下降的攀登点。我顺利地下到崖底。可是，崖底集聚的树叶竟有一米多厚，一下子就没到了腰部，不敢冒进，用登山杖试探着，怕树叶下藏着陷阱。还好，趟过树叶来和黑木会合，指导王书记、怿红庄主、楚天云开下来。

沿陡坡继续向右侧横切，指望走山脊下到王母洞。这次又错了！山脊的尽头又是断崖，这是第三层断崖。崖下的王母洞离得很近，但是没法下去。从灵山东侧原路返回的朗月清风在王母洞对我们喊话，告诉我们他担心得心已经跳到了嗓子眼。

重又折回，在贴近第二层断崖的地方有一个近50米的大陡坡通到第三层断崖下，这是唯一的通道。陡坡上又有厚厚的树叶，湿湿滑滑的，很难走。一脚踏下站也站不住，只好坐在树叶上往下滑。有惊无险，总算顺利地下到第三层崖壁下。

## 四

上午11:00，顺利回到营地，比计划超了1个多小时。收拾装备上天坛。

风轻日暖遥双足，山高崖险汗如涂。

今随驴友天坛上，登顶王屋望太行。

差不多14:00到达天坛顶下的岩廊，三门峡驴友已收拾装备，准备下山。我们驻足休息，午餐。

简单午餐后，百合留守看装备，我们轻装登顶。

拾阶而上，崖壁巨大的剖面上岩层的分布向人们演示着地质变化的秘密，薄薄的一层砾石岩层，经历了5亿年的沉积后形成的，最上层的砂岩层，也已有24亿年的历史了。慨叹沧海桑田。人类文明不过万年，有人的记录不足10万年，和一小片岩石历史相比，根本没法相提并论。

台阶尽头是一个人工垒成的山洞，从山洞中钻过，便登上了天坛顶。天坛顶是王屋山主峰，海拔1715.7米，主峰之巅有石坛，据说为轩辕黄帝祭天之所，“黄帝于此告天，遂感九天玄女、西王母降授《九鼎神丹经》《阴符策》，遂乃克伏蚩尤之党，自此天坛之始也”。坛顶十分平整，建有天坛阁、钟楼等建筑。登顶天坛阁，环视四周，雄壮的南太行逶迤向东北绵延数百里，中条山在西，太岳山北望，黄河环绕向东而去，王屋山居中，唯王屋独有王者之气。

离开天坛顶走神路下到山底。济源的驴友岩石已给我们联系好饭店，正焦急地等我们。

## 五

5日上午游览了济渎庙，算是对古济水的溯源了。济水是中国四渎之一，有着重要的位置。明朝开国皇帝朱元璋重定四渎，济水为北渎。历朝历代都要定期祭拜，究其原因，盖因济水是一条君子之河，浊清分明，不事张扬，忍辱负重，不弃不离，不达目的誓不罢休。其实，济水从源头到大海，几潜几出。在历史上曾数次断流。黄河的最后一次改道，侵占了古济水的河道。虽然留下了诸如济南、济阳、济宁等地名，实际上，济水本身只能留作历史的记忆了。

2010年3月

# 山高路险轻放马，悠然自得走太行

## ——从上铁匠村到八里沟徒步穿越南太行笔记

当我们第一眼看到太行山的时候，是2010年5月1日早上5点多。车窗外朦胧的晨曦，一座如黛的大山横在马路的右边。

车子在辉县薄壁镇上铁匠庄停下，这里是太行山的最南端，著名的云台山东邻。

下车与司机老付道别，下午老付要到潭头和我们会合。

简单填了填肚子，一脚踏进了南太行山。

早上6点，从上铁匠村进太行山。

我们共22人，没有一个人走过这条路。

行前，驴友西窗烛面授机宜，十分详细地给我讲了这条线路，所有的注意事项，从哪个路口拐弯，拐弯的路口有何标志性的参照物，在哪里吃午餐，在哪里住宿，哪里可以乘坐“山地悍马”，节省体力，节约时间，都说得清清楚楚。但是和实际情况对照起来，难免会有差距。

沿着驻军的院墙行进，是一段比较平缓的土路，一点也看不出云台古道的样子。举目前望，褐红色的石英岩崖壁挺立在眼前。

20分钟后，看到石板砌成的古道在山中延伸。

经过一座废弃的驿站，出现一个岔路口，右边是石板路，左边是一条土路，沿土路绕到山的左侧，就能看到号称亚洲第一的云台山停车场。

走右边的云台古道，是一段“之”字形连续上升的路，虽然和白陉古道的七十二拐没法比，但也给我们留下了极其深刻的印象。山高崖陡路险，刚刚进山，对于还没有适应太行山的我们来讲，的的确确是一个下马威。

小坤驰是这次活动中年龄最小的队员，只有8岁，上小学二年级。虽然年龄小，却很有经验，参加过多次活动。和我们一样，三天走了110公里，一步也没有落下。不吵不闹，默默地跟随着队伍，坚持到最后，这种持之以恒的毅力是值得褒奖的。

此次活动，正因为有了小坤驰的激励作用，使得几个想离队的队员在动摇的时候，勉励自己，自问难道还不如一个8岁的小孩，以坤驰为榜样，艰难地走完了全程。

可是，开始走在“之”字形的爬坡上，我也出现了厌倦的情绪。

8:40，终于走到了“之”字形爬坡的终点，云台垭口。区区一箭之地，竟用了两个半小时。

接下来，走得比较顺了。

走在崖壁之上，感觉到太行山的另一种气势，山崖之上的空旷，令我联想到一位虚怀若谷的大侠，表面看似冷酷无情，当你深入地了解了他之后，他那宽阔的胸怀，实实在在地接纳了你。大侠的冷酷就是太行的崖壁，高万丈，不可攀登，不可逾越。大侠的平和宽广，就是太行的山顶平地，放眼远眺，一览无余，又踏踏实实。

在太行山崖壁上面平地上，散落着大大小小的村庄，这些平地，养育了一代又一代的太行人，这山这水养就了太行人坚韧不拔、乐观豁达、平和谦逊、善良朴实的性格。这也正是我喜欢太行的地方。

9:15到达关帝庙。遇到一伙从云台山茱萸峰来的游客，详细询问了云台山的线路。

9:50到达一个废弃的小村庄——三抢。我不知道这个村子为什么取名三抢。我猜想，在遥远的过去，陆路交通不发达，商贾官人从山西到洛阳开封等地，必经云台古道，走到这个小山村，或者是个小驿站，人困马乏，饥肠辘辘，客人们必然抢水抢饭抢睡觉，此则谓之三抢也。

随着交通的便利，太行古道渐渐废弃，被人们遗忘在太行山的角落里，颓垣断壁，杂草丛生。

原来依靠穿行古道客人营生的村落驿站，也渐渐败落了，人们或积聚在田肥水沛的山坳，或者干脆搬到山下平原之地，亦或那些坚守在村落里的老人们，凄惨地度过风烛残年之后，就无人再问津这些偏远村落了，年代久了，房倒屋塌，仅留些残破的断墙，平添驴友们的翩翩联想了。

在太行山的腹地，像三抢这种村子很多。

10:10到达兴隆掌。这也是一个很有特点的小山村，只有两三户人家。

比较知名的是老董。虽然我们没有见过面，通过西窗烛的介绍，却也像老熟人。

这里已经成了几个户外俱乐部的活动基地，在老董家的大门口挂着两块户外俱乐部的标牌。

老董家嫂子正在做炒饭，太行山特有的炒饭。萝卜、土豆、山药和大米、红豆、花生等混在一起用油炒，满院子里充满着香味，勾起了我的食欲。

老董嫂子说是给其他驴友们准备的，他们正在路上，要来吃午餐，早早打来电话预定了。

老董家的院子干干净净，十分利落。两层楼的石头房子，门楣上都雕了花，年代已久远，木制的门楣已经斑驳，漂亮的木纹有了深深的刻痕，就像一位沧桑的老人，满脸都是深深的皱纹。

从老董家出来走右边的路是通往云台山的线路，这条路可以到达茱萸峰下的药王洞。下次有时间一定走走此路。

在老董的指引下，我们走左边的小路上山，前往著名的一斗水村。

一斗水村名源于村西北数百米处的一洼泉水。据传此处泉水原来只有二尺见方，深也仅有二尺有余。山民汲水，一次只能取水一桶，但随取随涌，取之不尽。在山区，水是山民的生命线，久而久之此处渐聚成村，因此泉很小，故而名之为一斗水泉，又因此泉神奇地维系着村民的饮用和生活，故而村名亦叫一斗水。现在的一斗水泉经过历代开挖砌修，已经成为一个自涌井，井水清澈甘洌，深约二三米，上覆两块方石，中间凿为圆形的井口。井上有亭，亭子一侧垒有石墙，以挡住从山坡上掉下的泥石，石墙中间镶有一块“重修井泉碑”。

在一斗水村口的小山坡上，有座古庙。庙前丈许有雕刻精美的影壁，影壁上画像已经模糊。庙门上方有“万世忠表”四字，想来敬的应该是关圣了。进得庙门，发现院子虽然狭窄，但建筑颇多，只是颓垣断壁，杂草丛生，满眼荒凉。正殿为5间，对面为5间戏楼，东西两旁依次为陪殿各6间、看楼各3间。正殿内有黑板等物，看来此处曾做过村里的学校。透过破败的窗户，发现后面还有一院，众人不知从何而入。出得殿外，发现正殿与东陪殿间有小胡同，并有门可通。遂转入后院。后院更为荒凉，北为正殿3间，楼房及耳房2间，东西两旁各为3间瓦房，看其所用砖石，时间应为六七十年代所建。从下可看到正殿楼上有木箱两只，我小心爬上木梯，上得楼上，木箱内竟还有一两件戏服。我忽然想起，一斗水村毗邻山西，县志载其村民多喜爱上党梆子，并组织了有30多人规模的剧团，戏箱、戏服应为当时之物。

庙内神像皆无，不知各殿具体所奉神祇。院内院外有碑石10余通，院内正殿阶下的6通时间较为久远，大多字迹漫漶，院外影壁2通石碑，因建有碑楼保护，且时间较晚，字迹清晰可认，从中可知此庙奉祀有关帝、玉帝、牛马王、高禖、山神、龙王等诸神，最早创修于清代乾隆年间，代有修葺，最大的一次重修，迄于道光二十年（1840年），止于咸丰四年（1854年），长达15年。

前院正殿墙上，镶有3块石碑，其中1块为《补修关帝庙西陪房门楼碑记》，落款为同治三年（1864年）。碑文除叙述补修之事外，另记乡社对赌博的惩戒，也很有趣：

修邑东北路六里三甲一斗水村，旧有关帝圣庙，日以风雨摧崩，人人目极而心伤者也。故在社之人同心向善，按捐纳钱文，重瓦正殿三间、西陪房三间、门楼一间。至二月兴工，十月工起，彩画洁净，工成告竣，谢工酧神，故勒石著文以为永远不朽云……尝思上古浑噩之事，人心朴素，并无嗜赌之徒，如无吾一斗水村等。故在社之人同心公议，永禁赌博，订立社规，嗣后有犯者，响戏三天，违者即刻送官究治，决不宽恕。倘有横逆之人不遵社规者，诬告不赌之人，合社公议抵拒，所费钱文按粮食均派，而莫不各勤其事，以享无事之福也，故刻石以垂永志不朽云。同治三年十二月十八日。

古庙坡下，立有一石，上有惟妙惟肖的龙形，名为龙显石。中午吃饭时，村民给我们讲了龙显石的来历。从前，有年天旱，数月不见滴雨，不要说庄稼就要枯死，就连人畜饮水都成了困难，眼看村里人就要扶老携幼准备逃难了。这时，有位长者对大家说：“故土难舍，更何况我们这一逃还不知能不能回来，所以我们能不走就不走。”大家说：“在这里等死也不是办法呀！”长者说：“咱村里敬有关圣老爷，他老人家最是大慈大悲，我们去求求他，看看怎样？”大家一听，觉得有理，就凑份子钱准备了祭品，来到关圣庙，如此这番地请求关圣救护一方生灵。其实，关圣老爷早把这一切看在眼里，急在心头，只是因为他无降雨的职责，所以干着急没有办法。听了村民们哀求，他的心里更急了。也许是急中生智，他忽然看到手中的青龙偃月刀，心想这宝物跟随我多年，或许有了灵气也未可知。于是，他摇动青龙偃月刀，说：“青龙可在？”那刀上青龙跟随关圣老爷南征北战，又受四方香火，早已有了灵气，只因他敬佩关圣老爷的为人，一心只想跟着关圣老爷多学些为仙之道，所以一直未曾显形。今天听到关圣老爷召唤，赶紧现出龙形，俯伏在地。关圣老爷道：“青龙啊，你随我在此受村民香火，但现下目睹此方受灾，我却无能为力。你作为龙族，降雨本是你的本领，可否一解山民于悬覆？”青龙答道：“愿听帝君差遣。”言毕，腾空而上，施展法术，顿时乌云密布，电闪雷鸣，大雨如注。这场久旱喜雨，整整下了一夜，顿时救活了此方百姓。村民们知道是关圣老爷慈心佑护，第二天前来谢神。那位长者在一番祝祷之后，恳求关圣老爷永保此方风调雨顺。关圣老爷不愿贪人之功，就在当天晚上给村民们托梦，把青龙降雨解旱的情形告诉了大家，并说：“你们如若不信，可来像前观我宝刀，青龙已然成神，已离我刀，庙前巨石有其形状。另可再建龙王庙，供其香火，永保一方平安。”早上，村民醒来，人人记得此梦，于是到关圣庙求证，果然庙前坡下的巨石上有形象生动的龙形，村民们称其为龙显石。庙中关老爷的大刀上果然没有了青龙。从此，一斗水村关圣庙虽经多次重修，关老爷的大刀上永不再绘青龙。村民们深感关圣、青龙之德，遂遵关圣之命，在关圣庙旁另建了龙王庙。

过去活动中一向掉队的百合，此次一直走在队伍的前头。

在行前百合仔细研究了行程计划，查阅了相关攻略，对所经过的村庄景点都记在心中。每到一处，就给大家讲解，讲的头头是道，大家听得津津有味。她表现得非常优秀。

14:00到达西麻池村。西麻池村在一斗水村的东北方向。

沿一斗水村中的水泥路出村子，翻过一道山梁子，就又走入了条石铺成的古道。

从西麻池现存的石砌山门来看，这儿也应该是一座驿站。

西麻池仅住着一户人家。村民们见到我们，又惊奇又热情，操着浓浓的山西口音嘘寒问暖。

正是桃红柳绿时候，几间灰色的石头房子映衬着怒放的桃花，别有情调。

从西麻池沿山路向东翻过山梁就是东马池。沿古道向西走10分钟，走进一个不很明显的向下小路口，就能下到蛇谷。

15:30到达谷底。此处的风景绝佳，壁立的悬崖高高耸立在两边，平坦的谷底溪流淙淙，鱼儿在清澈的溪水中嬉戏，黄色的连翘、粉色的桃花映在潭水中，让人流连忘返。

大多数队员走累了，在谷底休息，静静地欣赏着美景。我们几个去了蛇谷瀑布。

只见一道细流似白练从数十米高的崖壁上飞流直下，跌落在崖下的水潭中，三五道瀑流从第二阶崖壁流下，玉珠飞溅，流入瀑下的水潭中，潭底的卵石上长满了青苔，染得潭水五光十色，朦胧的雾气在山谷中升腾弥漫，下午一束迷离的阳光从山崖后面打在葱绿的柳树杨树上，反映出诱人的色彩。

我被眼前的美景深深地吸引，驻足细细地品味着太行山柔美的一面。

沿沟东行两个小时就到西沟村。

沟中处处是美景，走在谷中十分惬意，一天的劳累似乎都已抖掉，步履也觉轻松了许多。

此时却发生了两个意外。

第一个意外，在河南平甸村通往山西双底村的公路上设置了两个结实的水泥墩子，使得路面只有2.05米宽，我们租用的考斯特面包车却怎么也过不去。司机老付在平甸村焦急地等了我们一天。

第二个意外，由于山中手机信号断断续续，为了省电，把手机关闭了。下午5:00，打开手机，收到了双底村张补才的十几个电话信息，马上联系，得到的答复是给我们预留的房间，由于一直联系不上，以为我们不去了，就给了其他驴友。让我们在西沟或平甸自行解决。

听到这个消息，气血上涌，脑袋嗡的一下，愣了半晌。

制订计划的时候，考虑到行程比较艰苦，轻装穿越，没有带帐篷等重装备，安排吃住在农家。

通过西窗烛联系双底的张补才，提前10天预订了房间，出发前有电话联系，确保万无一失。

可是，眼前却没有了房间，大家都没有带帐篷睡袋，这一夜如何度过成了当前一大难题。

冷静考虑了3分钟，制订了三套方案：一是张补才让其他驴友腾房间，确保我们住宿；二是大家挤在张补才自己住的房间，老张自己解决住宿问题；三是老张联系其他农家，保证我们的住宿。这三套方案的前提都是要今晚赶到双底，否则第二天的白陉古道和秦家磨大峡谷穿越就有可能完不成，就不可能按计划赶到马武寨住宿。

于是，色正词严地与老张谈了此事，请他不要找理由作为托词，推脱责任，必须要解决我们的住宿问题，让他联系车辆把我们从西沟接到双底村。

老张自知理亏，答应了我们的第三套方案，将我们安排在邻村榆树沟的表弟家，并且派了两辆“山地悍马”来接我们。

此时，一块石头才算落了地。

17:30到达西沟村头的小桥，等候“悍马”三轮车。

和司机老付联系，让他去八里沟等待和我们会合。

乘坐著名的太行山“山地悍马”，终于在晚上19:00来到榆树沟张补才的表弟家。

第二天早上分为两队，一队6:00出发，徒步白陉古道。另一队在老张家休息，等待第一队回来后会合，一起穿越秦家磨大峡谷。

第一队准时出发，共11人。

最让人想不到的是绿荫。昨天晚上主意已定，绝不再徒步穿越秦家磨大峡谷，要租车去马武寨，等待队员们，美其名曰做好后勤保障工作。显然，走了一天，已经到了极限。

可是，她早上5:30就起了床，执意要随队伍去穿越白径古道。

大家劝她在老张家休息，然后和大家一起穿越秦家磨大峡谷。绿荫执意放弃后者，选择了前者。

从榆树湾村徒步到双底的十里河发电站需要15分钟。过发电站就进入了黑毛沟大峡谷。沿公路上行40多分钟就来到残留的白陉古道了。离开公路右行进入古道。

白陉古道是太行山出入中原的古八陉之一，是目前八陉中保存距离最长、最完整的古道。沿古道行走20多分钟就到了著名的“七十二拐”。

“七十二拐”的路面就地取材，由各种不规则的石块铺成，最宽处有三米，最窄处不足两米，每隔三四米用长条石将路面分割成一块，形成个有两公分高的小台阶，我猜想这样做一是可防止雨水和山洪冲坏路面；二是可有效地固定石块，保持路面的平整。这条道每走十多米就拐弯，由“之”字形向上延伸，且坡度很缓，无论是人担马驮到山顶都不至于感到十分的疲惫。在这条古道上我还经历了一惊一乍：一惊是当我从“七十二拐”半山腰回首望去，不能不啧啧称奇。只见山下的马鞍山正对着白陉古道的“七十二拐”，就像是一匹驮满货物的马整装待发，又像是一匹马在翘首期盼着远方亲人的归来。这白陉古道与马鞍山之间的联系是一种巧合还是天意呢？一乍是不知是何人出于何种考虑，在上山的拐弯处竖了一根两米高的十字架，架上穿着一件深褐色的戴帽雨衣，人模人样的，走到跟前才猛地看见，不由得让人毛骨悚然。十字架似乎是在向游客诉说这条沧桑古道的血泪史，又似乎是在为死在这条路上的古人招魂，让人心里直瘆得慌。在没有看到白陉古道时，我还认为这条古道也就是群山间的一条小道。转过山头视野豁然开朗，放眼望去只见群山层峦叠嶂，诸峰千姿百态，峡谷幽深、鸟鸣山涧，白陉古道竟修筑在几百米深悬崖峭壁的半山腰上，就像是一条巨蟒弯弯曲曲向前伸展着。在几百年前修造如此浩大的工程，不能不使我们这些后人惊叹不已！“山间铃响马帮来”，你只有站在这条古道上，才能真正体会到这句话的辛酸。峭壁上一道道纹体，清晰记录着地球沧海的变迁。悬崖上一棵棵柏树侧着树干从山缝中生长出来，粗壮的根系撕裂了山体，这种与天抗争的顽强的生命力，不正代表着中国五千年来龙的传人不屈不挠的抗争精神吗？

老张一家人都非常朴实，早上给我们每人送了一个山鸡蛋。为了表示感谢，我把一面驴友们签名的泉城义工的旗子送给了老张，老张高兴地把它挂在了大门口。

我们的旗子在太行山腹地飘扬。

吃过早饭，集结队伍，和老张一家合影留念。

10：00出发，经双底村进入秦家磨大峡谷。

离开小壶口瀑布，峡谷中更加漂亮。

两侧的崖壁直插天际，蓝天白云在高耸的山尖，谷底处处是水潭和瀑布，水中映出我们的倒影。

如果到了夏天或秋天溪水大的时候，风景会更美。

时间到了11：30，我们今天的目的地还遥无尽头，从地图上看，弯弯曲曲的峡谷也未有尽头，穿过隧道去马武寨的路并不清楚。

心中感到茫然。

为了节约时间，节省体力，天黑前顺利到达马武寨，我们又乘坐了“山

地悍马”。“悍马”竟然都是山东的时风，顿感亲切。

走石滩，过漫滩，闯悬崖，“悍马”颠簸在峡谷的石头路上，带起漫天的尘土。

我手紧紧地抓住车子的栏板，眼睛睁得大大地看着后面的车子，心绷得紧紧的，有种命悬一线感觉，真的害怕出现意外！

蹦！蹦！！蹦！！！

半个小时后，前面连乱石路也没有了，车子终于停在了一片红豆杉下。

告别“悍马”司机师傅，简单午餐后，继续沿峡谷行进，寻找废弃的提水站。

看看漫漫长路，大家已经不再感到轻松了。

下午14：30，在大家疲乏焦躁之时，那座废弃的提水站终于映入眼帘。

透过早已没有了屋顶的机房，一挂台阶几近垂直，通向半山腰的干渠。

休整片刻，我们依次登上台阶，进入废弃的引水干渠。

我一直走在队伍的最后面，做收队。

等我穿过隧道，从隧道中出来时，已经是下午15：30了。

隧道对面是一个大工地，据说是山西陵川县的供水工程。

马武寨还是不见踪影，心中没有底。

此时，时间对于我们来讲，相当重要。

找出攻略，查找方位、线路及重要参照物。

> 从废弃提水站渠道中钻出，是大磨河提水站正在兴建的新房子，沿峡谷右边的土路前行2公里左右，看到一棵大树，右边有一条长满青草的废弃的公路，这就是废弃的马磨公路，右转上山，走几个“之”字形的拐弯，到达山顶，就可以到马武寨……

接下来就是沿土路前行2公里左右，寻找一棵大树和废弃的马磨公路。

几乎是数着步子往前走。

路是找到了，可就是找不到那棵大树。

没有大树，也要走路。

可是，接下来的路却几乎要把我们拖垮了。

漫漫的长路，走啊走啊走，就是走不到头。

有人已经被拖垮了，有人已经走残了。

脚上打泡最多的一只脚就打了8个水泡。

我的脚虽久经沙场，常走驴路，早已磨起了厚厚的茧子，虽没有打水泡，可是脚底板子也已磨得生疼，几乎要瘸着走路。

这个倒霉的小村子，我们以为是杀猪叫，其实是大洼。

天慢慢黑了。

路还是无尽头。

18:30，天已经黑了，看看队员们惨不忍睹的形象，再看看只有8岁的小坤驰，实在不忍心了，和马武寨的万文喜通了电话，安排“悍马”来接。

我和箭在弦上、大民走在队伍的最后，直到19点我们才走到马武寨。此时，早一步到达的队员都已经喝上热乎乎的稀饭了。

3日早上5:30，一道霞光印在东方的天际，其他驴友队伍还在睡梦中，我们就起床，早早吃了饭，只是因为从马武寨到八里沟的路我们不熟悉。

6:00，集合队伍，准时出发。

从马武寨到抱犊的一段路程十分惊险。

从村子里出来，和老万告别，绕过小庙，开始进入峡谷。

陡峭的峡谷，路非常难走。

五月初，太行山腹地竟还有冰，大家都很惊奇。

下到沟底，沿沟底向前，一道悬崖拦住了去路。

冯老师不小心把登山杖滑落到崖下，悻悻地对着悬崖发呆。应该是刚刚发生了惊险的一幕。

大家分头找路。

箭在弦上一马当先登上了左侧的山崖，发现了路在对面的山崖上。

兰博、大民、K嫂第一批登上了崖壁上的路。

沿这条奇险的小路，绕到了断崖的下面。

谷中处处有美景。

这是整个行程中最惊险的一段，每人都出了一身冷汗。

我们都小心翼翼，不敢有半丝马虎。有的干脆手脚并用挪到沟底。

这儿就是著名的一线天。

等最后一名队员顺利地下了一线天，兰博认认真真地在玛尼堆上摞上了一块平安石。

9:40顺利到达抱犊村，不敢耽搁，稍作休息，继续向八里沟行进，走完本次活动的最后一站。

穿过林荫山径，经又一道一线天便进入了八里沟景区。

14:40，走出八里沟景区大门，顺利地完成了从上铁匠村到八里沟的南太行徒步穿越之旅。

2010年5月

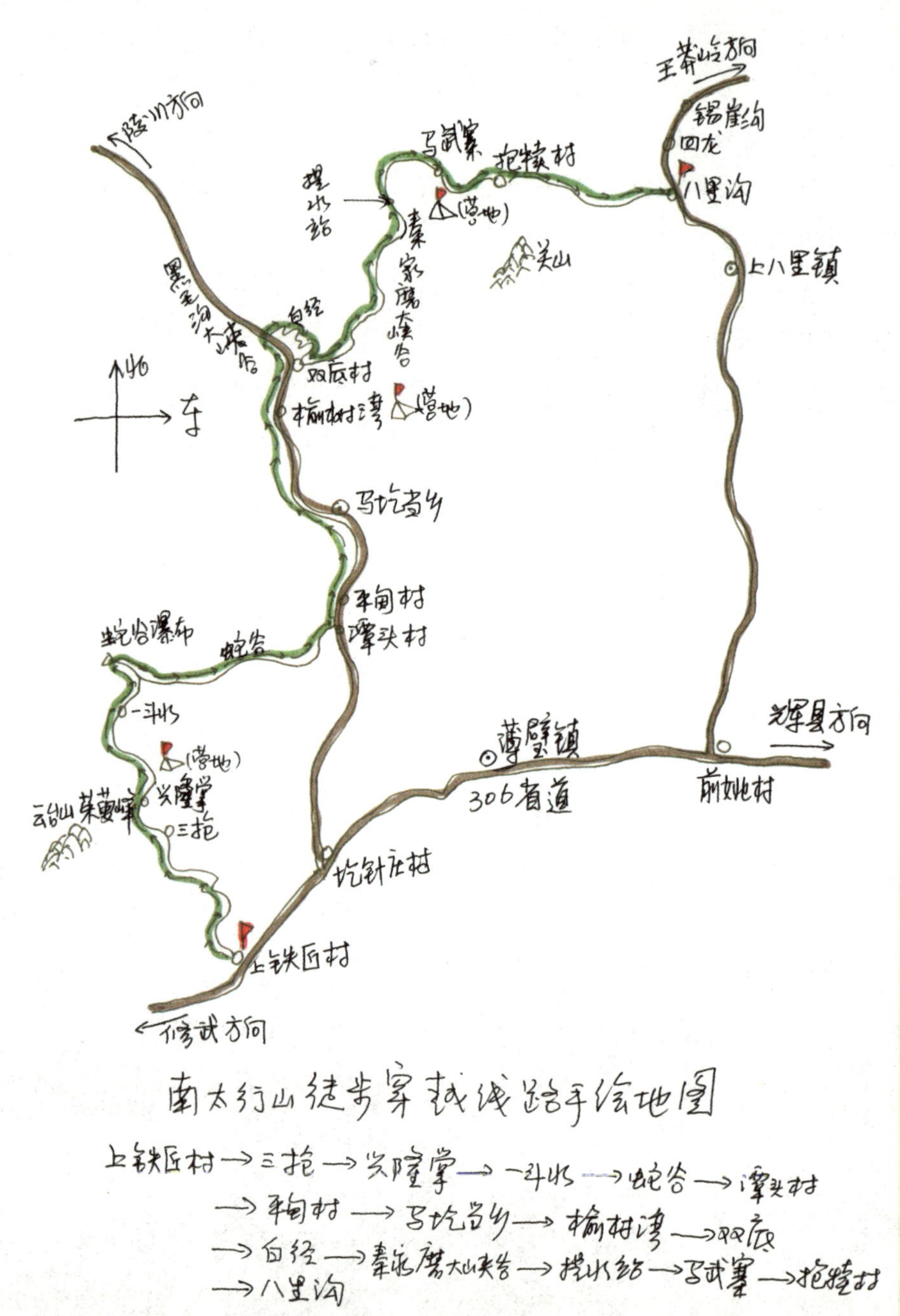
王莽岭方向
锡崖沟
回龙
八里沟
上八里镇
陵川方向
马武寨
抱犊村
提水站
(营地)
关山
秦家磨大峡谷
黑龙沟大峡谷
白经
双底村
北
东
榆树湾
(营地)
马坊乡
车甸村
潭头村
蛇谷瀑布
蛇谷
一斗水
(营地)
兴隆掌
云台山茱萸峰
三抢
坑针庄村
上铁匠村
修武方向
薄壁镇
306省道
前姚村
辉县方向
南太行山徒步穿越线路手绘地图
上铁匠村→三抢→兴隆掌→一斗水→蛇谷→潭头村
→车甸村→马坊乡→榆树湾→双底
→白经→秦家磨大峡谷→提水站→马武寨→抱犊村
→八里沟

# 再登巅峰

## ——小五台山徒步穿越笔记

如果你爱一个人，
就和她一起去小五台。
让蓝天白云
和盛开的金莲花，
见证你们永恒的爱。

如果你恨一个人，
就和她重装穿越小五台。
我相信，
经历了艰难的跋涉
和风雨雷电的磨砺，
任何仇恨都能够化解。

（引用山东淄博陶然户外一驴友的诗）

位于河北蔚县的小五台山，海拔2882米，是太行山的主峰。以它独特的气候，险峻的山形，绝美的风景，成了每一个驴友心中的圣地。

小五台山的风景尤以每年的7月份为最佳。

7月到来的时候，各色花儿争先怒放，姹紫嫣红，争鲜斗艳，其中金莲花是小五台山的花魁。

金黄色的花朵大如鸡蛋，双层片状的花瓣就像莲花台，同样金黄色细长玲珑的花蕊，迎风舞动，就像婀娜多姿的少女在轻摇舞步。漫山遍野都是金莲花，这里是金莲花的海洋。

7月份的气候多变，时而云雾弥漫，时而艳阳高照，时而电闪雷鸣大雨倾盆，时而狂风大作。

如果幸运的话，还会看到佛光。

山里山外温差很大，山外气温通常要在30℃左右，山顶有时可以低到10℃以下。

攀登每一个台顶都不是一件容易的事情。

它的无穷魅力深深地吸引着我，从2004年开始，我几乎每年都要穿越小五台山，从中寻找别处没有的感觉。

攀登小五台山，需要的不仅仅是勇气，还需要体力、毅力和独特的视觉和触觉。

今年，我们又来了，一行7人，徒步穿越了南台、中台、东台和北台，从下挥川的西南沟进山，从赤崖堡的西沟出山，历时52个小时，经历了阴雨、低温、迷雾、狂风等自然因素造成的困难，闯过了衣裤湿透、身体失温、道路湿滑、滑坠山崖、生死劫难、体力透支等一道道险关，观赏了飞瀑、桦树林、高山草甸、如锦野花、云海流瀑、神奇佛光等绝美的风景，体验到了人与大自然若即若离的绝妙之处。人在山中走，山在心中留。非人亦非山，人山两悠游。

## 一　迷雾森林

瑞士音乐家班得瑞有一张专辑叫《迷雾森林》，我非常喜欢听，特别是在静静的山林中。

此次活动，我带了一个mp3播放器，就存有《迷雾森林》。

森林是浓郁的，没有一丝空隙可以让你去窥视，那是一种浓得化不开的绿，树连着藤，藤挨着草，草拥着根。

当班得瑞的音乐响起，我们的感受和思绪会如同一条蜿蜒百折、四处流淌的溪流，溪水总是可以无拘无束地任意蔓延，最终来到激情和辉煌的海洋。

《迷雾森林》由风声中飘扬的黑管开场，与横笛交叠出梦幻般的空间，四周不时响起的风铃声和远处隐约朦胧的弦乐，像夏季降落山林的迷雾，浑身清凉却又暖在心头，感情丰富的钢琴，铺陈通往回忆的长廊，伴随薄脆清亮的钟琴音色，回荡在深远辽阔的音场中，如饮过一杯醇香的美酒一般深邃和多愁善感，在心中留下无限追忆！

我们到达桃花的时候已经是上午9：00多了，刚巧遇到曾经接过我的面包车司机小史，他开车送我们去下挥川村。

原计划从隧道口登山上南台，晚上在百花洲扎营。

据小史讲，前几天下大雨，把去隧道的山路冲坏了，建议改道去下挥川，走西南沟进山。

我们采纳了他的建议。

到达下挥川管理站的时候，天开始下雨。小雨濛濛，轻雾迷离。

上午11:30，交了进山费后，和小史告别，进入了西南沟，进入了迷雾森林。

从西南沟进入小五台山，要比从西沟和东沟进山好走得多。

在宽阔的谷口石滩中，一道湍急的溪流从迷雾森林中冲出，流向更为宽阔的山外的石滩，然后悄然地潜入地下，无影无踪了。

沿小溪的左侧进山，有很明显的路。

一路上烟雨朦朦，溪流淙淙，高山杜鹃、丁香花随处可见。

转过一片嫣红色的崖壁，趟过小溪，走到了溪流的右侧，走不远，左侧的崖壁上有几间树枝搭建的草棚，一位放牛的老人站在崖边，热情地询问着我们。

继续前行，有一块铁质的告示牌，上面的字迹已经模糊，不明所以。

右拐，真正进入了密林。

有十分明显的小路，在山中蜿蜒，路爬升得很快，小雨中，路湿滑，走在上面，十分困难。

沟底水流声很大，时见断崖飞瀑。

随处可见鲜艳欲滴的百合花、玫瑰花，还有许多叫不上名字的野花。

浓浓的雾霭在半山腰中弥漫升腾。

《迷雾松林》从我背包中的mp3音乐播放器中流出，在山野中回荡，萦绕在耳边。

此情此景，没有哪个人不被纯自然的美景感化，压在心底的郁闷都化成了淡淡的雾气从心中飘出，荡然无存了。

空灵的心，空灵的情，空灵的魂魄，心无滞碍，人似乎变得通透了，变得轻快了。

午饭是站在雨中简单地啃了点在山下买的菜饼，喝了几口凉茶。

继续在丛林中跋涉。

雨越下越大，相机根本无法使用。

跨过溪流，是一片白桦树林，路是十分陡峭的山路，在白桦林中拐来拐去，没有尽头。

鞋子已经湿透，一双脚裹着湿冷的袜子，在登山鞋中打着滑。

下午15:00，雨雾压得很低，能见度很差。

透过迷雾，几朵金黄色的花在溪边的风中摇曳，那种迷人的金黄色，是一种神圣的金黄色。花朵并不大，可是开得十分鲜艳。

大家顿时兴奋了起来。

这种花只有在海拔1800米之上的地方才有。

每个人都背了20多公斤的装备，经过四个小时的攀爬，有些吃力了，步履略显蹒跚。

抬眼仰望，阴暗的天罩着白桦林，似乎看不到尽头。

继续攀爬，几株粗大遒劲的松树出现在白桦林中。

下午16:30，我们终于冲出白桦林和松树混杂的丛林，登上了山脊。

浓雾笼罩的山脊上是高山草甸，这儿是一片花草的海洋。

虽然不到17：00，天色已昏暗，前往南台的山路早已躲到了浓浓的云雾之中。

温度降到了5℃，湿冷的衣服、湿冷的鞋子，大家浑身直打寒战。

山脊的右侧有一座放牛人用白桦树搭建的棚子，下挥川村的老张和老王在这里放牛。

热心的放牛人看到我们，劝阻我们不要再登南台，有危险。

看看天气，看看大家的体力，看看热心的放牛人，决定这个晚上就在牛棚里度过了。

冲出迷雾松林后的那一夜，简直是一个传奇！

简易的棚子里，分为里外两间，里间有一排木板搭成的通铺，能睡七八个人。外间算是客厅和餐厅了。两个炉灶设置在北墙边上，炉膛里烧得是白桦木劈柴，这是自然馈赠的燃料。一张小桌摆在炉膛的旁边，几个圆木墩子随意地散在木桌的四周。

看到有炉火，大家兴奋了。纷纷把湿漉漉的鞋子脱下，把袜子、鞋垫、鞋子摆放在炉子的周围，顿时一股股白汽冉冉升起，一股怪怪的气味在空气

中弥漫开来……

放牛人看得只是憨厚地笑。

放牛人做了一锅土豆炖西葫芦，我们把带的香肠、小菜拿出，奢侈地拌了一盆黄瓜，下了一锅方便面，饭菜的香味也在小木棚中弥漫游荡。

把从济南带去的白酒拿出，每一个都斟满杯。

此时此刻，在如此简陋的小五台南台下的一间牛棚中，温暖的气氛阻挡了外面的寒冷和雾霭，牛粪的气息混杂饭菜的香味，鞋子袜子的浊气混合了白酒的醇香，疲累的身体沐浴着淳厚的民风，幸福快乐的感觉就此从心底升起，充溢着全身。

饭后浓浓的奶茶、咖啡，直教幸福升腾到了极点。

满屋的鼾声吵不醒疲乏的身体，愉悦的心情渴望着第二天神奇的穿越！

## 二　神奇穿越

通往天堂的路也不过如此。

厚厚的草甸就是一张无边无际的大地毯，一丛丛的金莲花、各色野花就是地毯上点缀的精致的花纹；那一片片浓的淡的轻雾薄云是天堂的羽纱般的帷幕；从云雾中穿出的似彩霞般的光线就是照亮天堂之路的明灯；那难得一见的佛光就是天堂的印记；那忽远忽近忽大忽小的山风就是天使送来的福音……

早上4点多起床，简单早餐，和牛倌老张、老王道别，离开牛棚去登顶南台。

今天计划先登南台，然后经羊毛鞍、百花鞍到达中台，走三岔，前往东台扎营。

由于第一天没有按计划到达百花鞍扎营，没有时间往返西台，只好放弃西台。

早上，天晴了，只有些许浮云在空中飘忽不定。

虽然天晴了，可薄薄的云时聚时散，可并没有见到太阳的影子。

穿过一片白桦林，路依然蜿蜒泥泞，路边草丛中散着一些金莲花和一些不知名的野花。

翻过牛栏，跨过小溪就到了南台下，接下来是最为艰难的攀爬。

跨过的这条小溪是最后一个水源地，从此往上直到北台下的西沟海拔1700米就一直没有水。

6:10开始攀爬，8:10登顶，用了整整两个小时时间，从海拔2100米直上到海拔2700米。

这一段攀爬使人难忘，背后的浮云，脚下的绿草野花，不远处的牛群，擦过面颊的山风……

这一段的感受也只能用心去体验。

上午8:10，我们全部登顶南台。

美景使人变得单纯，自然使心灵变得通透，唯美的小五台使灵魂变得空灵。

8:50我们离开南台，向羊毛鞍进发。

南台顶拥有的骆驼草使其独具特色，一个一个的草疙瘩，就像驼峰一样，彼此并不相连，走在上面就像是在走梅花桩。

我们走在山脊上，山脊的两侧云海在翻腾。

美丽的金莲花，绽放在这神奇的地方，开得这么饱满，开得这么自信，在风雨中飘摇，在寂寞中枯萎，不慕奢华，不思温柔，渴饮朝露，饥食泥土，与蜂蝶相伴，只静静地享用这纯美的自然，享用这轻柔的云雾。

还有其他各色的野花，也在小五台的巅峰悄然绽放。

山的气势，云雾的美妙，花的艳丽，形成了小五台的独有气质。

我们到达羊毛鞍是10:20。从羊毛鞍到百花鞍有两条路，一条横切山坡，一条走山脊。我们选择在山坡上横切。

中午到达了百花鞍，简单午餐。

百花鞍的营地相当不错，在整个小五台山是最好的。从百花到中台要登两个坡，短短的路，我们竟走了一个小时。

中台顶的空中，一只鹰在盘旋，借着气流伸展翅膀，舒展地做着各种姿势。

鹰是鸟中寿命最长的，一般可以活到70岁。

但是，在鹰的一生中要过一道坎，那就是40岁。

当鹰活到40岁的时候，它的嘴巴已经不再尖利了，它的爪子已经不再锋利了，都变得秃了，不能再抓住猎物了。

如果此时鹰认为生命不再重要了，它可以选择死亡，找一棵树，或者寻一丛草，静静地等着，很快就会死去，成为其他动物的食物。

可是，大部分鹰会选择重生。

它会寻找一块岩壁，用嘴猛烈地撞击岩壁，直到那张秃得已经不能再用的喙完全脱落，哪怕是流血。

然后，鹰就会慢慢地等，等待着坚硬锋利的喙重新长出。

随后它就会用新长出的嘴狠命地去啄它的两只爪子，把它一点一点撕裂下来。

接下来又是漫长地等待，等待新的坚硬锋利的爪子长出来。

整个过程要150天，这是需要极大的耐力和决心的。

这个过程有点像凤凰涅槃。

这种精神深深地感动着我们，激励着我们！

其实，驴子何尝不需要这种精神？

大部分驴友都是上班一族，平时既要干工作，又要玩户外，很难不顾此失彼。

等到退休的时候，时间有了，可能身体、心情就没了。

如果退休后能有鹰的这种坚持和毅力，相信我们都能获得重生！

我们期待着60（55）岁的重生！

14:30，离开中台匆匆赶往东台。

从中台到东台一般需要4个小时。

在三岔遇到了淄博陶然户外冰蓝带的驴友，有30多人，早上3点多从东沟进山，大部分已经在三岔扎好帐篷休息了。

从三岔到东台的路就像一条天路，弯弯折折通向心中的天堂，走在陡峭的山脊上，走在云雾的边缘，走在阴阳之界，我们飘飘欲仙，我们快乐无边！

难得一见的佛光再次出现。

在我们的影子的头上出现了七彩的光环，我们每一个人都成了神仙。

飘荡的雾气，成了一道奇妙的帷幕，七彩的光环，幻化出佛的模样，幸运的我们，愉悦在心中荡漾，这是一段神奇的穿越，这难忘的时刻永记心间！

东台海拔2882米，是小五台山的最高峰，也是太行山的最高峰。

我们高山仰止！

台下已经扎满了帐篷，我们站在台顶静观云海的幻化。

从早上5:30出发，到19:15到达东台顶，我们已经走了差不多14个小时，虽然体力严重透支，可心中却是充溢着快乐。

在东台北第二道山梁子上扎营。

帐篷刚刚扎好，天就开始下雨，雨越下越大，伴随着大风。

本打算晚上要好好腐败一下，彻底消耗掉所有腐败物资，咖啡、浓汤、牛奶、奶茶、水果、黄瓜等等都要消耗掉！

没想到，风雨的突然造访，打乱了计划。

出乎意料地过了一个惊魂夜！

## 三　雨夜惊魂

饭是在帐篷里做的。箭在弦上、楚天云开、黑木和红桃老K一组，我为草原、天空小草做饭。

匆匆吃完饭，简单喝了一点咖啡，就回到帐篷睡觉了。

草原和小草的帐篷扎在西面，我和楚天云开的扎在东面，箭在弦上、黑木和老K的扎在北面的高台上，三顶帐篷互为犄角，相距不远，相互可以照应。

在我们东面15米远的地方还有一顶帐篷，是北京的驴友，一男一女两个人。

看来应该是菜驴，一顶高高的帐篷似乎没有外帐。

刚到营地时，他们早已扎完帐篷，我关心地问他们，好心让他们注意变幻多端的天气。他们很不友好，并没有理会。

我尴尬地走回营地埋头扎帐篷。

21:00不到，伴随着狂风的呼啸，电闪雷鸣，大雨从天而降，无情地砸在东台，砸在营地，砸在我们的帐篷上，也砸在我的心上。

我们的帐篷扎在一个斜坡上，头高脚低，大约20°，身子底下有几个土坑，睡在里面要有技巧，一方面身子不自觉地往下出溜，另一方面需要蜷动身体，根据地形调整自己的身形，努力使自己舒服一些。

在外面扎帐篷遇到下雨是经常的事，每次来小五台都无一例外，但像这次如此大的狂风伴随着大雨还是第一次遇到。

躺在帐篷里，实际上是蜷曲在帐篷里，和楚天云开闲聊了一会，眼皮便开始打架，不长时间就睡着了。

22:00多猛然惊醒，狂风抽打着外帐，帐篷严重扭曲，似乎要把帐篷整个掀翻，扔到山下。

拉开内帐探出头，检查外帐没有问题，又酣然而睡。

刚过凌晨，朦胧中感觉有人拍打帐篷，帐外传来一男一女的急切声音，昏昏沉沉还以为是神仙下凡呢。

隐隐约约听到他们进到了其他帐篷中。

又浑浑噩噩地睡着了。

凌晨2:30，又一次惊醒，几乎是听到帐篷撕裂和帐杆断裂的声音，猛地坐了起来。

狂风继续作怪，帐篷被吹得变形到了极点，感觉只要稍微用力，整个帐篷就要崩溃。

此时不觉联想起2007年五一的太白山之旅，那种漫山遍野跑帐篷的场景历历在目。

急忙推醒熟睡的楚天云开，分头检查帐篷。

得知另外两顶帐篷也在承受极大的压力，暂时无大碍，就又睡倒了。

这一觉直到3:57。

醒来的时候，两眼肿胀，头发木。

帐外已经平静，风驻雨停，整座山笼罩在浓雾中。

从帐篷中出来，叫醒大家，收拾装备，准备早餐。

据北京驴友说，夜里的神仙下凡是东面宿营的人，由于帐篷被风刮烂，弃帐而逃，帐篷被吹下山去了，无奈才四处寻求“混帐”，被北京的驴友收留。

据草原说，梦见箭在弦上脑袋被刮了，缝了24针。

据箭在弦上和黑木说，夜里出现了海市蜃楼，通红的灯光整齐地排在东面山坡的半山腰。

可是，没有人梦到我从山崖上滚落，险些丢了小命！

## 四　惊险北台路

南台到中台的路最平缓，西台到中台的路最短，东台到中台的路最长也最神奇，东台到北台的路最惊险也最刺激。

通常，从东台穿北台一般只需要1小时。如果赶上雨天，道路泥泞难行，从东台穿北台要用3个多小时。如果赶上冬季，道路结冰，大雪封山，有时候要走十几个小时。

路是在不规则的山脊两侧绕来绕去，时上时下，落差很大。

早上起来，虽然过了一个惊魂之夜，看到帐篷毫发未损，心情感觉特别好。

天已不下雨了，空气湿湿的，浓雾依然笼罩着我们。

大家决定把昨晚的损失夺后来，把多余的物资统统腐败掉。

从早上4:30直到6:30，我们都在狂吃狂喝。

第一次在小五台山有富裕的水，痛痛快快地洗了脸，刷了牙，着实奢侈了一把。

6:30离开营地，告别东台向北台跋涉。

下了一夜的雨，山路很滑，走在上面一不小心就会滑倒，窄窄的山路下就是陡崖，一旦摔下去，就会造成极端的后果。

为了让队伍行进速度加快，黑木在前带队，我在后收队。

我一边走一边不停地拍照摄像。

为了让不能来小五台山的朋友共同分享小五台山的神奇险峻，此次活动，我带了尼康D300相机，两个镜头，一个18–200mm标头，一个11–18mm广角，还带了一部摄像机。

一路走来，一路拍摄，记录下全部行程。

7:30，走了差不多1个小时，大家都走得十分谨慎，感觉没有出现大问题，思想就有些麻痹大意了。

山路从山脊的左侧转到右侧，接着是一个很陡的下坡，稍显湿滑。

刚转过山脊，有了信号，手机收到几个短信，停下站在山路上掏出手机观看短信。

没有要紧的事情，把手机收了，先拍了几张照片，感觉不错，接着用摄像机拍摄老K和箭在弦上在山路上艰难地攀爬，其他人都已转过山坡走远了。

我小心地把摄像机收到包中，把照相机挂在脖子上，双手撑登山杖，大踏步追赶队员们。

那个下坡，不太湿滑，右脚先踏上去，感觉不对劲，向右侧滑去，右手的登山杖下意识地向右侧插去。

窄窄的山路右侧是陡坡，一个坡度在80多度的斜坡，放眼望去根本就看不到底。

右杖向山路的右侧插去，一下子插空了，整个身子突然向右侧倾斜，向陡坡下滚去，脑子霎时一片空白，手脚来不及反应，“啊”的一声，重重地摔了下去，足足有六七米的样子，仰面朝天直挺挺地躺在了地上，相机飞出去了差不多一米，镜头盖、遮光罩散落在周围，眼镜也飞了出去，落在更远的地方。满头都是泥巴，眼眶和鼻子碰擦出了血迹。

直挺挺地躺在地上，一阵眩晕，视线有点模糊，屁股十分疼痛。

直挺挺地躺在地上，三四分钟，脑子飞快地转了无数圈，一系列假设反复出现，想着假设后的应对措施……

听到声音不对，走在后面的老K和箭在弦上返回来，老K把背包一扔，冲下陡坡，察看情况，箭在弦上也跟了过来。

我试着翻身，老K把我扶起来，靠在陡坡上，伸了几下腿脚，还好，腿脚没有骨折。

甩了甩胳膊，晃了晃脑袋，感觉头有些懵。

老K用湿巾给我擦拭满头满脸的泥巴和血迹。

我弯腰捡起摔在地上的相机，戴上眼镜，观察了一下地形。

我的乖乖，我躺的地方是一块营地，有1.8米长，1.5米宽，只能扎一顶帐篷的小营地，营地右侧还是陡坡，下去20几米才有几棵小树斜长在陡坡上。

如果不是摔在营地上，有可能在下滚20几米才能被小树挡住，如果小树挡不住，那么，后果真是不堪设想。

看着这一切，我愣愣地，额头上沁出了冷汗。

感谢前辈修的营地，成了我的福地，我的生命被这块不大的营地挽留

住了。

感谢上苍对我的厚爱。

如果没有这块营地，如果陡坡上突出有岩石，如果陡坡上有突出的木棍，如果眼镜摔破的镜片扎了眼睛……

如果有一个如果成立，那么我就……

人对于山来讲，是如此的脆弱。

但是，一切如果都不是现实，我又背起大包，艰难地攀上陡坡，回到了山路上，一瘸一拐地跟在队伍的后面，继续收队。

由于我的意外耽误了差不多40分钟，直到9:00我们才到达了北台。

下午2:30走出西沟，成功完成了小五台四台连穿。

2010年7月

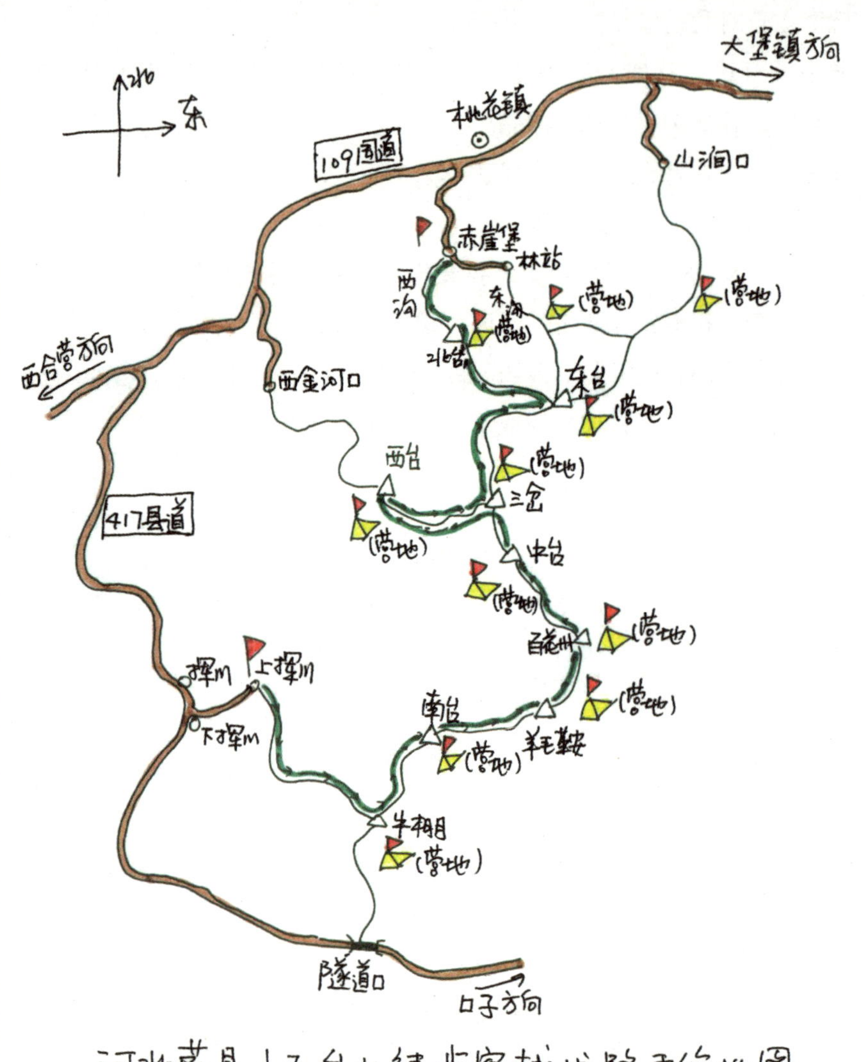


河北蔚县小五台山徒步穿越线路手绘地图

再登巅峰

上挥川→牛棚→南台→羊毛鞍→百花坪→中台→三岔→西台→三岔→东台→北台→西沟→赤崖堡

# 久有凌云志，一日穿五台

## ——徒步穿越五台山笔记

踏遍尘世念已休，归来结社碧峰头。
无穷松韵清双耳，不尽云山豁两眸。
一个蒲团消白日，半肩破衲度寒秋。
人间八万四千梦，尽向众生一念收。

这是五台山黛螺顶大门内侧墙壁上砖刻的雪庵和尚的诗。

我猜测这是雪庵和尚在五台山隐居时写的人生感悟诗，但详情我没有考证过。

雪庵和尚一生要做84000个梦，我算了一下，按一天一个梦计算，要活230岁，要按一天两个梦计算，也要活到115岁，看来雪庵真是个老神仙了。

我等凡夫俗子可没得比。

没有别的意思，只是想用此诗作为五台山穿越笔记的引子。

### 一　大雨滂沱

仓促决定要去五台山，也仅仅是周五中午的事。

约好人，定好车，确定出发时间为晚上九点整。

一切都在悄然中。

下班后到家，翻腾家里的东西，几块咸菜，几块压缩饼干，一袋花生米，一袋牛肉干，一瓶矿泉水，一瓶鲜橙多。

仅此而已，简单得不能再简单。

四个老朋友，默契得天衣无缝。

一场突如其来的倾盆大雨，似乎要动摇我们的意志，四个哥们儿相视一笑，淡淡地把它拂到了一边。

越野车一头扎入倾盆的大雨中，义无反顾地消失在夜色里。

## 二　从南台进山了

车驶上青银高速，雨下得越来越大，坐在车里，几乎没有能见度。紧张得我们心脏都提到了嗓子眼，反复考虑是否返回济南。

王书记全神贯注地开车，一刻也不敢懈怠。

车到夏津，雨却一下子没有了，路面上只有湿漉漉的痕迹。

车子过石家庄，驶向保定阜平。

原计划从鸿门岩进五台山，先登东台，再穿北台、中台、西台、南台，然后回台怀镇。

从鸿门岩进山 ，就要走阜平到繁峙的砂河镇。

经阜平走203省道，刚过吴王口乡不久，窄窄的山路上右侧车道一辆接一辆的重型卡车排起了长龙，大都熄了火，静静地等候着，大概都是到山西拉煤的。

左侧车道通畅，没有车辆通行。

我们在左侧车道逆向行驶。

差不多走了十几公里，过去神堂堡，长长的车龙还没有尽头。

迎面有大车驶来，刺眼的灯光射来，后背直冒凉气。

车子挤到大卡车的夹缝中，等待迎面来的大车通过。

可是当迎面来的大卡车驶过我们车所在的位置时，被并排的两辆大卡车卡住了。

我们也被卡在长长的大卡车长龙中，进退不能。

下车询问被堵的司机师傅，说出的话令我们跌了一个跟头：已经堵在这里八天了！

冷汗立马从后脊梁上顺着两腿流下，一滴一滴滴在炙热的公路上。

进是不行了，调头回撤吧。

在焦急之中等待，足足有3个小时，才在茫茫车龙中调回车头，慢慢悠悠，走走停停，在天亮的时候才算冲出重围。

只得返回阜平，走382省道转310省道到五台县的豆村，再到南台。

310省道高洪口乡到茹村段修路，只是单行，车就又堵上了，又足足堵了2个小时。

如果要问世界上哪里堵车最严重，我会十分肯定地告诉你：中国保定阜平。再去五台山，千万要记住，不要走阜平去砂河镇，车堵起来，是会死人的！

## 三　四个老江湖忽悠假和尚

越野车过豆村，在公路上疾驶，车内我们四个说说笑笑，异常轻松。

说到五台山的假和尚行骗，箭在弦上就讲起了他们行骗的套路。路上会有一到两名穿警服的拦住你的车，向你出示工作证，证明其公务员身份，委托捎一位和尚到某某寺庙，并非常热情地表示感谢。于是，和尚上车，谈经论道，大谈烧香礼佛，命运推算，吹嘘他的师父如何如何了得，抽签算卦十分灵验等等。到庙之后，先免费烧香，免费抽签算卦，肯定个个都是凶多吉少，每个人都惊出一身汗，然后找师傅破解，师傅先是不破解，在小和尚的再三哀求下，才勉强破解，破解后的结果是把受骗者的口袋全部掏干净。

正说着，一辆挂着晋H牌照的普桑疾驰而过，在我们前面停下了，我赶紧踩刹车，车子停在了它的后面。

从普桑中走出一个穿警服的人，手拿执法证朝我走来。我不觉一慌，因为没带驾驶证，以为遇到查车的。

那人面带笑容，说是五台县的交警，因为有紧急任务，要返回五台县，车里有位师傅要去五台山，麻烦顺道捎他一段，并表示十分感谢。

故事已经开头，大家都暗自发笑，天底下的事怎么就这么凑巧，说着说着就来了。

我们欣然同意让师傅上车，把他捎上五台山。

那人客气地笑笑，普桑调头走了。

小和尚30来岁，面相还算和善。

上车就自我介绍，9岁出家，法名戒云，在五爷庙修行。

问我们是不是第一次来五台山，来五台山就要烧香，要到五爷庙去烧。

看着小和尚按着套路出牌了，我们暗自好笑，就像《疯狂的石头》中道哥喝可乐中奖一样可笑。

于是，四个人的忽悠开始了：

王书记先来个开场白，满洲里的骗子手段如何如何高明，都被识破了；

箭在弦上接着说海南南山寺的和尚如何如何行骗，他就是不信那个邪；

红桃老K谈人生轮回，上天入地，四书五经，儒林外史，西洋医术，九阴白骨爪，直谈到流行歌曲，理查德·克莱德曼钢琴曲；

王书记大讲经书典籍，从大悲咒到道德经；

箭在弦上大讲基因侵略，转基因食品影响到中国人民的生命安全；

红桃老K讲起哥哥妹妹天仙配，鸳鸯蝴蝶到处飞；

我一边开车一边虚心地请教《般罗波罗密多心经》，色即是空空即是色色不异空空不异色……

我们四个老江湖直讲得眉飞色舞，口若悬河。

戒云师傅直听得左顾右盼，点头哈腰，瞠目结舌，哑口无言，闭目思忖，风吹不动了。

9:30到达南台下，没有经戒云和尚的同意，越野车就直奔南台了。

由于堵车，路上耽搁了差不多5个小时，为了能一天穿五台，只能是开车

上南台。

今年，每个台下都设了检查站，严禁自驾车上台。

我们和检查站的工作人员反复交涉，也不让自驾车上台。此时，想起了戒云师傅，鼓动他去找检查站的人。

一袭黄色僧衣的戒云，倒还算是那么回事，和管理员佛啊僧啊地一番解释，我们便轻松地开车上南台了。

返程的时候，戒云极不情愿地把手机号码留给了箭在弦上。

正是：

忽忽悠悠一和尚，拦路截车劝烧香。
兄弟四人瞎忽悠，一路驱车登台上。

## 四　中台顶的那顿斋饭

箭在弦上开车下台，先送戒云，再到佛母洞下的停车场等我们。

南台顶的普济寺供奉的是智慧文殊菩萨。

南台又叫锦绣峰，每年六七月间台上繁花似锦。可是现在，花早已凋谢了，满目都是渐黄的野草。

3人在寺中避风的地方，啃了半块烧饼，吃了一点榨菜丝，喝了几口冰凉的矿泉水，权当早饭了。

台顶风大温度低，不便久留。

10:25从南台下撤，一路向佛母洞狂奔。

11:25到达了佛母洞下的停车场和箭在弦上会合，乘车去东台。

到了东台底又遇到了南台底同样的情况，设了检查站，不让自驾车上山。

可是情况却有不同。

假和尚戒云并没有去五爷庙，而是在山门外就下了车，不知是不是又去骗别人了。

虽然车上没有了戒云师傅，可在检查站横杆的旁边石头上盘腿坐着一个和尚，肯定是东台望海寺的师傅，似曾相识。

下意识地打了个招呼，那师傅回了个招呼。

就听检查员说，这个是不是？

那师傅肯定地说，这车是！

于是，横杆就升了起来，我们的越野车就上了东台。

也不知道师傅说的“这车是”到底是啥意思。

已经12：30了，肚子早就空空落落的。

上台的第一件事就是挂单吃斋饭。

盛放斋饭的不锈钢面盆中只剩了几勺冰凉的素油炒茄子，另一只盆中几块咸菜散在盆底。

热腾腾的花卷倒是敞开供应。

从盆中捡了几块茄子、几块咸菜，倒了一大碗热水，拿了两个花卷，大块朵颐。吃得是什么已经不重要了，关键是吃饱，喝些热乎乎的水，暖和暖和冰冰凉的肚子。

箭在弦上不知从哪儿盛了满满的一大碗茄子，手里捏着三个花卷，津津有味地吃着。

人的需求其实就这么简单。在五台山上的这顿斋饭虽然简单，可是比美味珍馐还要踏实。

平时饭量不大的箭在弦上这一顿竟然吃了五个花卷。

## 五　那个香客感应得真准

上北台就没有那么好的运气了。

越野车被挡在了检查站。我们轮番轰炸，软硬兼施，就连烧香拜佛、因果报应都说了，用了半个多小时，也没有说动检查员。

没有办法，只能弃车步行上山了。

箭在弦上回车返回台怀镇，约好到风林寺接我们。

下午13：30，我们开始徒步从鸿门岩登北台了。总算起来，从北台经中台到西台，下到吉祥寺，再翻山到风林寺，至少也要七个半小时，估计要走到晚上9点多了，心中不禁一紧。如果能坐车上北台的话，能节省登北台的3小时，下午7点钟之前就能到风林寺了。

与我们同行的还有一位安徽的香客。

本来他是要搭我们的车上北台的，车子不让上山，也只得徒步了。

香客50来岁的样子，黝黑的脸膛略显消瘦，蓬松的乱发已见斑白，黯淡的双目，说不上是空灵还是呆滞，浓密的胡须同样杂乱地黏在厚厚的唇上，一双干瘦的大手，长长的指甲缝里塞满了黑泥。身上穿的陈旧的衣服沾着尘土，肩上背着一个鼓鼓囊囊的帆布背包。

同行就免不了聊天。

他的话就像他背包里的东西一样多：家庭不幸、生活艰辛、登山朝拜、烧香敬佛、诵读佛经、多行善事等等等等，侃侃而谈。

据说，安徽老家还有一个老母和一个已经出嫁的女儿，他是打工度日，挣些钱后除了奉养老母亲，就是登山朝拜，烧香礼佛。一般来说，一年就有半年登山拜佛，这是连续第七年来五台山。早上8点从老家坐火车到的砂河镇，一路走上来的。去年，和澡浴池庙的师傅说好的，要住上一段时间，帮庙里干些活。

王书记问他，拜了这么多年佛，有没有感应？

他十分肯定地说，一定是有感应，遇到难处，一定会有贵人相助。比方说，钱花完了，一定会有人帮忙找工作，走路走累了，一定会有人让搭车。

那个香客感应得真准，话音刚落，一辆景区的旅游中巴车就停了下来，我们极不情愿地乘车上了北台，这可是平生第一次。

在车上，香客不无得意，啧啧地说：看看看看，真的又灵验了。

## 六 在风中

计算着下午的时间，没敢在北台多停留，告别了香客，就匆匆奔中台了。

14:25离开北台。

台顶的西北风极大，逆风而行，气温降到了10℃以下，走在台上十分困难。三个人互相鼓励着，顶风行进，大步向前。

15:25到达中台演教寺。

15:45离开中台。

16:35到达西台法雷寺。

16:50离开西台。

在风中，身子扭着麻花，艰难地迈着脚步，仅仅用了两个多小时，就从北台灵应寺到了西台法雷寺。

18:00到达吉祥寺。

18:50到达风林寺。

见到箭在弦上，就像见到了幸福，一屁股坐下就再也不想起来了。此时的腿还绷得紧紧的，大腿、小腿、膝盖、脚腕、脚底板子没有一处不痛，这么多年来，还是第一次。

其实，整个下午走了才不到5个小时。

什么是幸福？当依靠在越野车软软的座椅上，啃着箭在弦上带来的甜梨，脑海中回想着走过的路，眼睛随意地掠着旁边的风景，透凉清新的山风扑着面颊的时候，幸福就油然而生了。

幸福是一个人的感觉，感觉幸福就这么简单！

2010年8月

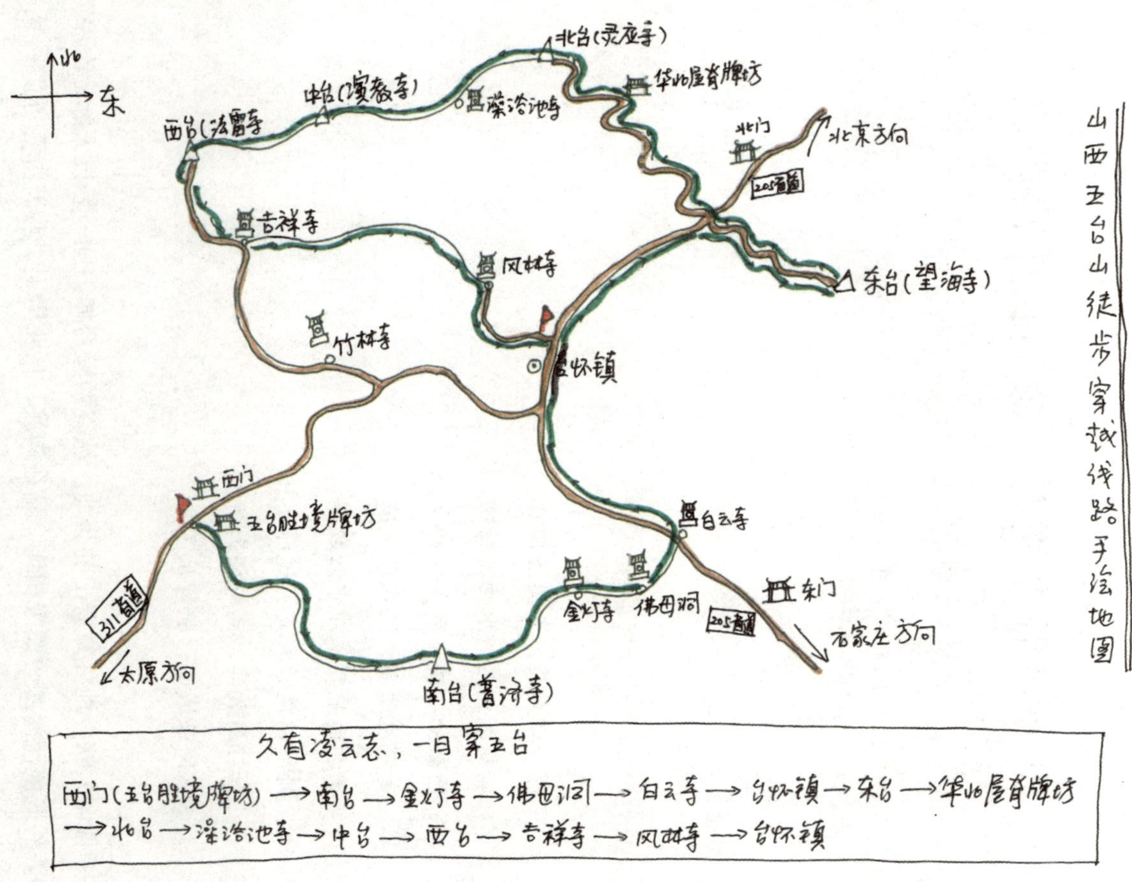
山西五台山徒步穿越线路手绘地图
北
东
北台(灵应寺)
中台(演教寺)
西台(法雷寺)
澡浴池寺
华北屋脊牌坊
北门
北京方向
205国道
东台(望海寺)
吉祥寺
风林寺
竹林寺
台怀镇
西门
五台胜境牌坊
白云寺
东门
311国道
太原方向
金灯寺
佛母洞
205国道
石家庄方向
南台(普济寺)
久有凌云志，一日穿五台
西门(五台胜境牌坊)→南台→金灯寺→佛母洞→白云寺→台怀镇→东台→华北屋脊牌坊
→北台→澡浴池寺→中台→西台→吉祥寺→风林寺→台怀镇

# 世外桃源今尚存，黛眉长望洛阳北

——仰韶大峡谷徒步穿越笔记

有诗云：

有山曰黛眉，长望洛阳北。
风割万丈仞，水吻百肠回。
仰韶金灯峡，卧羊仙神龟。
黄河浊洒浑，浪底独深邃。
驴友远足到，涉水沁双腿。
排险结绳索，皮舟过深水。
金灯腐败宴，鱼虾酒肉醉。
试问泉城回，驴行乐不归。

仰韶大峡谷地处黛眉山的腹地。峡谷两壁势如刀削，怒拔天际，沟深壑险，谷底溪流潺潺，潭瀑相连。站在沟底，抬头望天，蓝天白云乃成一线，逶迤而去。徒步穿越山谷，涉水而行，水凉石滑路险，惊险刺激。从峪里经金灯峡到仰韶大峡谷全长50余公里，从北到南依次是金灯峡、神龟峡和仙侠，是一段神奇的徒步穿越线路。

黛眉山位于新安县石井乡，海拔1346.6米。北界黄河，与山西垣曲相望，南至野磨峪，东与荆紫山比肩，西隔金陵涧与桓王山为伴。黛眉山是座历史名山，因传说黛眉圣母在此修道成仙得名。

翻阅了一些资料，了解到黛眉山是秦岭山脉和太行山脉的过渡带，地貌特征与太行山类似。可是据当地老百姓的说法，黛眉山也属太行山脉。今年是太行山年，黛眉山权作太行山的最南端吧。

2010年8月27到29日，用三天时间，我们徒步穿越了仰韶大峡谷。

驴友相约，李哥操持，把个黛眉山的仰韶大峡谷穿了个透心涧，湿了个落汤鸡，吃了个黄花鱼，乐了个大肚朝天。现在回想起来，还意犹未尽。

## 一　从峪里进山

睡梦中就听李哥吆喝一声“到了”。

睁开睡眼，已是27日凌晨4:00，车子停在蜿蜒的山路上，车窗外黑漆漆的，没有一丝光亮，不知道李哥是如何把车子带到目的地的。

下车，借着微弱的星光，远处是朦胧的山影。近处是一块石碑，似乎是修这条山路的纪念碑。路的对面是一座废弃的天主教堂，教堂的南面一座废弃的棚子，棚子的屋山头挂着一幅峪里风景区规划图。

等到6:00，天才渐渐亮，远处丹红色的崖壁对峙，一道峡谷豁然其间，

溪流声清晰可闻。

早起的老乡好奇地看着我们，问过他们，我们才知道这里是河南省洛阳市新安县石井乡248省道峪里大桥，再往北一点就进入了小浪底库区。

迎着霭霭的雾气，循着哗哗的溪流声，队伍踏进了丹崖的峡谷。

谷底是湍急的溪流，清凉的水潭，浑圆的石块。

我们溯溪而行，时而涉水，时而在山石上跳跃，相互扶携，互相鼓励，欢声笑语在整个峡谷中回荡。

清新的山风拂着面颊，清凉的溪水沁着肌肤，快乐的心情充溢着周身，我们陶醉在了黛眉山中，陶醉在了这美丽的峡谷。

## 二　杀人潭

上午8:00，来到了金灯河大峡谷中最惊险的一段——杀人潭。光听名字就让人心惊肉跳。在峭壁之间，一道长不足百米的水潭挡在面前。水潭深不见底，水流湍急。两壁湿滑，无法攀岩，必须使用橡皮艇才能通过，或者绕行山上的土公路。

李哥先安排大家在潭边吃早饭。

进入峡谷走了两个多小时，没有多少艰险，大家轻松愉快，虽然衣服都已湿透，心里极为舒畅，对于穿越峡谷而言，除李哥之外，我们都没有当回事儿。

早饭后，开始渡杀人潭。

第一个潭子水深已到胸口，水流平缓，大部分人可以游泳或涉水而过，不会游泳的人和装备要用橡皮舟载过去。

几个反复，在大家的嬉笑中就都过去了。

第二个潭子水流湍急，游泳极容易呛水，只好攀着右侧的崖壁过去。崖壁上只有一道窄窄的沟槽，一只脚勉强可以斜着卡在上面，慢慢移动着双脚，小心翼翼地走过，双手还必须要扳住上面崖壁上的凸起或凹槽，稍不留神就有可能坠崖，对于有恐高症的驴友来说，是极其恐怖的。

第三个潭子是最艰险的一个，潭深水急，崖陡石滑，左侧的崖壁上距水面十几米的高处只有一个个前人用凿子凿出来的浅浅的凹坑，权作通行之路了。雨季山壁上水流不断，浅浅的凹坑变得更加湿滑。别说别人，就算是久经户外的我看了也是脊梁上冒凉气，腿肚子差点转筋。这条路只有极少数人可以通过，大部分人只能是渡水而过。

由于水流湍急，渡水也不容易。

极善水性的添乐一跃入水逆流而上，优美的泳姿，划出漂亮的水花，就像一条鱼儿在水中欢快地戏水。游过一处窄窄的崖壁，眼看就要游到潭子的尽头了，正当大家要欢庆胜利的时候，一个浪花把添乐打了回来，水流太急，无奈之下只得返回。游泳渡潭是不可能了。大家愁眉不展。

绳子！用绳子把舟拖过去！这是一个不错的办法。

可是，绳子在哪里？绳子不在计划之内，此次出来并没有考虑带绳子。

再难的问题也难不倒驴子们。

于是，鞋带、挂条、防护绑带等等凡是属于绳子的东西统统解下来，系起来，就有了一根四十几米的绳子。

近百米的深潭，四十几米绳子怎么能够？还好，水流最为湍急的水面也就四十几米。只能分两段运输了。水流比较平缓的几十米，由会游泳的驴友推着橡皮舟渡过水面；水流比较急的四十几米用绳子牵引橡皮舟，中间要有人接应，把绳子拴到橡皮舟上。

鲨鱼、领航员、小超越、李哥几个人凭着高超的攀岩壁技艺，从左侧的崖壁上迂回到了水潭的上游，把绳子顺水流抛下。添乐、赵元外走水路游到水潭的中间接应，我和K哥往返运送橡皮舟。宜山、蓝天白云、赵子往橡皮舟上装装备，协助女人和孩子登上橡皮舟。

一个战斗的团队就在无声无息中建立了起来。之所以喜欢户外运动，喜欢和驴友们一起驴行，原因也就在于此：遇到困难，不言放弃，都在积极地想办法，出点子，

没有一个人无动于衷。大家群策群力，齐心协力，用实际行动来克服困难，解决困难。我相信，当渡过杀人潭的那一刻，每一个人都会有成就感，都会自豪地说：我们一起渡过了难关，我贡献了自己的力量！

## 三　一马平川

从8:30到11:30，我们用了三个多小时才全部通过了杀人潭。

接下来的路虽然没有了惊险，但也绝不简单。

首先是一道光滑的岩壁，它令我们惊出了一身汗。这条岩壁足有200米长，坡陡的地方有六十多度，虽然脚能牢稳地踩住，但是眼看着岩壁下湍急的水流，即使不走心里也要哆嗦。

接着就是要下一个十几米的崖壁，这是必经之路，靠个人的能力翻过十分困难，必须有人在下面做保护。我们克服了恐惧和艰险，23个人顺利地翻过了崖壁。

随后的路就是一片坦途了。景色依然很美，一个水潭接一个水潭，一个瀑布连一个瀑布。溪水流畅，白云蓝天，丹崖青山。我们怡然自得。

溯溪流而怡然，沐山风而欣然，观丹崖而肃然，处世风而淡然。此时我们的心境恬然如此。

## 四　金龟峡中

晚上的腐败大餐留到了梦中。从济南带来的带皮五花肉、大虾、黄花鱼，让大家吃得眼饱肚圆，满嘴流油。金灯河村的赵老师边吃边啧啧称赞：“已好久没吃到这么好吃的鱼了，真是美味啊！”

28日上午8:30，辞别赵老师，进入神龟峡，这是仰韶大峡谷的中段。

两壁依然巍然千仞如刀削，谷底依然溪流潺潺似锦缎。

谷中有了明显的路。窄窄的小路在溪流两边摇摆，时而没入灌木丛，时而沉入溪流中。

不知什么原因，岸边的蝴蝶多了起来。各色各样的蝴蝶有的大如手掌，有的小如纽扣，有的翩翩起舞，有的静立在岸边的石头上，有的油黑得像一块黑缎子，有的金黄如两片黄金叶。

不忍打扰山林中的精灵，大家都悄无声息地绕道而行。

一个大水潭，水流平缓，静静地躺在相对开敞的山谷中，像一面大镜子，

映衬着蓝天，映衬着白云，映衬着丹红的山崖，映衬着崖上的花草树木。

我们迫不及待地跳到了水中，游泳，戏水。

橡皮舟充了气，扔到水潭中，几个孩子立马争夺了起来，激起一片水花，荡出阵阵笑声，在山谷中回荡着。

玩够了，要足了，驴子们顾不上擦掉身上的水珠，顾不上换掉泳裤，头顶着橡皮舟继续前进。

一段狭长的溪流，水流湍急，窄的地方仅能容得下一个橡皮舟，我们玩起了漂流。

此时的驴子们仿佛一下子回到了天真烂漫的孩童时代，整个身子趴在橡皮舟中，在湍急的溪流中顺势而下，平缓的地方用手划着水，用脚蹬着水，也不管身上、脸上满是水了。

每个人脸上的笑容是从心底流出的，那种纯真的笑不是任何时候都能有的。

这种笑如若真能常驻心中，那我们每一天、每一个时刻都是幸福快乐的。

2010年8月

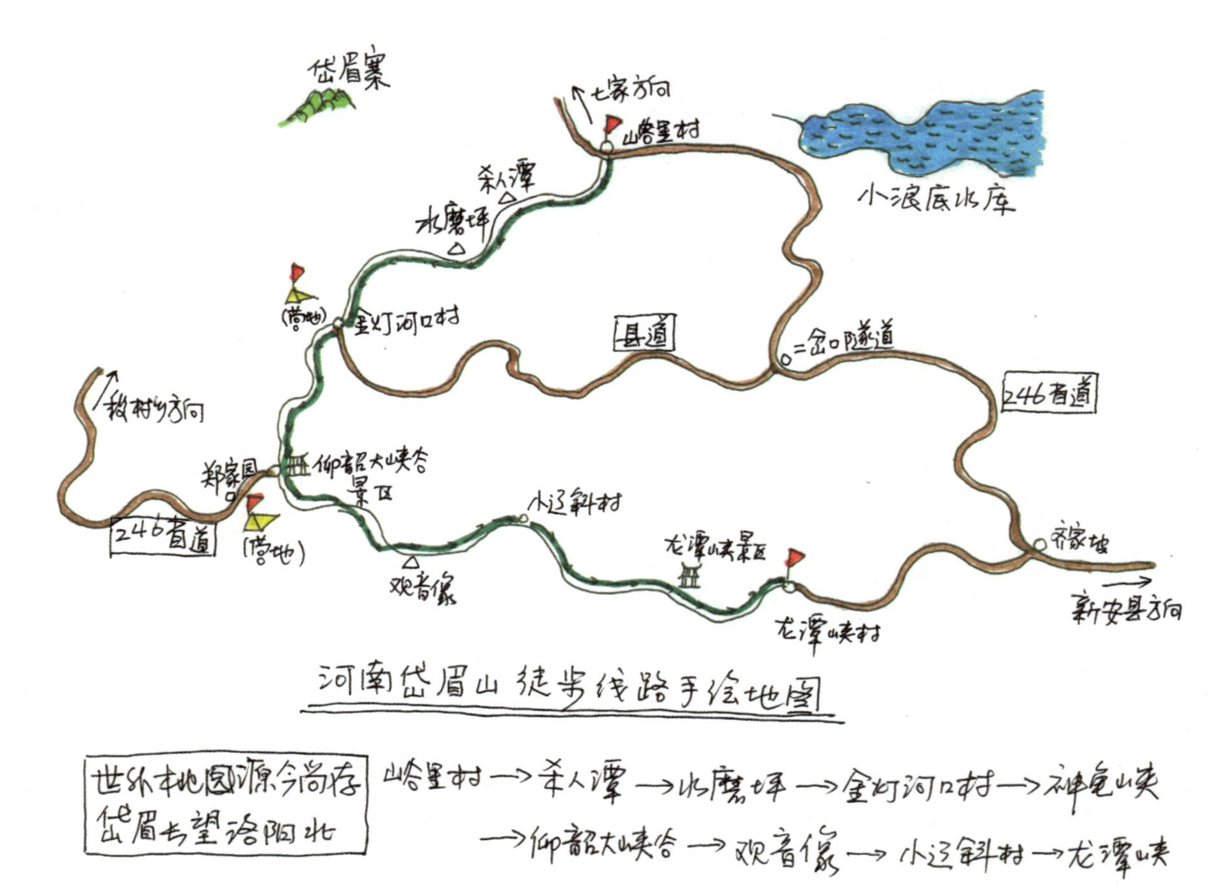
岱眉寨
七家方向
峪里村
杀人潭
水磨坪
小浪底水库
(营地)
金灯河口村
县道
金口隧道
246省道
段村乡方向
郑家园
仰韶大峡谷
景区
246省道
(营地)
观音像
小辽斜村
龙潭峡景区
龙潭峡村
乔家坡
新安县方向
河南岱眉山徒步线路手绘地图
世外桃园源今尚存
岱眉长望洛阳北
峪里村→杀人潭→水磨坪→金灯河口村→神龟峡
→仰韶大峡谷→观音像→小辽斜村→龙潭峡

# 板鞋走太行

## ——从南窑到关山徒步穿越南太行笔记

太行山把最美的一段留给了河南，这是《中国国家地理》对河南段太行山的定义。人们把位于河南、山西交界处的太行山称为南太行，南太行是太行山最美丽的部分。人们想起南太行就会想起赤壁丹崖、瀑布溪潭、奇石峻峰、古树野藤，就会想起独具特色的挂壁公路、崖上人家，就会想起郭亮、王莽岭、八里沟、关山，就会想起太行人的淳朴民风，就会想起自强不息的太行精神……

2010年国庆长假，我们23个人的驴行队伍，用了6天的时间，穿越了南太行最经典的线路——从北窑到关山。

### 一　从南窑到郭亮

我们选择从罗姐寨南窑村进山是费了一番心思的。

南窑在罗姐寨下，是以司姓为主的典型的太行山小山村，村子里大都是红石头房子。秋天，村子周围许多山楂、柿子树上都挂满累累硕果。

我在2003年跟随火鸟户外的贾老师来过这里，那也是我第一次玩户外，第一次来太行山。碰巧，也是住在小司家。

那时候，小司家的房子还是过去的老房子，条件比较差。

从新乡下火车已经是深夜11:00多了，等乘坐小面包车来到北窑村的小司家，就已经凌晨两点多了。

昏暗的灯光下，四十几个饥肠辘辘的人等着开饭。

小司的老母亲给大家烙了平时舍不得吃的白面油饼，大家吃着香喷喷的油饼，喝着玉米糁子粥，感觉实在是幸福。

第二天早上起来，吃过油饼的有一半都吐了。看着昨晚吃剩的油饼上沾满细细的面虫子，不吐才怪！那是老乡把平时舍不得吃的白面拿出来给远来的朋友们吃，虽有些尴尬，但也体现了太行人的淳朴。

小司从2003年开始就成为驴友，是辉县的领队。近年家里盖起了楼房，干起了农家乐，名曰“弘德山庄”，条件比以前强了许多。

1日从济南出发，到达北窑的时候已经是深夜11:00了。

借着夜色壮胆，在窄窄的盘山路上贴着悬崖直上到崖顶的北窑，每个人都捏了一把汗。

晚上住在弘德山庄。小司建议我们走蚂蚁山，经莲花村去郭亮。我们采纳了小司的建议。

2日早上7:00准时出发，在向导的引导下挺进太行大山。

上午10:00到达山西省陵川县古郊镇的莲花村。莲花村是南窑到郭亮的中间点。南窑到莲花一路上坡，莲花到郭亮一路下坡。从莲花到郭亮的一段，已经显现了太行山的宏伟壮观。

中午12:00来到郭亮的喊泉。

郭亮村位于河南、山西两省交界处的密林山中。郭亮四面环山，秀峰突兀，石径崎岖，民居古朴，原始荒古，真实自然。

过去郭亮人出山只能走天梯。200多米的红岩绝壁，耸直陡峭，像快斧劈过一样，格调雄浑，令人生畏。头顶密布的乌云使峡谷更显磅礴大气，走在云梯上仰望山体，无不被险峰所震慑，壁缝填满双眼。向上只能看到上一层的石梯底面，向下只见峡谷中水浪翻滚，涛声回荡。一般游客到这里都要提心吊胆，磨破双手，足足要忙大半天才能登顶。站在崖壁上，放眼望去，黑色的浓云威压着大峡谷，云层遮没了阳光，使山显得阴暗，山的阴暗又进一步衬托出云的阴暗。云和山，就这样浑然一体。

郭亮村，现有80多户人家，共300多人，大都为申姓。郭亮村建于9年～23年之间的西汉末年，当时王莽建立“新”王朝，这期间爆发了大规模的农民起义。其中最为引人注目的是农民领袖郭亮，一举建立了农民政权。后来郭亮欲凭借太行绝壁峡谷与敌交战，失利后，从会逃寨兵败山西。后人为纪念这位农民英雄，将他当年战斗过的大本营誉称为郭亮村。申氏家族元朝末期在南京做官，明初朱元璋清洗京都，将申氏家族发配青海做苦役，途中申氏从山西逃离。全族几百口人砸掉大铁锅，一户分一块锅铁，各奔东西，但愿来年拼回原锅，全族团圆，故称“大锅申”。当年一小部分申族人进入河南，躲进太行山中隐居于郭亮村。多少年来，整个郭亮村，只有申明富一人于上世纪60年代参军后离开过郭亮村。

村寨的朴实随处可见：石磨、石碾、石巷、石桌、石凳、石床、石阶、石房、石坝、石路、石碗、石筷、石桥、石斧、石锄……让人完全投入在石头的奇妙怀抱之中。当问起村民为何用这笨重的石头营造一切时，老乡笑话我们道：“石头是我们的一切，那儿有祖辈的灵气，是后辈的希望，制造石器只花力气，不花钱。为啥不用？习惯了！”

静心待上半月，凌晨听雄鸡报晓，午时闻雌鸡下蛋，晚间听山雨沥沥，俯在地上倾听地下河的哗哗流水声……喝上二两老白干，大口吞着大青辣椒，在明灭跳跃的油灯下，听着老乡们的唠嗑，那真是一种原始古朴的雅致。

1972年，为让乡亲们能走下山，12位村民在申明信的带领下，卖掉山羊、山药，集资购买钢锤、钢锉，在无电力、无机械的状况下，全凭手力，历时6年，用坏了4000把8磅大锤，12吨钢钎子，硬是在绝壁中一锤一锤凿出26000立方米的一条高4米、宽6米、全长1300米的石洞——郭亮洞，并于1977年5月1日通车。为此，王怀堂等村民献出了自己的生命。这条绝壁长廊，被日本裕田影视公司惊称为“世界第九大奇迹”。

绝壁长廊郭亮洞，蜿蜒盘旋、忽明忽暗、上下不一，洞壁有的整齐平坦，有的参差不齐，形状各异。站在峡谷对面万丈石壁上，静观郭亮洞，犹如石壁上的“机枪眼”。洞外瀑布成网状，洞下水潭碧绿诱人，悠闲的牛羊漫步在奇石、丛林之间。秋季，黄色的柿子、红色的山楂、绿色的核桃挂满枝头，好一派世外桃源之雅境。

从郭亮出来一路狂奔，直到南坪。晚上就住在南坪的李五山庄。

南坪离郭亮8.5公里，步行要两个多小时。

两个村子差不多，只是一个在悬崖上，一个在沟底。

## 二　从南坪到锡崖沟

3日早7：00出发。沿峡谷一路欣赏白龙瀑、黑龙瀑、丹分沟，目标是黄龙洞。在前往黄龙洞的途中，抬眼不时看见挂在山崖上的昆山挂壁隧道。

虽近在咫尺，可那已属于山西省了。

郭亮挂壁隧道开通后，久居太行山的人们豁然开朗，找到了一条通往大山之外的路，纷纷仿效郭亮，于是就造就了昆山、锡崖沟、回龙等十几条挂壁隧道，这也就成了太行山的一道风景，成了除红旗渠之外自强不息的太行精神的表征。

昆山隧道远没有郭亮洞壮观，洞体要小了许多，但比其他几条隧道要长

许多，它开凿在石灰岩为主的青石岩体上，隧道的颜色是青色的。远望过去，在山崖上，昆山隧道就像一列长长的火车，要启程远行。

从河南一步就能跨到山西，但是路走得却不容易。

要攀上一堵高高的崖壁，崖壁上的路比郭亮的天梯要险上十倍。翻上崖壁就进入了山西的王莽岭景区。这道高百余米的崖壁用了我们一个多小时，队员们才全部登上，真不容易！

上午10：15进入了王莽岭景区。

出王莽岭景区大门沿公路行走，蓝蓝的天，清新的空气，满目青绿，感觉十分舒服。转过一个小村子，渐渐地进入峡谷，峰峦也渐渐秀丽了。经过2个小时的跋涉，下午2：50终于见到了锡崖沟挂壁隧道。

说起这个挂壁隧道还真不容易，锡崖沟村的前后3位书记带领上百口村民，一干就是30年，才凿通了这条隧道，得以与外面的精彩世界联系了起来。

16：00多到达了锡崖沟山友山庄。

早到的老K、箭在弦上已经准备好了蘑菇、山鸡，晚上大吃了一顿腐败宴。

## 三　从锡崖沟到关山

4日一早，大家美美地吞了几碗具有山西、山东风味的饸饹面条，就匆匆上路了。

领航员、暖暖、糖罐、无忧果、小果果走回龙去关山，其余18人走九莲山到八里沟，再到关山。

山西兰花集团正在改造锡崖沟，可能在不久的将来，驴友们就又失去了一个驴行驿站。

周家铺是锡崖沟的一个自然村，隶属于山西省陵川县古郊镇，只有十几户人家。我们这些久走驴途自认为是老驴的驴子们，却被周家铺的一个老大爷给忽悠了。

从锡崖沟到西莲有两条路：一条从周家铺绕二道台到东莲，再到西莲；另一条走周家铺过隧道，到后宫再到西莲。第二条路要走一个多小时，我们选择走第二条路。无论哪一条路，都要经过周家铺。

我走在队伍的最前面。

兰花集团沿着悬崖拉起了护栏。

快到周家铺的时候，一道横杆拦在路中间，一个黑黑瘦瘦的老人站在横杆前，手拿一沓门票，一副不交钱休想过去的架势。

我试探着询问，这个地方不应该卖票，从那人手中拿过门票看看仔细，到底是啥票？

不看便罢，一看差一点笑出声来，原来是票值3元的小门票。

于是理直气壮地问那人："是啥子景点的门票，还卖3块钱？"

"前晶宫的。"那人说。

"前晶宫在哪？"我问道。

"就在村子里，你们肯定是要经过的！"

"我们是爬山走路的，不进你那前晶宫！"

"你们肯定要进我们的前晶宫！"语气不容置疑！

经过讨价还价，我们掏了30块钱，人均1块7毛钱，算是买了过路的票。

等我们走了差不多一个小时，过去隧道，从山西跨进了河南，进入了九莲山景区，也没有见到所谓的前晶宫。

问九莲山景区的管理人员，人家不屑一顾地说还没有建呢！

大家都哈哈大笑了起来，那老同志还真能忽悠！

穿过隧道就进入了河南的九莲山景区，这是我们此行的第六个景区。穿过西莲，走二道台，3个小时就能到达老龙头瀑布。从老龙头下到八里沟的路堪比郭亮的天梯。从八里沟景区出来，天已擦黑了。

## 四 关 山

关山，2005年成为国家级地质公园，总面积169平方公里，由关山、八里沟、九莲山、万仙山、石门等五大园区组成。关山风景名胜区，是国家地质公园的核心园区，是一座以石柱林、红石峡、一线天为代表，飞瀑流泉、清溪幽潭、峰林竞秀、云海飞渡为特色的地质地貌型国家地质公园（风景名胜区）。分为盘古河、花山、八宝洞三大景区，石柱苑、奇石苑、醉石苑、红石苑、逍遥苑、仙乐苑、水景苑等十五个苑区。

漫长的地质演变与剧烈的地壳运动造就了南太行无限秀丽的景色，公园内集滑塌峰林独特的地质地貌和南太行众多山水佳景于一体，宛若一幅山水画的立体长卷。关山地貌雄险壮观，从平原北望，俨然一座巨型石屏拔地而起，似铜墙铁壁，气势宏伟，造就太行之魂。

“岩重崖叠铭志海陆变迁太行史卷，山崩水蚀雕塑峰石奇观绘北国画廊”，是对关山境内独特的地质地貌高度凝练的写照。

4日下午从八里沟出来已17:00多，天快黑了。

我们搭乘两辆小面的去关山景区。开小面包车的司机是个小伙子，面相憨厚，言谈幽默，给我们留下了深刻的印象。他的车子停在回龙景区门口的宾馆山墙后面，露着半个车头，轻易发现不了。他在景区门口探头探脑，搜寻着乘客。

我径直朝他走去，拍拍他的肩膀，说："伙计，去关山。"

他回过头来，打量了我一下："多少人？你给多少钱？"

"大人孩子一共18个，你要多少钱？"因为不知道去关山的路程，我试探着说。

他大大咧咧地说："18个人，起码需要两辆车，不能还价，一辆车140元！"

"18个人，两辆车，一辆车要塞9个人，能行吗？"我问道。

"怎么不行，两辆车，你们省了120块。占便宜了。"他面带诡秘地说。

"好，好，成交！送到关山景区大门口。"我说。

就这样，每辆车上满满当当地塞了9个人，乘着夜色车子驶向关山。

领航员带领的5人小分队已经到达了景区农家宾馆，但是说不清楚所在的位置。

我们所有的人都没有来过关山，对于关山都是一脑子浆糊。

司机也没有进过关山景区。

通过李哥在辉县养兰花的朋友介绍，我们得以免票进入景区。到达关山景区的时候天已经黑了，四周黑咕隆咚，只有景区大门闪着灯光。到景区大门后，得知住宿的农家宾馆在景区里面，具体位置谁也说不清。

每个车增加20块钱后，小伙子同意送我们去住宿的农家。车子在夜幕下沿着漆黑的山间公路爬行，四周都是幽幽的山峰，见不到一丝光亮。开始，司机懋着嘴，不说话，不知心里在寻思着什么。

住宿的地方叫洒水，位于醉石苑与红石峡之间，离盘山公路有一段距离，走步行线路十分方便。

费了九牛二虎之力才找到这个地方，把那开小面包车的小伙子弄了一肚子意见。

5日早上起来，兵分三路，一路先行下撤，去景区大门等候大部队；一路在洒水原地休息；一队在李哥的带领下，游览山上的风景。

游览完奇石峻峰，沿盘山公路继续上行，就上到相对平坦的山顶。由于惦记从八里沟徒步走到关山的线路，便和李哥商量到青石爽寻找线索。

一队从马武寨骑行来的车友迎面驶来，急忙询问去青石爽的路。

按照车友的指示，15分钟后到了青石爽。

开农家乐的老任详细介绍了从八里沟徒步走到关山的线路，3个小时从八里沟就能走到关山。

没有从八里沟徒步走到关山，此次活动只能留下一点遗憾了。

11：00辞别洒水，进入红石峡。

下午2：00出景区和大部队会合，搭车去北窑。

6日早上8：00辞别弘德山庄的小司，从北窑出发返回济南。

此次活动很顺利，基本完成了原定计划，但也留下了一个小小的遗憾——没能从八里沟徒步走到关山。但也发现了两个神奇的地方：一个关山的八宝洞，一个万仙山的万仙洞，那儿都有一些神奇的传说，留待下次探索。

我们期盼着下次出行……

# 五 后 记

李哥者，济南户外名驴也。驴者，户外旅行，持山杖，背大包，足蹬履，以山为乐，逐水而居，夜宿荒野，结伴悠然游乐者也。

李哥太行玩驴，眼之所及，手之所触，肩之所背，足之所履，心之所虑，悠然油然，挥杖信然，莫不中音。合于《桑林》之舞，乃中《经首》之会。

善者问曰："嘻，善哉！技盖至此乎？"

李哥执杖对曰："吾之所好者，道也；近乎技矣。始吾之玩驴之时，所见无非驴者；三年之后，未尝见全驴也。方今之时，吾以神遇而不以目视，官知而神欲行。依乎天理，徒步穿行，因其固然，危峰险阻之未尝，而况太行乎！良驴三岁更履，克也；族驴年更履，折也。今吾之履已无履，所登山者无数矣，而履若类新。彼山之有径，履之坚厚；以坚厚而踏有径，恢恢乎其于脚踏必有实地矣！是以数十年而履若无有。虽然，每至于利石危岩，吾见其难为，怵然为戒，视为止，行为迟。脚步轻移，飘然已过，如羽飘落。持杖而立，为之四顾，为之踌躇满志；秀然而藏之。"

善者笑曰："善哉！吾闻李哥之言，得养生焉。"

此则李哥玩驴也。

虽晦涩难懂，但确是驴子的真实写照，把玩驴当做养生者，李哥实乃高人也。

登山玩驴的竟然忘记带登山鞋，听起来是一个大笑话，这就是李哥。

刚到辉县，就四处打探寻找鞋店，要买鞋子。

出门时，脚上只穿了一双三角趿拉板，忘记带登山鞋了。

天色已黑，人生地不熟的，在辉县上哪里去买鞋子？

我多带了一双帆布板鞋，住宿歇脚之用，派上了用场，权当送给李哥登太行山用了。

李哥板鞋走太行，就出自此处。

从北窑到关山再到北窑，李哥脚也不累，腿也不痛，穿着板鞋走太行，

就像去逛商城。

这不只是李哥的感觉，也是大多数队员的感觉。

登山、走路、出汗、喝水、看风景，置身于大自然，陶醉于大自然，身体舒展，心旷神怡。

此时此刻大自然也装在了心中，清风露水花香鸟鸣都已经沁入到心脾，深入到周身的血管和骨骼中。

早已不知庄周梦蝶，还是蝶梦庄周！

让生活融入户外，让户外充满阳光！

在太行山的秀美风景中，在户外的旷野上，我们都醉了！

2010年5月

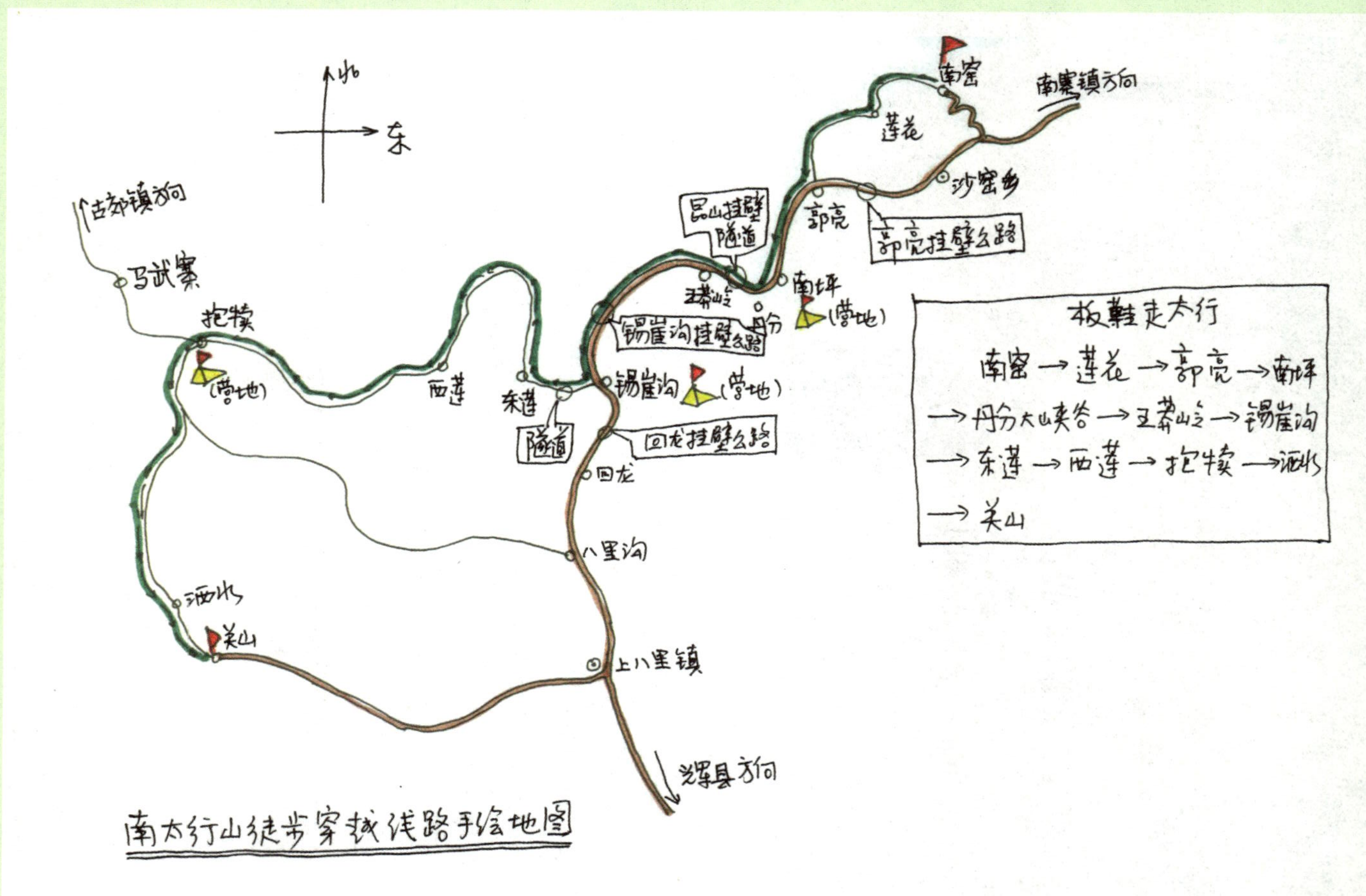

南太行山徒步穿越线路手绘地图

# 和顺顺和

## ——云南腾冲和顺驴行笔记

### 一

和顺古镇位于云南腾冲县城西南3公里，是一个应天地而生并被赋予了中华民族传统思想和文化的地方。

和顺古镇前有一条小河，是由龙潭、酸水沟、龙眼头三处源头的活水汇流在一起形成的，当地人称它为三合河。村顺着河而建，河顺着村而流，于是河顺河顺的就叫了起来。清康熙年间，村里有文化的人改了一个字，就叫了“和顺”。

“和”是儒家思想的真谛，“顺”是道家思想的最高境界，“和顺”连一块儿，就代表了中国的传统思想。

古代的读书人追求的是“出则仕，仕则治，治则和，和则顺”。

一进和顺古镇，强烈的文化气息就扑面而来，镇子口用火山石砌成的牌坊，迎面刻着四个大字“和顺顺和”，后面刻着两个大字“里仁”。可以看得出来，“和顺顺和”代表着道家，“里仁”代表着儒家。比较而言，和顺人更崇尚顺乎自然的大道。

火山石和土坯垒就的院落，雕花的木窗棂，精巧的门楼，石板铺就的小

街小巷的路面，随处可见的文化底蕴深厚的对联、匾额，随时随地透出一种诱人的气息，只有深厚的积淀才能释放出的历史的光芒。

站在高处，一览古镇的风采，弯弯曲曲的三合河绕镇子蜿蜒而去，袅袅的炊烟从院落中升起，在空中弥漫开来，水塘波光粼粼，烂漫的油菜花正在怒放，嬉闹的孩童在小街小巷里疯跑，叮叮当当的鞭炮声四处回荡……

和顺的早上很美。

一抹淡淡的阳光，洒在静谧的小镇上，洒在三合河水中，洒在斑驳的石拱桥上，洒在垂入河水中的大叶柳树上，洒在开满油菜花的田野上，也洒在我们的心里……

和顺的夜晚也很美。

夕阳和旭日一样祥和温暖，一样在我们的脸上漾起金光，一样暖暖地充满了我们的心田。

夜已阑珊，星光闪闪，热闹了一天的人们都休息了。华美的灯光照亮了和美的古镇，清凌凌的河水映着华美的灯光，整个镇子像是穿了盛装的礼服，光彩照人。

夜深了，古镇就像一个熟睡了的婴儿，毫无顾忌，踏踏实实……

## 二

随意走到一家，敲一敲门，院子里会有亲和的声音请你进去，你手拍的那块门板可能就是明朝的老物什，脚下踩着的石板可能会更久远……

黄昏时分在镇子里随意地走走转转，无意间走入了一户人家，斑驳的石灰墙上画着苍老的水墨画，灰黑的小瓦上长满了油绿的苔藓，满院的幽兰

衬得院落越发地悠远，雕花的木头窗棂透过点点的光亮，打在昏暗的室内，增加了几分神秘。门楼的坐花、醉月的匾额，透出了文化的底蕴和浪漫的情调，也增添了艺术的气韵和氛围。和善的李阿姨，对我们讲起了院落的故事，娓娓道来。

院子主人姓刘，此处称为刘家大院。院子的建造人叫刘金钟，是和顺刘氏的第十七代孙。少年在和顺文昌宫上私塾，十二岁赴缅甸学商，创建“衡昌记”商号，筹银十几万两建造此园。抗战期间，二十集团军奉命收复被日寇侵占的腾冲县城时，抗战部队一营官兵曾进驻大院，如今墙壁上还遗留着将士们挂枪用的若干竹针。腾冲解放初期，解放军驻腾部队也曾一度进驻大院，将房舍作为文化课堂使用。

景物和煦

艾思奇

## 三

作为滇西高原美名远播、历史文化内蕴十分丰厚的“华侨之乡”“书香名里”的和顺，拥有着“中国乡村文化界堪称第一”（张天放语）的“文化之津”和顺图书馆。和顺图书馆为中国最大的乡村图书馆之一，于1924年由华侨集资兴办，为中国传统的楼房建筑，前置花园，美观素雅，图书馆中藏书万余册，其中尤以许多古籍最为珍贵。

艾思奇是我国马克思主义哲学家，早年留学日本，1935年参加中国共产党，成为一名优秀的党员。他在中国最早使马克思主义哲学大众化，使哲学变为群众手里的锐利武器，为使马克思主义哲学中国化作出了杰出的贡献，提出了使马克思主义哲学中国化、现实化的主张。

艾思奇故居位于和顺水碓村，为砖石楸木结构，中西合璧的四合院。有串楼通栏，雕花格扇，西式小阳台，显得古朴典雅。在大门头悬有“艾思奇纪念馆”匾额，在西楼和厅楼上陈列着艾思奇的生平事迹。院内的一架爆仗花，开得生机勃勃，红红火火。

腾冲是西南丝绸之路的必经之地。行走在这条路上的马帮称为大马帮。西南丝绸之路创造了典型的马帮文化。一个大马帮少则几十号赶马人，多则上百号，赶马的队伍连绵数里，蔚为壮观。

大马帮的首领叫马锅头。作为马锅头既要有勇气，又要讲义气，还要懂经营。这些马锅头不少都是江湖上的传奇人物。

正是千百年来马帮的艰辛，驮出了天府之国的富庶，驮出了贵州夜郎国、滇王、南诏国的辉煌，驮出了西南文明和中原文明的水乳交融。

## 四

和顺的美是淡淡的，是朴实的，是不用四下顾盼就能得到的。

你要用心去感受，用情去品味。

牌坊、小桥、房子、门楼、小河、池塘、斜卧在水中的柳树、几柄枯败的荷叶、在风中飘动的灯笼、塘里静静的竹筏、一对竹箩筐、一支燃烧着的供香、一群回栏的鸭子，小孩的嬉闹、老人们的安详、河边洗刷的妇人……

泡一壶浓浓的普洱茶，倒一杯淡淡的紫米酒，嘴里轻轻地嚼着肉干巴，听一曲洞经古乐，斜倚在水塘边的大树上，美景不用看，闭上眼睛用脑子想，或是把自己变成一只蜻蜓，一只飞鸟，一只在水中游弋的小鱼儿，都是无所谓的，哪怕清晨，或是黄昏，只在深夜也是好的，只要你的想象力够丰富，够大胆，做什么也是无所谓的，只是享受、只是快乐就足够了！

2011年2月

# 西行笔记

——2011年7月四川行走笔记

## 一 成 都

这是我第二次来四川。

第一次是在十年前，所以对于四川的感觉已经模糊了。

上午11:00到达成都双流机场，就感觉到四川的人多，机场人头攒动，熙熙攘攘。

气温和济南差不多，只是有些湿闷。

湿闷的气候非常适宜植物的生长，成都的街道两边树木翠绿，可能是错过了花季，很少见花开。

中午和晚上在著名的宽窄巷子随意走走，品尝当地小吃，领略异地风情。

宽窄巷子是成都遗留下来的较成规模的明清古街道，与大慈寺、文殊院一起并称为成都三大历史文化名城保护街区。宽巷子与窄巷子是成都这个古老又年轻的城市往昔的缩影，一个记忆深处的符号。当游人伴着夕阳，望着炊烟，走在黄昏中的巷子里，一种久违的老城区市民化生活的场景生动地浮现在眼前。

巷子里以明清建筑为主，各式建筑杂陈，中西文化融和。

古典精致的小院冠以极具特点的名字，茶馆、酒馆、餐馆、酒吧、咖啡厅、休闲吧各具特色。夜晚，借着撩人情感的灯光，坐在舒适的桌椅边，喝杯咖啡，听着悠扬的音乐，看着悠闲的游人，好不惬意。

街道整洁，夜晚灯火通明。

各色工艺品、旅游纪念品琳琅满目，吸引着游人的眼球。四川特有的地方小吃花样繁多，散发着香味，不由得你不垂涎欲滴。

第一天在成都留滞的时间很少，匆匆逛了逛宽窄巷子，品尝了四川小吃，就回酒店休息了。算是这趟川西之行的热身吧。

## 二　汶川地震遗迹

成都天亮得比济南晚一个多小时。天还蒙蒙亮，我们就出发了，今天的目的地是阿坝藏族羌族自治州州府马尔康。

从成都到马尔康最近的路就是走汶川。租车行的师傅十分肯定地说，这条路正在抢修，走不了。我们已和马尔康白湾乡年克寺的管家木塔喇嘛约好安排了助学的事情，被救助的孩子们已从一百多公里外的大山里赶往马尔康。约好的事情不能失约，租了一辆猎豹越野车，冒险前往。

从成都出来就下起了雨，雨越下越大。四川的路最怕下雨，山路一边是湍急的河流，一边是高耸的松散的山体，雨天就意味着塌方，就意味着堵

车，就意味着危险。

爱与我们同行，天佑善行。

过都江堰，大雨竟然停了。

过都江堰市驶往汶川，路两边到处都是“5 · 12”地震后的遗迹：崩落的岩壁、断塌的桥梁、残存的路基……草坡大桥、天崩石、国道213……途经此地，使我想起了三年前奔赴抗震一线的那帮弟兄们，想起了他们浴血奋战的场景，想起了那些让人流泪的场面……

三年过去了，这些遗迹或许会永远留在这里，一直深深地留在人们的心中。除了感到震惊、震撼之外，还有祖国的强大、国人的爱心与众志成城。

塌方的路段在汶川县映秀镇。我们运气真好，昨天下午路才修好恢复通车。我们经过的时候，许多修路机械还在忙碌着。

经过汶川的时候，没敢停留，因为我们同行的有援川的志愿者、有援川的逃跑新娘，害怕勾起他们的回忆，勾起他们的伤感。

## 三　从汶川到马尔康

离开汶川县城沿岷江的支流向马尔康方向行驶，路两边的山峰已经相对前面一段稳定多了，已有了粗大的松树、杉树林，河流转弯处的突出的山崖上，已见碉楼。

离米亚罗还有几公里，见到了前往毕棚沟的牌子，这也是我心向往之地。毕棚沟位于四姑娘山北麓，全长45公里，海拔在2500～5000米之间。

过米亚罗，典型藏区的民居便多了起来，不远就是嘉绒土司寨。

第一次来到藏区，见到独具特色的民居、劳作的藏民、欢淌的溪流、美丽的野花、高高的玛尼堆、神秘的牦牛头骨、五颜六色的经幡，眼睛不觉为之一亮。

进入藏区，经常见到牛在公路上大摇大摆地走，有的竟卧在公路中央，汽车驶来，牛见怪不怪地动也不动，有的还冲着汽车哞哞地叫，按汽车喇叭，也不见效果，只好把头伸出窗外，大声呵斥，牛才慢慢腾腾挪出个通道，汽车勉强通过。当地称这些牛叫“牛警察”。

穿过鹧鸪山隧道再走60公里就到了马尔康。

高原上的小城，拥挤在狭窄的山沟中，呈长条状，楼不是很高，街道倒也干净，操着浓重藏语的藏民，在集市上摆着摊，卖些从山里采来的松茸、菌子。

政府部门大门口挂着用汉藏两种文字写成的牌子。

巡逻的警车在不太繁华的街道上不停地转着，用扩音器不停地大声喊着什么。

到达藏区的马尔康，是前往色达、丹巴的过渡，让我们慢慢适应不同文化背景下存在着的巨大的差异。

## 四 助 学

下午2:00到达马尔康市，木塔师傅已经等候我们多时了。

层层大山围绕着的阿坝州马尔康县白湾乡，就是这些淳朴的孩子的家。

虽然已经放了暑假，在马尔康读中学的几个孩子已经回家，但听说我们来看望他们，除了任青斯基路程太远没有赶来，六个孩子还是赶了一百多公里山路从各自家里来到马尔康。

没有丝毫的拘谨和陌生感，孩子们按照藏区礼仪为我们敬献了洁白的哈达，我们很快就彼此熟络起来。

“我无法表达内心的感谢，如果没有叔叔阿姨们这些年的资助，我早就回家干活去了！”“我的大学梦也早破灭了！”“我的父母脸上肯定又愁容满面了！”孩子们一个个七嘴八舌地说着，泪珠在脸上滚滚而下。

26日上午，已经读完高二的松塔特意从260公里以外的家里赶过来。他告诉我们，因为家乡太偏僻没有中学，他和哥哥要到马尔康来读中学，每周

来学校，要走260公里的盘山路，从家里走到汽车站需要走两个小时山路，然后坐7个小时的车才能到达他所在的马尔康中学。松塔的哥哥斯高让加措说，他们是从小生活在山里，整天和牛做伴，但他们都向往读书，家里生活贫困，他们兄弟二人只能一边上学，一边帮着父亲挣钱。特别是上了高中后，只能到城里去上学。在汶川大地震中，马尔康县也遭受了严重损失，这对一些原本就生活贫困的藏族家庭来说，无异于雪上加霜。为了让孩子们能圆大学梦，当地政府和学校想尽了办法，但每年4000元的学费和生活费，仍让这些靠放牧为生的家庭无法承受。兄弟俩的学费成了父母沉重的负担，但因为他们兄弟成绩不错，又都愿意读书，父母也不忍心让他们放弃，父亲只好起早摸黑地苦干，可家里人说让他们要有思想准备，准备弃学回家。

“听到这些话，我的心里如刀割般难受。我们周围的孩子很多都已经不读书了，多亏了叔叔阿姨们的资助，让我能够顺利地完成了高中学业，我现在已经考入了师专，明年弟弟也要参加高考了。我的理想是当一名老师，用自己的知识去教更多的人，让藏区更多的孩子都能够读书！”斯高让加措动情地说。

阿花是这批藏区孩子中唯一的一个女孩，笑容甜美可爱，两年前以优异的成绩考上了重点高中马尔康中学，因为家庭十分贫困，开学二十多天还没有筹齐学费，父亲到处借钱借不到，她只能暗自流泪，把苦恼对着沉默的大山倾诉。“听说了你们的消息后，我也写了一封求助信，没想到济南的叔叔阿姨迅速地为我寄来了学费，让我能到自己向往的学校里读书，我的心激动得啊，世界上最美好的语言也不能表达我的感激之情！”阿花说，她读了高中后周末一般都不回家，到周围的饭店里洗盘子，饭店给的钱不多，但每分钱她都珍惜着花。为了把耽误的时间补回来，她每天晚上都学习到1点半左右。“我知道，前两年的学费是济南的叔叔阿姨们给的，他们也许生活得并不宽裕，还要拿出这么多钱为我付学费，我要对得起资助我的人，拿出最好的成绩给他们看！”热泪挂满了阿花纯真的小脸，她来不及擦拭，只是一股脑儿地诉说着，诉说着……

在结对资助的7名藏区学生中，已经有两位结束了高中学业，顺利地考上了大学——根嘎严木参考入了青海民族大学，朴塔考入了成都中医药大学。

随后，我们一行到来到马尔康县白湾乡年克村根嘎家及朴塔家，看到低矮昏暗的藏屋十分简陋，除了必要的生活用品外，家徒四壁，但屋里摆满他俩的各种荣誉证书的书桌，成为这两个家庭最引人注目的亮点。

期间，正逢藏民的“开花节”，全村家家户户都在草原上扎起了帐篷，老老少少手拉手载歌载舞，问起根嘎和朴塔，村民们个个赞不绝口，用藏语表达着对他们的称赞。木塔喇嘛告诉我们，他们这个村子有史以来没有人考上过大学，就是整个白湾乡几十年加起来也没有多少个。“我们这边的人上学的少，很多人中途就不念了，高中毕业的都不多，更不用说考上外面的知名大学！这两个孩子可是我们年克村的骄傲！”

根嘎说，他考入的是青海民族大学物理与电子信息工程学院，用汉藏双语教学。“我想学好普通话，也要学好本民族的语言，将来我要当一名教师，帮助更多藏区孩子走出大山。”

根嘎告诉我们，他上小学的时候家住在山上，要翻山越岭走三个小时的山路才能来到学校，一般都是一周上一天学，其余时间自学。从初中开始他对藏族文化开始感兴趣，他还参与了年克寺转经筒长廊的设计，后来到马尔康上高中，他最大的理想就是要考上大学，那时父母从来没有担心过他的学习成绩，他们天天操心的是怎么能凑齐下学期的学费，让成绩优秀的儿子放弃读书他们实在不舍。他自己也坚持理想，甚至打算休学一年打工挣学费。就在这时，远方的叔叔阿姨们伸出了援手。“真不敢相信我的梦想能够成真！是你们给了我通往明天的路！” 根嘎再三感谢我们对他的资助，说他永远不会忘记这个梦想是济南的叔叔阿姨帮他实现的。

朴塔在成都中医药大学就读，朴塔说作为一个藏族人，有义务传承和发扬本民族的文化，特别是自己学习的专业是藏医药，高原地区和西部地区都比较偏僻，医疗水平也落后，自己毕业后可以到更偏僻的地方去，利用自己的专业特长，为更多的人服务。

## 五　小姑娘泽姆

小姑娘泽姆，今年8岁，家住白湾乡年克村，在马尔康读小学。

在藏区，像泽姆这样家住山区而在县城上小学的孩子是不多的。

我是在从马尔康去年克寺的路上认识她的。

回年克寺，木塔师傅搭我们的越野车，我只好搭出租面包车。开出租面包车的司机师傅是木塔的哥哥。同车的还有几个山民，泽姆就是其中之一。

泽姆是回年克村参加开花节的。

小泽姆十分聪明，汉语流利，交流起来十分容易。

一路上，她教我藏语，我一句也学不对，她就嘿嘿地笑我。

我问她，我40多岁，你才8岁，为什么你会说藏语，而我却不会说呢?

她笑得前仰后合，调皮地说，我生活在藏区，而你没有，所以，我会说，而你不会。

## 六　贝若扎那修行圣地年克寺

木塔喇嘛是马尔康白湾乡年克寺的寺管会主任，也是贝诺扎那修行圣地管家。对于寺管会主任的封号，我不很清楚，这是一个比较汉化的名字，可能等同于寺庙的主持吧。

木塔喇嘛十分朴实、憨厚，也是一个热心人。此次助学活动就是通过他联系组织了藏区的贫困孩子。

一路颠簸，我们到达马尔康的时候已经是下午两点多了。一个身穿传统黄色喇嘛衣服的四十多岁黝黑健硕的汉子等在路边，热情地与我们拥抱、握手，给每一个人献上圣洁的哈达。他就是木塔。木塔的眼睛格外有神，就像一弯清水，清澈通透，似乎通过他的眼睛，就能看到心底。

木塔的汉语水平不错，交流起来没有障碍。

木塔早年在西藏出家，勤学佛法，悟道修行。

在离马尔康三十多公里的大渡河支流边有一处岩壁，在岩壁上有一个天然洞穴，西藏历史上最杰出的佛教大译师之一、莲花生大士在藏地的大弟子贝若扎那就曾在这里闭关。年克寺就依托贝若扎那修行的石洞修建，317国道从寺下绕过。现在修行的石洞已经用石头房子保护了起来，木塔师傅负责看护。从公路边“贝若扎那修行圣地”指示牌拾级而上，经过转经房，就到了一个大的岩洞，洞中央有个佛塔，经木塔介绍才知道是天然形成的。洞内陈列了莲花生大士等佛像，洞壁上有很多殊胜的遗留，莲花生大士的手印、金刚杵等等。

贝若扎那于8世纪中叶生于后藏，从小就显现许多神变，聪颖异常，传说其为阿难尊者乘愿再生。他是藏族最早从寂护堪布出家受戒的西藏预试七七觉士之一，法名遍照护。15岁时法王赤松德赞把他派往印度，经受五十七次苦行，秘密拜见了熙日桑哈，获得了无上密乘大圆满心部、界部法门。在净相中贝若扎纳亲见极喜金刚，得到六百四十万偈大圆满法门，并得到文殊友幻化智慧身的加持。他把许多契经和密续带入西藏并加以翻译，在返回藏地后，曾到藏东的嘉绒一带弘扬佛法。他所翻译的《六十正理论简说》及《五大心部续》等许多显密经续，对藏地佛法的传播贡献极大。最后在里意地区(新疆)示现神变，其身融入于毗卢遮那佛石像的心间。

年克寺是色达洞嘎寺的一座附属寺院，供养、建寺院的资金大部分也是由贡嘎寺拨付。

年克寺依托贝若扎那修行的山洞修建了一座经堂，一座正殿，一座转经堂，都比较简陋。目前正在山顶修建铁瓦殿，建筑材料依靠骡马从远方驮运而来，喇嘛们扛起硕大的木梁健步如飞。

喇嘛们在大渡河岸边把砂浆拌和好，装到驮运建筑材料的骡马背上的背篓里，骡马有二十几匹，排成一长队，顺窄窄的山路站好，等待着喇嘛的口令。

转经堂中的转经筒单排设计是我们资助的学生朴塔的创意，牦牛头骨上的经文也是朴塔的作品。

年克寺下临大渡河的上游，河水湍急，清澈冰冷。一座白塔建在河滩上距水面不足1米的地方。白塔与弯曲湍急的河流、森严壁垒的崖壁、苍翠的杉树林、五颜六色随风扑啦啦飘动的经幡相映衬，更显得素白圣洁了。

我问木塔师傅，若是河水上涨会不会要把白塔淹了。木塔师傅十分自信地说，白塔已经建了上百年，从来就没有被淹过，佛法神奇，法力无边。

从圣洁的雪山奔流而下的冰水，上亿年冲刷着磨砺着河中的山石，山石圆润有了灵性。坚韧的佛教信徒在大石头上刻下的六字真言随处可见。木塔师傅介绍说，这些大部分都有几百年的历史了，贝若扎那大师在此修行之前，就有人在此刻下真言了。

我们在木塔师傅带领下参观完贝若扎那修行的山洞，从紧闭的窗户中窥了一眼空行母修行的石屋后转向山下走，迎面遇到一个僧人。僧人祥和，面膛黝黑，手持佛珠，口中念念有词，却看不出性别。

## 七　开花节

我们一行正好赶上年克村的开花节。每逢7月，高原上百花盛开的时候，藏民们就放下手里的活计，把牦牛、羊群散放在山谷草地，整村子的男女老少，或者附近几个村子的人，都会聚集到一个鲜花盛开的平坦草地，载歌载舞，尽情欢愉。一般节日要持续半月左右，人们才恋恋不舍地散去，去忙自己的活计。这很符合藏民的传统和性格，不为物质所累，只求淡然快乐。

年克村的村民们在大渡河支流南岸的平整草地上扎起帐篷，拉起经幡，男女老少身着盛装，奏响欢快的乐曲，尽情地歌唱，尽情地舞蹈。

天真的孩子们在草地上嬉戏打闹。

孩子们的纯真，喇嘛们的泰然虔诚，村民们的淳朴……所有人的快乐，以及这种简单的生活，深深地感染了我们。

## 八　夜宿寺院

晚上住在年克寺，我们三位男士被安排在木塔师傅家的客厅住宿。

第一次住在臧寨寺院，心情十分激动。

木塔家的房子建在年克寺上面的山坡上，也是年克寺的一部分，两层，典型的藏族民居。一楼是杂物间，二楼三间房子：木塔师傅住一间，还有一间客厅、一间卧室。客厅外面是一个露台，露台一边的墙角有一个像是壁炉的东西，墙角的顶上有一个铜质的烟囱，露台靠近烟囱的女儿墙上放了许多半干的柏树树枝。

客厅里陈设得简朴、干净。墙上挂满了佛像和唐卡，矮几上摆放着一些敬佛的礼器，窗台上随意搁着一些佛经。

进到这间房子里，佛教的气氛浸染着你，在这浓浓的佛教气氛中，心里感觉十分踏实。

一夜伴着大渡河的涛声度过。

天一亮，我就悄悄地起来了，来到客厅外的露台，清凉新鲜的空气迎面吹来，山谷中的经幡在风中摇晃，旭日淡淡的红色从山的后面漫出，整个峡谷也映着淡淡的红。盈盈雾气在山间环绕，寺庙的香烟在峡谷中弥漫，露台的烟囱也冒出了柏树枝燃烧的青烟，一种特有的香气充满着空间。

铺一块毡子在露台的女儿墙上，盘腿坐在上面，打开手提电脑，轻轻地敲打着键盘，从心底流出的文字飘满了屏幕。

抬头望一望远处的经幡，嗅一嗅轻烟的味道，听一听河水的涛声，人的心似乎一下子空了。

## 九　前往色达的路上

离开年克寺，木塔师傅陪我们去色达。越野车沿317国道西行，路过观音桥镇。

观音桥镇附近出产片岩，是雕刻佛像、佛经的材料。雕刻后的石片，镶嵌在玛尼堆或寺院的墙上。

借停车方便的空当，无意间走入国道路边的一个雕刻佛像的作坊。

这是一间快要坍塌的破房子，有一大块屋顶已经露了天。

屋内的地面不能称其为地面，没有一块平整干净的地方，全部都是坑坑洼洼的。

墙边立着一些石板，有的已经雕刻好，有的还没有雕刻。

一个正在雕刻佛像的工匠吸引了我。

盘腿席地而坐，一手拿着刻刀，一手拿着锤子，在石盘上全神贯注地雕刻着佛像。

看年龄也就十四五岁，稚嫩的小手，带着稚气的脸上泛着红晕，这是见到生人害羞了。

这本应该是上学的年龄，却在这艰苦的环境里干起了学徒工，看他雕刻手法的熟练程度，肯定干此行当时间不短了。

看着满脸稚气的孩子，看着如此恶劣的工作环境，我的心中沉甸甸的。

到翁达镇离开317国道，进入6983县道，也进入了高原。海拔高度不停地抬高，不停地刷新我曾到达过的海拔高度。

道路两边不见了松树杉树林，只有大片大片的草地，满地的野花。

天愈加蓝了，云愈加白了。

成群的牦牛在河水中嬉戏，在草地上悠闲地啃着青草。

我们被这美景惊呆了，不自觉地发出惊叹声。

木塔师傅不为所动，告诉我们，前面的景色更美。

果不其然，转上一个大坡，我们就来到了世外桃源，来到了童话世界。

路的左侧的山谷中，油绿的草铺成了一整块硕大的地毯，河流在平平的谷地上恣意地绕着弯弯，一大群一大群的牦牛、骏马散在这平整的地毯上，就像是做了精心摆放的小玩偶。空中，白云间雄鹰在盘旋，发出阵阵嘶鸣。一动一静相映成趣。

稍作停留，我们就驱车直奔色达。

路，十分好走，视野相当开阔。

山头上不时出现五颜六色的经幡，在风中作响。有的竟插满了整个山头，蔚为壮观，煞是好看。

藏区的小村子绝大部分都是沿河而建，两三层的藏寨民居的外墙上涂抹着白色、黄色和黑色，异常鲜艳。露台的女儿墙角上叠摞着白色的石头堆，

石堆中间插着经幡和摆放着刻满经文的牦牛头骨。

15:30，我们到达了色达县洛若乡。世界上最大的藏传佛学院五明佛学院就在洛若乡的喇荣沟。

## 十　五明佛学院

五明佛学院是世界上最大的藏传佛学院，位于色达县城南20公里的喇荣沟内，海拔3700多米。喇荣沟像一个大喇叭口，有五座山峰围绕着山沟，人称四川的五台山。

最初，该学院是由晋美彭措上师在这个渺无人烟的山沟中创办的只有32名学员的小型学经点。1985年5月19日，经政府批准建立了“五明佛学院”，1987年班禅副委员长题写了学院名。

从省道右拐进入喇荣沟口，“五明佛学院”的牌坊矗立在土马路上，路的右边是一片塔林。崎岖的公路沿山坡蜿蜒爬升，两边的山坡上有成片的木头房子。房子不大，只有十几平方米，低矮简陋。木塔师傅告诉我们，这些房子都是修行的僧人自己出资修建的修行用房。他正在联系，也想在这里建

一座小房子。此时，我不禁想起了集邮的一个名词，把邮票称作“方寸之间”，我以为把这些陋室称作“方寸之间”是再形象不过的了。

越野车费劲地爬上一个山坡，我被眼前的景象震撼了，整个山坡密密麻麻地挤满了僧房。木头、石头搭成的僧房，外墙涂着土红的颜色，足有上万间。拥簇着山坳里的两座高大的金碧辉煌的建筑。木塔师傅介绍说，这是两座经堂，下面稍小一点的是觉姆专用的，上面略大一些的是喇嘛专用的，一道低矮的隔墙把整个佛学院分成了两个相对独立的地方。我们对面的山坡上一个塔式建筑，是坛城。

僧人们正从坛城开始向山下修混凝土路，汽车动不了了。我们的越野车只得停在离坛城很远的地方，步行上去。

坛城，梵文叫做曼荼罗，意为“心髓”“本质”的意思，原为佛教密宗教一派修习秘法时设置的特定场所，类似于“道场”或者“祭坛”。坛城是喇嘛们的朝圣之地，是修行的喇嘛必到的地方。五明佛学院的坛城有半个足球场大，从外面看是两层结构，底层的经堂不对外开放。沿经堂外墙搭设了一圈檐廊。在低矮的檐廊内，沿经堂的外墙壁安置了数百个硕大的用黄铜制成的转经筒，转经筒的把手已被朝圣的人们磨得十分光滑。

从一道狭窄的楼梯，抬步上到二层。看到一个平台，外围是一圈连廊，中间是一圈90厘米高的圆形围墙，围墙中间是隆起的塔楼。在围墙与塔楼之间摆置了许多塑像，有些惨不忍睹的场面：人的躯体被狼虫虎豹鹰撕咬啄食，尸体上内脏散落一地，森森白骨暴露着……

在塔楼的平台上，围绕一圈有几十尊各式各样的欢喜佛。欢喜佛是属于藏传佛教密宗的本尊神，即佛教中的"欲天""爱神"。其中男身代表法，女身代表智慧，男体与女体相互紧拥，表示法与智慧双成，相合为一人，喻示法界智慧无穷。佛教各派均有佛像，但欢喜佛唯密宗所有，只有藏传佛教（喇嘛教）寺庙中才有供奉。其造型源于密宗的"男女双修"的教义。男女双修是印度教性力派影响下的产物。

坛城，是净化人心性的地方。人或善或恶，在低矮的转经房中手持经筒，默念经文，心底祈祷，心境各不相同。从狭窄的楼梯登上二楼平台，首先看到的是金碧辉煌的塔楼顶，放眼四野，天苍苍野茫茫，天蓝云白，绿草金山，向塔楼走近几步，俯眼便见到尸骨遍地，惨不忍睹，抬眼观之则是明王与明妃和颜悦色、神态怡然的欢喜佛。善恶之辨，不言而喻。

拜完坛城，沿路下行，穿行于佛学院的小街小巷。在这里长住着几万名喇嘛和觉姆。在藏传佛教中称男僧叫喇嘛，女僧叫觉姆。做法事的时候，多达数十万僧人聚集在此，比色达县的总人数还要多几倍。走在学院中，仿佛置身于佛教的世界里，身披绛红色僧袍、头戴簸箕帽的喇嘛和觉姆来来往往，僧人们的眼神中透出的是纯净的光芒。街道两边的建筑物大都是狭小低矮的木头房子，并不显得单调，同样酱红色的外墙和白色的窗框，显得肃穆庄重。

大街上到处可见刻在石头上或写画在墙上的六字真言和佛像。一群喇嘛在从河中提水，脸上洋溢着幸福的笑容。一面木头板搭成的墙上钉满了各式各样的照片，照片的人有大有小，大的已到年迈之年，小的还是婴儿。我不

解地问木塔师傅这面墙的用途。木塔师傅介绍说是招魂墙，把已故亲人的照片贴在这里，让僧侣们超度亡灵。这是内地所见不到的思念已故亲人的奇特方式。

随后来到佛学院最高大的建筑，也就是经楼。原以为这些地方不让一般人进入，没想到，我们走进去的时候并没有人阻止，还允许照相。此时的场景让我感到震撼。经楼是一座四层内天井式建筑，一楼大厅和每一层的走廊上到处都是喇嘛，有几百人，三五成群，在大声地争吵着什么，声音宏大，震耳欲聋。说的人表情夸张，先一个大鹏展翅，双掌猛击，啪的一声，算是开场。听的人专心致志，睁着大眼，瞪着眼珠，嘴巴半开半合，屏住呼吸，舒展耳廓，生怕跑掉只言片语。说的都是藏语，我一句也听不明白。木塔师傅说，这是辩经堂，众喇嘛正在辩经，伸手击掌的动作是达摩之剑，辩者借助达摩法师的法力，在辩论中争取上风。辩经是藏传佛教喇嘛攻读经典的必经方式，按照因明学体系的逻辑推理方式，辩论佛教教义的学习课程。僧人们三三两两形成不同的辩论组合，有的一对一，有的一对多，通常来说，站

立的是发问者，答辩者席地而坐。通过辩经方式来学习佛法，是藏传佛教的一大传统特色。僧人们通过这种互相问答的形式，交流学经的见解与体会，加深对佛经的理解。

在五明佛学院，经木塔师傅介绍，我概略地了解了藏传佛教。虽然听不懂藏语，看不懂喇嘛们的行为，但还是亲身感受到藏传佛教的博大精深。佛教从公元前5世纪释迦牟尼创立已传承2500多年，藏传佛教也有近2000年了，这都注定了佛教极强的生命力。佛教所蕴含的哲学思想也并不是有多么的高深莫测，能让满腹学识和目不识丁的人都能接受并笃信不移，这已经很能说明问题了。我一时还不能理解的是，几万名喇嘛、觉姆在只有最低物质生活保障、生存环境极为艰苦的情况下，为了佛教信仰，终年坚守，矢志不移。信仰的力量何其巨大！他们有着与我们截然不同的人生观、价值观。

## 十一　洞嘎寺的活佛

一提到“活佛”，我们马上就会想到班禅和达赖。其实，现有的活佛不仅只有两位，按照宗教事务局网站的数据显示，我国现有藏语系佛教寺院3000余座，活佛1700余人。活佛是汉族地区人对藏传佛教中修行有成就，能够根据自己的意愿转世的高僧的习惯称法。藏传佛教中，并没有“活佛”这一称谓，他们通常被称作“朱毕古”或“仁波切”。“仁波切”是广大藏族信教群众对活佛敬赠的最亲切、最为推崇的一种尊称。我们去色达，就是要拜见洞嘎寺的仁波切。在我心目中，活佛是一个神秘的名词，四川一行，使我对活佛有了进一步的了解。

洞嘎寺的仁波切是我们同行的若冰美女的上师，这次助学活动，也是仁波切安排的，由木塔师傅出面充当联络人。

离开五明佛学院，很快就来到高原小城色达。远远地看见一位中等个头，身材略胖，头戴草帽，身穿僧袍的僧人，淳厚朴实的脸上满是笑容，他站在路边，让我感到超出想象的亲切。仁波切的汉语说得不流利，我们之间的交流由木塔师傅充当翻译。他亲切地和我们每一个人握手，为我们献上洁白的哈达，嘘寒问暖，就像是久未谋面的老朋友。安排完住宿，邀请我们去城外金马草原上的农家乐共进晚餐。

喝着浓浓的酥油茶，吃着刚出锅的牦牛肉，听着仁波切浓重的藏语，看着无限的草原风光，呼吸着高原清新的空气，虽有些不习惯，但也倍感亲切。

第二天，我们去洞嘎寺拜见仁波切。

洞嘎寺位于色达县城西北6公里的一座酷似海螺的神山上，建寺330多年，是色达三大寺庙之一。“洞噶”是藏语“白色海螺”的意思，海螺是佛教中的法器。

整个寺庙色彩艳丽，庄严肃穆，气势宏大。寺中最高大的建筑物是药师

楼。2003年，“非典”发生后开始修建，经过8年时间，工程进入收尾阶段，现正做重点装饰和器物布置，计划8月下旬举行隆重的开光仪式。

仁波切住在寺庙后面四百多米的山谷中的一座木头房子里，坐在房子中透过窗户就能看到寺庙的全景。仁波切邀请我们去他的住所，这是莫大的荣幸。

木头房子内外两间，外间是厨房，内间是卧房兼做会客室和餐厅，房中陈设十分简洁，都是日常的生活必需品，桌子、案子、厨子上摆满了经文和法器。

木头房子中除了仁波切之外，还有空行母。空行母是女活佛的尊称。另有一位小喇嘛和一位小觉姆伺候活佛的日常生活。空行母是因我们特地过来的。

仁波切和空行母盘腿坐在床榻上，我们和木塔师傅席地而坐，闭目凝神聆听佛法。法器响起，诵经声便在耳边萦绕，淳厚的声音发自丹田，震得耳膜嗡嗡作响，虽然一句也听不懂，但活佛深厚的法力和佛教的神秘氛围深深地感染了我，那一刻，身心仿佛都已经飞到了天外。

午餐是在仁波切住所吃的，三两个炒菜，是小觉姆做的，新蒸的白米饭，虽然简单，可我们吃得津津有味。两位活佛谈笑风生，木塔时不时插上几句，我们一句也听不懂，只能在浓浓的氛围中感受佛法无边了。

饭后，仁波切带着我们参观寺庙。每到一处，施工的藏族工人都恭敬地跪在地上，十分虔诚。仁波切则用手掌轻轻抚一下他们的头心，他们满意地站起来，双手合十。待仁波切转身，他们才又去忙自己的活计。

每到一处，仁波切都轻轻抚摸寺庙中的器物，就像抚摸珍宝，并用轻轻的话语对我做一番介绍，声音没有了诵经时的穿透力。

在佛塔附近，一位老喇嘛在向仁波切汇报事情。我细细观察这位喇嘛，他脸上的皱纹似刀刻木雕，眼角的鱼尾纹已经快要到后脑海了，黝黑的额头上的抬头纹很深，就像沙漠上北风吹皱了的沙海。我不知道他叫什么名字，在洞嘎寺干什么工作，只知道他是一位饱经风霜的老人。年龄的痕迹留在了老喇嘛的脸上，愈来愈深，时光的刻刀雕出了岁月的记忆，或许只有饱经风霜的人才可能留下如此令人震撼的纹理。

我对佛教了解甚少，不敢妄自评价，只是从年克寺到五明佛学院再到洞嘎寺，从木塔师傅到仁波切再到不知名的老喇嘛，印象越来越深，感触越来越多，这些都在我的心底留下了深刻的印象，我虽现在不甚理解，或许随着岁月的流转，随着阅历的增加，能有更多的理解。

## 十二　梭坡碉楼群

辞别了仁波切，我们一行驱车返回年克村，送木塔师傅回到年克寺。当晚又住在年克寺，第二天早上起来就驱车南行，经金川，中午到达丹巴。

来丹巴有两个目的：一是看梭坡碉楼，二是看甲居藏寨。

梭坡碉楼群位于丹巴县城东南方向，距县城不足三公里，在大渡河北岸。

丹巴素有“千碉之国”的美誉。全县现存古碉562座，其中梭坡就有175座。大部分沿河谷而建，或三五成群，或独立于山坡之上，大多与藏寨相连。这种建筑大部分是防御工事，称为防御碉；也有一些是传递消息的，称为烽火碉；还有部分是祈福保平安的，称为风水碉；另外还有驱邪怯祟的伏魔碉。

据考证，这些古碉有上千年历史了。以石块和黄泥砌筑，外形美观，墙体坚实。形状有圆形、四方形、五棱形、六边形，有的甚至是十三边形。高度一般都在十米以上，多数为三十多米，有的高达六十多米。

从丹巴县城通往梭坡的路还没有修好。沿大渡河北岸一条高低起伏、坑洼不平、窄窄的只能走一辆车的烂石头路，是通往梭坡唯一的路，十分难走。多亏我们开的是越野车，才勉勉强强跌跌撞撞地开了进去。

据说，古东女国的都城就在梭坡，龙中村尚有王宫遗址。

残破的石阶山路直通山垭口，路两边是粗大的古树，树干扭结，多处生有疤瘤，狰狞可怖，树枝稀疏，树叶翠绿。黄牛趴卧在藏寨门前的牛栏中，母猪领着数只小崽在肮脏的泥水中恣意地打着滚。藏寨的木柱上挂着森白的牦牛头骨。

一般藏寨和碉楼是相连的。大部分藏寨依然有藏民居住，有些早已废弃。爬上藏寨的三楼屋顶，从狭小的窗口钻入碉楼中看个究竟。碉楼虽已年久失修，但仍然坚固。碉楼内部就像一个大烟囱，下大上小，直直的筒壁上每隔三四米就有一些圆洞，用原木插在这些圆洞中，充当木梁，木梁上排放细的木棍作为楼板，每层只有一半有楼板，楼板是交错放置的，楼层之间的交通连接十分奇特，用一根粗些的圆木，用斧头砍出仅容一只脚的凹槽，算是踏步，两个踏步之间大约四十厘米，在此圆木楼梯的旁边，平行立了一根细些的圆木，算是扶手了。我大着胆子，战战兢兢地爬了三层，就再也不敢走这种古怪的楼梯了。可见，古东女国人的身体平衡协调能力一定都很出色，否则就别想上得了碉楼。

碉楼的厕所也是十分奇特，这是我见过的最不可思议的厕所。爬到碉楼之上，感到内急，急忙问当地藏民，厕所在哪里？憨厚的藏民大哥努了努嘴角，示意就在碉楼和藏寨连接的拐弯处。我迫不及待地走过去，大吃一惊：

这哪是厕所！从距地面二十几米高的屋面探出了几块木板，木板的四周也用木板半围了起来，面积不到1平方米。地板的木板之间缝隙很宽，依稀能看到下面的情形。木板中间有一个黑乎乎的圆洞，这就是大便坑，此坑的下面就是主要街道的拐角处。试想一下，蹲在二十多米高的透风撒气的木板上，别说解大便，就算是站在上面也要心惊胆战，心底打鼓。一泡大便，从天而降，落在地上定会惊世骇俗，屎尿迸溅，自是惨不忍睹。罢，罢，罢了，没有胆量尝试这种排泄方式，捂着肚子下楼去了。问题解决之后，好奇地转到高空厕所的下面，看个究竟。厕所下面的街道的转角处，用石头垒了一道矮墙，矮墙的里面可以叫做粪池，污物已从石墙的缝隙中流到了街心，肮脏一地。站在街上，抬头仰望，对厕所中的一切看得清清楚楚。不禁对此汗颜。可是，反过来想，此种生活方式，一定适合当地人的习惯，存在就必然有存在的道理。

## 十三　甲居藏寨

从碉楼出来，车行40分钟，就来到了被誉为中国最美乡村的甲居藏寨。甲居寨位于丹巴县城西北方向，距县城8公里。驱车沿窄窄的盘山公路上行，路的右侧是卡帕玛山，左侧是大金川江。甲居寨就坐落在卡帕玛山的臂弯中，从谷底一直到半山坡的一千多米的高度上，5平方公里范围内，散居着140余户嘉绒藏族民居。民居依山而建，或三五成群，或星星点点，独具特色的红白黑三色相间的藏族民居点缀在红花绿树之间。车子停在观景台。凭栏而望，甲居藏寨尽收眼底，仿佛置身于田园牧歌的童话世界。

晚上住在憨厚善良的红梅家里。红梅的家在甲居寨的最上面，在公路的下方。推开架在两个涂了红白颜色的方形石门垛上的简陋的木栅栏门，走过一段石板铺成的台阶，便来到红梅的家。家里打理得十分干净。门前有一小块菜地，种着时令蔬菜，院墙外面牛栏中喂养着两头奶牛，三只猪慵懒地躺在地上睡觉。院子里的几株梨树已结了脆梨，二楼、三楼的平台上种满了各种花，虽不明贵，但也娇艳、生动。房间摆设也是十分简陋，却也干净，透着温馨。

晚饭更是让人难忘。红梅亲自下厨，烹制了一桌藏家饭菜，新鲜的牛奶、自制的酸奶、自酿的米酒、糌粑、面团……吃得、喝得满口留香，意犹未尽。于是决定在甲居寨多逗留一天，仔细品味这美景美味。

七八月份是四川的雨季，三天不下雨，已是十分稀罕了。我们从成都出发的时候赶上了大雨，车行到都江堰雨就戛然而止。一路走来，从马尔康到色达，再到丹巴，四天时间竟没有再下雨，老天太关照我们了。

老天似乎知道我们要在此多停留一天，夜里就下起了大雨，让我们欣赏雨后更加美丽的甲居寨。

早上起来，小雨还在蒙蒙地下着。盈盈的雾气从谷底升起，在山间回绕。卡帕玛山脊上的碉楼若隐若现，色彩独特的民居半隐在轻雾云霭中，枝头的花儿缀着雨露，一股湿湿的气息包围着我们，深深地沁入鼻孔口中，神清气爽的感觉荡涤胸壑。

一杯浓香的新鲜牛奶，冒着淡淡的热气，捧在鼻前，嗅着香甜的味道，小口啜着，暖暖的清香融入心脾。

漫步在湿漉漉的小路上，在甲居寨中徜徉、巡游，有意无意地抚一下路边的野花，采一把刺莓，放在嘴里，轻轻地咀嚼，追逐蝴蝶蜜蜂的踪影，听

鸟儿轻唱，闻花椒浓香的味道，透过淡淡的轻雾，窥视着藏民们简单而充实的生活。

站在高高的山梁上，顺着老乡手指的方向，向往着徒步四天可以到达的四姑娘山。或许有一天，我会和同伴们，沿着老乡的视线，去朝拜心中的圣地——那片冰雪的世界，神圣的四姑娘山。

此时确实不能。我们挥挥手，告别红梅，即将前往另一个圣地——海螺沟。

## 十四　裸浴的喇嘛

离开丹巴县，经八美镇、塔公乡、雅拉乡、康定市、雅加埂，到达磨西镇，走303省道过东谷乡就进入了牦牛谷。路边的溪流清澈，冲刷着溪中的石头，向下游流去。溪流较缓的地方，一段浅滩，到处是满布花纹的卵石。

过丹巴林场不久，就能看到雅拉神山的倩影。路边随处可见汩汩流淌的温泉热流。离公路不远处，一处不大的天然温泉浴池，掩映在苍翠的松树林中，轻盈的热气从池子中升腾，在树林间弥漫。十多个不着衣衫的年轻喇嘛在温泉里洗浴。年轻的躯体透着活力，嬉戏的欢声笑语在山间林地回荡，没有色欲的诱惑，没有杂念的弥留，只有原始天然之气在心间翻转，最纯美的朴实，最通透的灵性，从一丝不挂的裸体直接融入了纯洁的山野。我痴痴地看着，这是一幅纯自然绝美的油画，在我心底定格了，久久不能释怀。

## 十五　红石滩

我们穿越塔公草原，到达康定机场时，也到达了我们此行的最高海拔高度——4385米。过康定市继续南行，翻越雅加埂，到达情海牧场，被眼见的景象震撼了。站在观景台上，一条冰雪融水形成的溪流从贡嘎雪山的腹地奔流而出，溪流两边的谷底满布鲜红色圆润的石头，苍翠的原始松林、清澈的

溪流和鲜红的石头河谷形成了鲜明的对比，映得蓝天更蓝，白云更白。

据中科院研究结果，红石滩是一种红色的藻类附着在石头上形成的，但是，至今也没有人研究出它的生长规律。石头上红藻的神奇在于太阳照不到的地方没有，山坡林地中没有，海拔2100米以下没有，从贡嘎山带出去就会死亡变黑。

红石滩不仅神秘，在世界上也是唯一的。这里还是摄影家们的天堂。一年四季，红石滩呈现的颜色不同，景色更是迥异，但都是美丽的。

## 十六　海螺沟冰川

天黑的时候到达了磨西古镇，下榻在鑫飞背包客旅社。第二天一早，在蒙蒙细雨中走进海螺沟。

海螺沟位于甘孜州的东南，在贡嘎雪山的东坡，是亚洲东部海拔最低的冰川。海螺沟冰川又称一号冰川，全长14.7公里，是贡嘎山71条冰川中最长的一条。面积16平方公里，最高海拔6750米，最低海拔仅为2850米。从上到下呈三级分布，依次是粒雪盆、大冰瀑布、冰川舌。最为奇特的是冰川舌深入原始森林6公里，形成了冰川与森林共存的奇景绝观。

第一次亲密接触冰川，心情有些激动。站在冰川上，脸颊轻轻贴在冰面上，面对几十米厚的冰川，远眺壮观的大冰瀑布，以及半隐在云雾中的神秘的贡嘎雪山主峰，不禁感慨万分。亿万年的冰川封存了亿万年的记忆，展现在面前的只是巨大冰山的一个小小的切面，隐藏在冰中的故事，或许只有上天知道。由于海拔高度低的原因，冰川正慢慢消融，滴滴圣洁的冰水汇成涓涓细流，流进人间俗世，洗涤世间万物，成为被污染的浊流，于是便毫不留恋地奔向大海，期待涅槃重生。

## 十七　贡嘎神汤

来到海螺沟，就要泡一泡海螺沟的温泉。从冰川下来，乘景区的大巴车到二号营地，贡嘎神汤就在这里。

更换泳衣，在绵绵细雨中踏进温泉池，温润的感觉从脚向周身扩散，盈盈的热气包裹着身体，一种欲仙欲幻的感觉油然而生。

十几个大小不一、深浅不同、形状各异的池子依山坡不规整地排列着，最上方是一只代表着贡嘎神山的大海螺，滚烫的热水从海螺中淌出，形成一挂热气腾腾的瀑布，流进瀑布下的温泉池中，依次流经其他池子。瀑布下面的池子温度最高，没有勇气是不敢下到此池中的。

半躺在水池中，升腾的热气和丝丝的细雨融合在一起，苍翠的森林包裹着温泉，清新的山的原始气息从四面八方袭来，恣意地温润着你的鼻息。微微闭上双眼，宁静心神，荡气四溢，氤氲馥郁，一个淡淡的甜梦便在此刻生成，或许还打着微微的鼾。

睁开眼睛，把视线放散，透过薄薄的雨雾，想象着贡嘎神山的神秘面容。

彻底地浸透身体，起身离开温泉池，走进蒸房，滚烫的热流从蒸房地面

石板下流过，整个地板也滚烫了。铺一张薄薄的竹席，平躺在滚烫的地板上，周身的血液渐渐也暖得滚热了，跟着热了的还有心情。酣酣地睡一觉，身心爽到了极致。

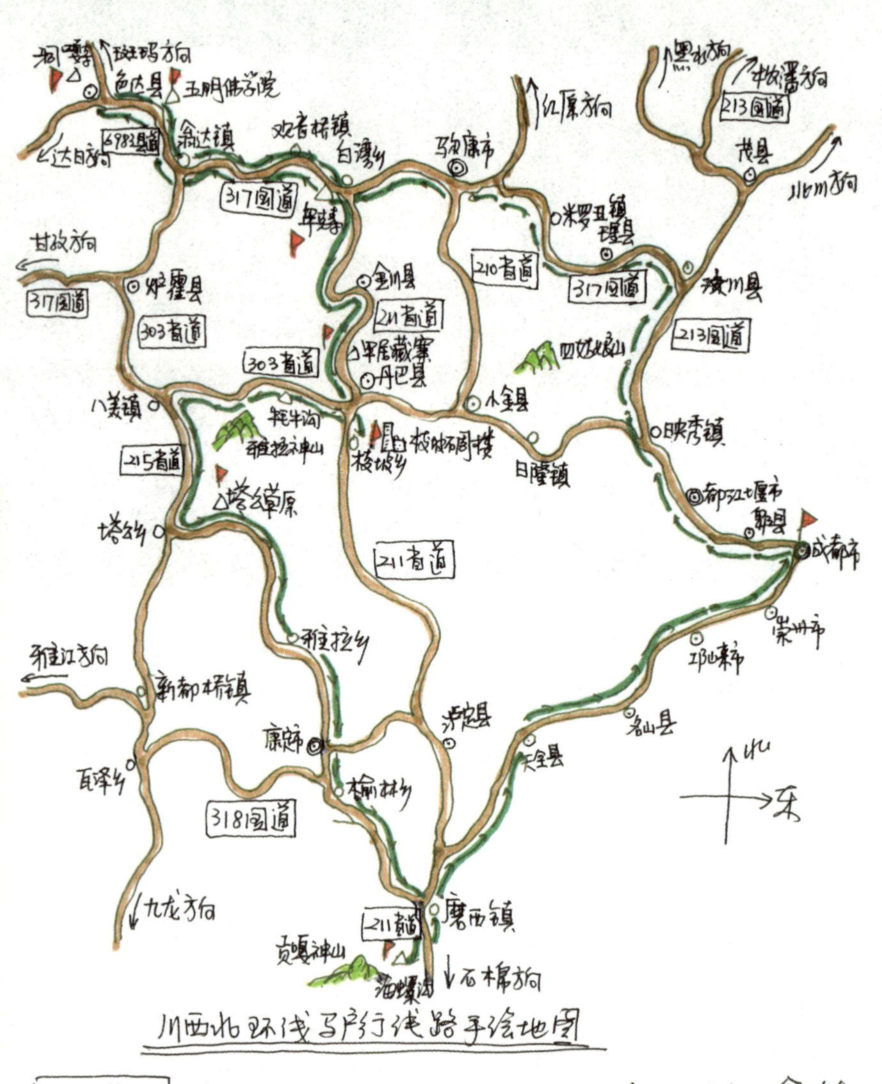


川西北环线骑行线路手绘地图

西行笔记 成都→都江堰→汶川→理县→马尔康→年龙寺→翁达镇→色达→翁达镇→年龙寺→白湾乡→金川→丹巴→梭坡→甲居藏寨→牦牛沟→八美→塔公→雅拉乡→康定→榆林→磨西→海螺沟→磨西→天全→邛崃→成都

# 驼梁，驼梁！

## ——2011年国庆长假徒步穿越驼梁笔记

今年中秋节前我们来了一次驼梁，正赶上下雨，从中台山村进山，一直走到华塔村，身在迷雾中，朦朦胧胧地只见到眼前的景象，给人的感觉只是雨、雾、水、累、湿、冷，大多数人感觉驼梁是乏味的。

匆匆而过，只有淡淡的心情。

我的直觉告诉我，藏在迷雾中的驼梁是美丽的，只是没能深入地了解它。国庆长假，我们又来了，故地重游，感觉截然不同。驼梁深秋的色彩充分地展现在我的眼前，映入我的眼帘，留在了我的心中。四天时间，从玫瑰驼（南驼）到五岳寨景区，再到驼梁景区，又上北驼、百草坨、天生桥景区，用三十五个小时，走了一百多公里，攀爬高度五千多米。

此次徒步穿越驼梁的感觉只能用“驼梁，驼梁！”的感叹来表达了。

### 一　理想之地

驼梁属太行山脉。

有一句流行的话：“上天把太行山最美的一段留给了河南”，我一直深信不疑。来到驼梁才知道，这句话有片面的地方，其实驼梁也是很美的，只是和河南段的太行山特点不同罢了。

驼梁分为南驼和北驼，当地人把南驼顶也称作“玫瑰驼”，海拔2280米，是驼梁最高峰。北驼顶没有其他名字，海拔高度2200多米，比南驼顶略低一些。

驼梁分属两省四县，西面是山西省五台县，东面从北往南依次是河北省的阜平、灵寿和平山三县。

围绕南北陀有三个开发完善的景区，南驼的东南是河北省灵寿县的五岳寨景区，西南是河北省平山县的驼梁景区，北驼的东北是河北省阜平县的天生桥景区。

驼梁曾是阎锡山的第一道防线，至今陀顶还能见到阎锡山时期的防御工事。

华塔村位于南北陀之间，深藏于大山之中，紧邻山西省五台县，从207国道到华塔要走三十多公里山路，相邻近的村子间距都有十几公里。

华塔是一个十分幽静的小山村，十几户人家星罗棋布在山谷中，一条清澈的小溪从村边流过。石头砌的房子高低错落，门前几块不大平整的园地种着各种蔬菜，散养的鸡在林间悠闲地嬉闹，看家的大黄狗见到外乡人也友善地摇着尾巴，是“鸡犬相闻，老死不相往来”的“小国寡民”的理想之地。

我们国庆长假就以华塔村作为中转站，住在张梅清家。

## 二 累得垮掉了

按照计划安排，2日11个人重装去登南驼，其他人打车去天生桥景区。由于1日从济南到驼梁华塔乘车颠簸了七个多小时，年龄最小的妞妞不舒服，2日舍瓦和蝈蝈只好放弃登山，陪着孩子在村子里闲逛。

2日一大早吃过早饭，7个人租车要去阜平的天生桥景区。我带领11个人辞别大家乘坐时风农用三轮车，到跑泉厂村东面的箭杆沟，徒步穿越南驼。

11个人七八个大背包，乘坐景区里运建筑材料的时风农用三轮车，小小的车厢中，人和包都挤成了沙丁鱼。路，高低不平，三轮车极度颠簸，车身晃晃悠悠地开到了箭杆沟。

此时真是彻底理解了时风二轮车的广告词："时风，时风，路路畅通"。

上午7:30，我们来到箭杆沟，稍作调整，便开始登山了。

箭杆沟海拔1550米，位于山西境内。

山路比较平缓，早已废弃的用圆木搭成的牛栏立在路边，两边的山峰红黄绿间杂，显现出深秋的色彩。

沿小溪行走，路十分明显。穿过杂木灌木的密林，翻上了山脊，眼前豁然开朗。站在突出崖壁的岩石上，放眼山谷，整个山谷中的色彩异常艳丽，红的花楸、枯黄的榛子槲树、金黄的桦树、绿的松树绘就了一幅绚丽的重彩山水画。

沿右边的山脊继续上行，就进入了桦树林，密密匝匝的桦树，根深叶茂，枝丫交错，荫翳蔽日。深秋时分，桦树的叶子变成了金黄色，挂在树枝上，从叶子的间隙透过去，瓦蓝瓦蓝的天空相衬着，黄的更黄了，蓝的更蓝了。山风吹过，摇落了片片黄金叶，撒在山间的小路上满地都是，就像铺了厚厚的地毯，踩在上面舒服极了。所看到的桦树有白桦、红桦，脱皮的树干异常干净，树皮挂在树干上，随风摇曳。

从桦树林钻出，溪流渐渐小了，树木也成了落叶松。继续往前走，松林逐渐被草甸代替，溪流也找不到踪迹。对面的山坡上有村民的马匹，作为旅游项目，供游客骑乘。那里就是驼梁景区所说的云中花海了。

11:00，爬上山坡便到了南驼顶。

在界碑的南面不远处有一座用桦木、松木做框架，用塑料布、编织袋搭设的棚子，不禁使人想起了“新龙门客栈”。

客栈的老板姓张，家住山下的华塔村，是我们住的农家乐老板张梅清的四叔。

四叔极为热情，四婶子也很淳朴。看看就要到中午了，肚子也饿了，每人点了一碗山西刀削面。热气腾腾的面条端上来，捧在手中，暖乎乎的，面条的热气把我的眼镜片糊住了，捏着筷子，摸索着也吃了满满一大碗。

由于五岳寨和驼梁景区都没有去过，不知道往返需要多少时间。询问了

新龙门客栈的张四叔才知道，驼梁景区往返要五六个小时，五岳寨景区往返需要七八个小时。

盘算两天的时间，决定下午先去五岳寨。这样，3日下山就比较从容。

装备寄存在张四叔的客栈，轻装去五岳寨。

12:20，从客栈出来，遇到了北京的驴友大水牛，他们是从中台山村上山的，从上午8:00走到中午12:00。

匆匆别过，我们一行11人踏上了往返五岳寨的路。

五岳寨景区位于河北灵寿县西北部山区，在南驼顶的东南方向，总面积120平方公里，因五座山峰并列耸立，且有五岳之特点而得名。公园属河北省漫山自然保护区的一部分，含三大景区，主要景点有五岳寨主峰、鸳鸯石、燕赵第一瀑、七女峰、连天飞瀑等，景点比较分散。

去驼梁的时候，从网站上下载了一张五岳寨景区的地图，就是这张地图差一点害了我们。

12:25离开南驼顶，走碎石铺成的古皇道，翻过一个垭口，见到小木屋就进入了五岳寨景区。

为了改善景区的条件，五岳寨正整修木栈道，从进入五岳寨景区的山口开始，油黄的原木栈道一直延伸到半山亭，足有2公里。崭新的木栈道在满是枯黄的山中煞是醒目。

景区有两个环线，分别是外环线和内环线。从山垭口进入景区，走木栈道经半山亭，到五岳寨主峰左拐走鸳鸯石、燕赵第一瀑布到景区门口停车场，然后走右侧公路到七女峰，沿羊肠小道走谷底到达山垭口和木栈道会合，这是外环线。内环线是连天飞瀑、燕赵第一瀑到景区门口停车场。

我们走木栈道经五岳寨主峰岔路口、鸳鸯石拐入内环线，又经燕赵第一瀑到景区门口停车场，乘景区观光车到七女峰，走谷底羊肠路到达垭口，走古皇道，返回南驼顶。

进入景区的时候，经过中午的休整，大家体力恢复得很好，上午的疲态一扫而去。走木栈道，赏黄叶满山，过半山亭，进入松树林，踏着满地的松针，柔柔软软，倒也舒服。转到五岳寨主峰岔口，拿着我下载的景区地图和景区指示图比较，出现了较大的差距。下载的地图没有木栈道线路，而图上标注的景点，景区中少有标示。我们站在那里木木地竟不知身处何地。

一个半小时过去，下午14：00多了，海拔也已下降到1500米。

抬头看看天，低头瞧瞧路，只能继续往下走。

一路走来，高度不停地下降，膝盖不争气地痛了起来。

继续往下。

15:30，到了景区门口的停车场，此时海拔高度已降至1100米。

想想南驼顶海拔是2280米，从停车场到陀顶要拔高1180米。大部分人都已是面露难色。考虑到大多数人的困难，选择坐景区的观光车到七女峰，这样就减少了近400米的拔高，可以节约近1个小时时间。

16:00,七女峰下的进山口，11个人集合齐，发起最后的冲刺。

火石、箭在弦上、集安、小超、雨荷一马当先，向着南驼顶杀去。摆渡人陪着小雪赘在后面，蓝天白云陪着媳妇也在一步一步踱着，我陪着老父亲缓慢地爬着。

天渐渐黑了，山只剩下了轮廓，闪着银光的月牙爬上了山头，为我们照亮了路。阵阵山风吹起，树叶摇曳作响，温度急剧下降。

下山的游客越来越少。

夜色中，一个脖子上挂着大部头相机的游客看到我们要去陀顶，不无关心地说，要尽快上山，山中有狼，可能是三只，夜里经常出来活动，天色晚了，有危险。

19:00，先头部队已经到达了陀顶客栈，我们6人才刚刚到达下山的垭口。

走入古皇道，心里踏实了许多。路是已经走过的，不会出大问题。6个人分成了3队，我和老父亲走在最前面，蓝天白云夫妇走在中间，摆渡人陪着小雪走在最后。

我和老父亲到达新龙门客栈的时候已经是19:50了。

从浓浓的夜色里一头扎进客栈暖暖的氛围里，第一感觉就是眼镜的镜片被热气糊上了，两三个小菜已摆在了桌上，热腾腾的刀削面已在滚锅里煮着，顾不上换衣服，一屁股坐在木凳上，深深地嗅着饭菜的香气，顿觉悠悠然了。

十几分钟后，蓝天白云大妇、摆渡人挽着小雪进到客栈。

摆渡人进屋就惊慌失措地嚷嚷，狼、狼、三只、吓、吓死俺俩。

沉下心来才知道，摆渡人和小雪走在最后，几步一休息，累得够戗。月光下，古皇道上，三只狼一样的动物擦身而过，因为有前面游客的告诫，真真切切吓出了一身冷汗。

事后才知道，是山上客栈养的三只狗!

从早上7:30进入箭杆沟算起，到晚上20:00回到客栈,12.5小时，除去午饭用去的1个小时，徒步穿越用了11.5小时，徒步距离至少30公里。

晚上，睡在客栈的火炕上，格外香甜。

## 三　连根羊毛也没找到

按照调整的计划，3日上午去驼梁景区。由于小雪的脚已磨起了水泡，摆渡人陪着她休整，恢复体力，放弃去驼梁景区。

我们9人去了驼梁景区。

早晨，从客栈中走出来，南陀顶已经是冬天的景致。满地的荒草结起了厚厚的霜，土地冻得邦邦硬。一轮红日从雾霭中升起，映红了整个山头。柔美的雾霭升腾着，慢慢在群山之间弥漫着。

去驼梁景区只是因为路过，景色没有特别之处，无非溪流、潭瀑、山林。8:00从索道上站左拐，进入百瀑峡，下到景区门口走三叠泉，乘索道，11:30回到陀顶。

驼梁景区是一个很有意思的景区，一个景区竟有两个大门，还是紧挨着。景区的线路原本是一个环路，从南驼下垭口进入百瀑峡，到景区大门，再进入三叠泉，回到南驼下垭口。可是在百瀑峡和三叠泉下口分别设了两个独立的大门，使得从山上下来的驴子要想走环线回陀顶，必须先出景区，再从另一个门进入景区，并且两个大门都查票，增加了驴友逃票的难度。

中午13:00，简单午餐后，走运木沟到华塔村。半月前雨中穿越运木沟的景象历历在目。每走到一处都倍感亲切。此次徒步运木沟，虽然没有了雾，没有了雨，溪流也没有上次的大，但真真切切感受到秋天驼梁的美丽。

2日上山前和大家商量好，委托房东老张买头羊，3日晚上是个大团圆——3日下午郑老师一家赶过来，4日早上蓝天白云要回济南，3日晚上人员最齐，杀只羊熬锅羊汤，大家聚聚餐。想着美味的羊汤，不自觉就流起了口水。山西刀削面实在是吃不习惯，三顿面下肚，肠子肚子一直在提意见。

刚刚进入运木沟，就给老张打通了电话。

我说："羊杀了吗？炖上了没？郑老师到了吧！"

老张哭丧着说："还吃羊呢，跑了！羊跑了！"

我和箭在弦上面面相觑，啥？羊还跑了？

我不解地问："啥？羊还能跑了？"

老张哭腔更浓了："800多块，愣愣地就没了，俺都找了两天了，唉，找不着了！"

……

下午17:00，下到公路正好遇到房东老张，老张见到我们，迫不及待地讲起了事情的原委。

原来，2日我们一走，他就去山西跑泉厂买了一只羊，68斤，12块钱一斤，800多块。老张没有经验，羊弄回来之后，用绳子一头拴住羊角，另一头就拴在了树上，等着杀羊的师傅。

不知是文殊菩萨显灵还是羊过于聪明，三绕两绕，拴羊的绳子就脱落了，大山羊挣脱了绳子一溜烟跑进了大山中。老张夫妇听说羊跑了，赶忙放下手里的活计，冲着羊跑的方向追了下去，哪里还有羊的踪影。3日就又在山里找了一天，却连根羊毛也没找到!

3日上午走了3个小时，下午走了4个小时，我们徒步穿越了20公里。

## 四　北驼之路

4日一早，老张领着部分队员去五台山朝圣。

我们8人去徒步穿越北驼、天生桥景区。

这条线路我们都没有走过。房东老张安排他三叔给我们做向导。

送走了去五台山的队员，我们就走进了北沟。

刚走不远，郑儿把经的大姨子接到电话有急事，下山去了。我们7人在张三叔的带领下向着北沟挺进。

由于走的人少，北沟内基本上没有路，如果没有向导的话，走这条路是十分危险的。

环顾四周，突兀的山石，飞彩的树木，淙淙的溪流，艳丽的山菊花，景色尚好。

9:10，队伍走到一道绝壁前，青色的岩石拔地而起，足有百米之高，一挂细流从崖壁上飞落，山风吹过，掀起薄薄轻雾。

此时，由于昨晚饮酒过量，郑儿把经已几次呕吐，脸色蜡黄，面色难看，看样子是不能再登山了。郭宁和小山鹰却执意要继续登山。

此处的海拔高度1550米，离北驼顶还有700米的海拔高度。后面线路不明。向导只送我们到北驼顶，北驼顶到天生桥的路只能自己去摸索。询问张三叔说后面的路十分难走，郑儿把经一家三口最好原路返回。

此时的抉择是十分困难的，劝退还是鼓励前行，作为当事人和领队一样困难。

登山不是玩命，驴友不是冒险。驴友是在确保安全的前提下，在徒步行走中寻找乐趣。

权衡利弊，和队员们协商，征得郑儿把经一家的同意，火石、箭在弦上、舍瓦和我4人继续穿越，郑儿把经一家三口原路下撤。

9:30，告别郑儿把经3人，我们跟随向导一头扎入了密林。从悬崖的右侧上山，并没有明显的路，坡度极陡，脚下的土石极为松软，一脚踏上便有碎石泥土滚落，大家不得不拉开相当的距离。10分钟后，手脚并用爬到了悬崖的上面，查看海拔高度，竟然上了120多米。

崖壁的上面是一大块平整的土地，虽杂草野树丛生，但还可以看出原有的梯田痕迹。张三叔说，这条沟叫老逮沟，原来这里住着一户人家，也属于华塔村，这些梯田就是他们家的。由于生活太不方便，二十几年前，一家人搬到了山下。

绕过梯田，右拐，便又是一个大陡坡，又是一个近百米的拔高。密密匝匝的灌木藤条堵塞着废弃的山路，我们费劲地挪着。

终于攀上了山脊，原以为山脊上会有稍微宽阔的山路，不成想，山脊上的路和山坡上的路相差不多。就这样，在树丛中钻行，在枝条下爬过，秋天的落叶灌得满脖领里都是，都已顾不上抖落。脸上、胳膊、腿上到处都是划破的痕迹。

11:30，我们冲出丛林，来到了北驼海拔2100米鞍部。站在此处，已能看到满山的秀色，俊俏的山峰，遥遥的南驼顶和五台山了。

四个人，谁也没有走过这条路，也没有相关资料，漫山遍野除了我们就没有其他人了。心中一点底也没有。张三叔站在北驼下的鞍部，操着浓重的山西话，挥舞着手中的木棍，比划着路线。火石拿出手机忙着录音。

从北驼下的鞍部有一条明显的路，穿过桦树林一路走去，翻过三个山包包就到了大凹，从大凹右拐就能到天桥（当地人把天生桥叫天桥）。

我们听得明白也糊涂。

和张三叔分手，我们就进入了桦树林。弯弯曲曲的山路，在一大片桦树林中蜿蜒，我们随着路也在桦树林中蜿蜒。

走出桦树林是一大片落叶松林，满地都是细细的松针。午后的阳光透过树上的松针叶洒落在地上，斑斑驳驳。

走出松林便是一大片草甸，夏天花开的时候，这儿一定就是天堂。一大片长着艳红果子的沙棘林，在已经枯黄了的草甸子上略显突兀。三两朵不畏严寒的小野花迎风怒放。几只瓢虫在松树叶子上蜷曲着睡觉。心情随着开敞的草甸也敞亮了，音乐从MP3播放器中流出，在广袤的草甸上淌过，滋润着我们的心田。愉悦的心情，放松的肢体，高广的情怀，远山、近景、薄雾、青烟都在一丝丝音乐的环绕中变得愈加赏心悦目了。

走过高山草甸，便到了天生桥景区的主峰百草坨。下午14：00，登上百草坨顶，见到了游客，心中的一块石头终于落地了。不作停留，沿百草坨北坡的山路下山，在通往大凹和辽道背的丁字路口遇到了北京驴友大水牛一行三人，他们今晚住在辽道背。寒暄后，继续往大凹方向下行。15：30，来到了大凹村。这是我们今晚的营地。

大凹村只有几户人家，天生桥景区开发后，村民们全部改行搞起了旅

游，开设了农家乐，在景区的各个景点上摆摊卖山货，小日子过得倒也舒服。

卸下装备，轻装去逛天生桥，往返用了只3个多小时。

天生桥景区位于河北省保定市阜平县东下关乡朱家营村。1999年开始开发，2001年12月由国土资源部命名为国家地质公园，2004年9月揭碑开园。

公园总面积56平方公里，主峰百草坨海拔2144米，由朱家营天生桥瀑布景区和龙泉关景区构成。28亿年前，阜平地区曾是一片海洋，在海水中沉积了厚达8000—10000米的泥质、铁质砂和灰泥等沉积物，28亿年的阜平运动使原来沉积的岩层发生褶皱、变质，形成了深度变质岩和混合岩，地壳上升为陆地。距今18亿年的吕梁运动使阜平地区与整个华北地区形成了统一的地台地基。由于地壳多次上升、下降，海水进退频繁，直到距今4.4亿年，阜平地区与整个华北一起上升为陆地，喜玛拉亚造山运动，强烈隆升及断块运动，使景区内奇峰耸峙、怪石嶙峋、峡深谷幽、溪清瀑高，形成了“中国最大的变质岩天生桥和北方最大的瀑布群”两大地质奇观。这里一沟九瀑，错落跌宕，落差均在50米以上。天生桥长27米，宽13米，拱高13米，凌驾于落差112.5米的瑶台瀑布之上，巧妙地组成了气势磅礴、瑰丽壮观的桥瀑风光。

从瀑布群返回大凹，我们点的炖鸡已经做好了。四个人，围坐在山中简易的棚子里吃着炖鸡，喝着小酒，聊着人生浮世，心中美滋滋的。

棚子外面已是雷声、雨声不断，噼里啪啦的声音砸在棚顶，原以为天在下大雨，却听见有人喊：“下冰雹了，好大的雹子！”此时，棚子外面已结了厚厚的一层雹子，大的如黄豆粒，小的也有绿豆一样大。

21:00，雨息风住，踩着厚厚的雹子，回帐篷歇息去了。

一夜几多风雨都已化进了梦里，不知了了了。

## 五　从大凹村穿到华塔

5日早上8:00背起装备出发了。我们是登顶的第一拨人，整个山上静得出奇，只有山风摇落秋叶的声音。

早上的光线很柔和，打在色彩丰富的树林上，整座山林变得柔美可爱。不到一个小时就登上了从百草坨下来的山梁子，视野开阔了。北望，新建的高速公路横贯山间，就像一道钢丝线把数个山峰串了起来。五台山的五座山峰银装素裹格外显眼，看来五台山昨夜下了不小的雪。大家都像仰望神山一样兴奋地顶礼膜拜。

沉睡的美人正悄悄醒来，小路边的枯叶和干缩的花虽已失去了往日的颜色，可这是在为来日的艳丽积聚能量。

悄悄地我们走了，挥一挥手，不带走一片云彩。或许，明年的这个季节，我们还会来到这儿，在花海中徜徉，与月亮星星同眠。

从百草坨回到南驼下鞍部的路很顺，昨天刚刚走过，11:30就到达了鞍部。没有休息，翻过鞍部沿山梁子的右侧继续行走，开始路很清晰，可是，走了四十几分钟，路就消失在厚厚的落叶中，看看哪里都像路，哪里也不像路。放了几遍张三叔的录音，也是云里雾里的，心中顿时没了底。

凭感觉，大方向不错，只是怕有悬崖。

凭着老驴的直觉，大胆地在丛林中探索着。

在密密匝匝的丛林中忽上忽下地捉着迷藏，没有风，空气有些闷，4个人十分默契，紧紧随行着，脚下的落叶发出嘎吱嘎吱的声响。

30分钟后，冲出了丛林地带，远远地看到了从华塔去跑泉厂的土马路了。

冲下山坡，又看到了明显的路。很快，我们就下到了土马路上，一切就都变得轻松愉快了。走在土马路上，健步如飞，两天来的疲倦、劳累都已抛洒到天外了。

下午14:00，我们回到了华塔村。

上午8:00从大凹村出发，下午14:00回到华塔村，用6个小时，徒步行走了20多公里。

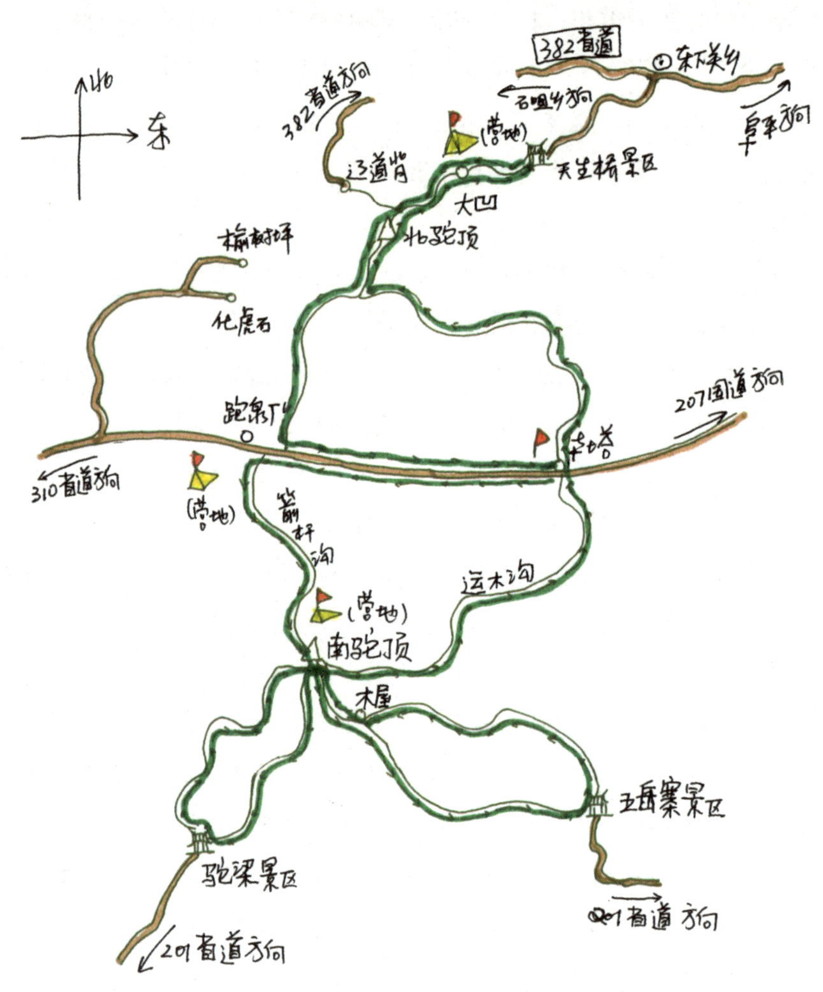


河北驼梁徒步线路手绘地图

驼梁，驼梁

华塔→箭杆沟→南驼顶→五岳寨景区→南驼顶→驼梁景区→南驼顶→运木沟→华塔→东沟→北驼顶→大凹→天生桥景区→大凹→北驼顶→驼梁厂东→华塔

# 冬日的梯子山

## ——2011年12月11日徒步穿越梯子山笔记

自从国庆节驼梁回来后，已很久没有登山了，感觉腿脚都生锈了。每到周末，都有忙不完的俗事。12月11日，偶有清闲，约众驴友们共登梯子山。

上午8:30，西营汽车站东桥南小广场，聚集了男女老少17人，在郑重其事的带领下，租车去梯子山东麓一条神秘的山谷。

走八十崖，过吕家庄，出租小面包车在姜女祠前戛然而止。

据说，孟姜女哭长城的故事不是发生在秦朝，也不是发生在北京北面的长城，而是在战国时期，哭倒的是齐长城。孟姜女哭倒长城的地方就在我们下车的地方。当地百姓为纪念孟姜女，修建了姜女祠。祠堂后面一棵粗大的柏树，前面山坡上一棵栗子树，长得枝繁叶茂。

不过，由于祠堂在高高的山坡上，位置不好，香火不旺，早已是铁将军把门，冷冷清清了。

穿越梯子山的活动就从济南泰安交界处的这个小祠堂开始。

冬天的山野没有了生气，放眼望去，都是枯草的黄和松柏的苍黛。上周下过的雪已渐渐融化，只剩下山阴树下残存些许。空气清新得让人直想打喷嚏。路边的小溪欢快地流淌，岸边的树枝上结起了晶莹的冰。队伍在蜿蜒的山路上行走，红红绿绿的衣服，给寂静的山林平添许多生机。

路边的柿子树上挂满了橙红色的柿子，诱人的颜色，是上天留给我们的赏赐，大家蜂拥而上，争先品尝这冬天的美味。

沿溪流行走，小小池塘清澈见底，绿油油的水生植物，生机勃勃，为单调的冬天增添了一点动人的色彩。大家驻足观赏，郑老师投入的神态让人感动。

翻过黑峪水库大坝，来到黑峪村，村头的大栗子树正张开臂膀欢迎我们的到来。

幽静的小山村，清澈平静的水库，库边大片平整的梯田林地，这里是一个绝佳的宿营地。

穿村子而过，山里人用惊奇的眼神打量着我们：冷冷地，瞎转悠个啥子！

我们是快乐的驴子，用特殊的方式享受着幸福生活。

历经二十几亿年的石头，幻化出神奇的花纹，一只鸭子在水中悠闲地游着，两只鸭蛋静静地躺在岸边。

这条神秘的山谷就在我们面前，谷中溪流淙淙，山崖垂下的冰凌、冰柱就像美玉做成的，在阳光下晶莹剔透。溪边也结起了冰，有的像山、有的像象牙、有的像珍珠、有的像虾、有的像蟹、有的像鱼、有的像鸟、有的像莲藕……只要你有足够的想象力，就可以尽情地联想。

“为什么要登山？因为山在那里。”这是珠穆朗玛峰攀登先驱、著名的登山家乔治·马洛里的名言。我们为什么要徒步穿越梯子山？虽然这不能称为登山，虽然没有乔治·马洛里所说的哲理，但是我们的的确确体会到了其中的真味。身体、心情是每一个人最基本的生活要素，健康的身体、愉快的心情不是每个人都能拥有的。如果要想活得有意义，就必须身心健康。登山、徒步穿越无疑是调整身心最好的一种方式。所以，我们都喜欢在山里瞎转悠。

梯子山的山形构造、地质特点和泰山相仿，登梯子山能找到登泰山的感觉，只是梯子山比泰山矮了许多，难度降低了不少。

如果没人告诉你，我们今天走的是梯子山，可能都会以为在登泰山。从黑峪村到梯子山的这条山谷，到处都是泰山的符号：欢淌的溪流、清澈的水潭、青黑色的满是白色纹理的石头、清新的山风、挺拔的崖壁、苍翠的松树……

翻过山梁子从左侧进入石槽北山谷，中午来到二号营地午餐——涮羊肉。

梯子山是济南驴友们心中的圣山。前几年，每月都要来趟梯子山。我们在山中标定了五处营地：一号营地在主峰下的山坳中，二号营地在石槽北沟的小瀑布上，三号营地在石槽水库边，四号营地在梯子山村南面的林地中，五号营地在主峰的南侧。今天走过的黑峪水库就可以设定为六号营地。

来的最多的就算二号营地了。我们在这里杀过羊、包过水饺、涮过火锅，人多的时候上百人，漫山遍野都是帐篷。山民们也认可了我们，小瀑布边的梯田里，庄稼往往都只种一半，不种庄稼的那一半，是给我们留的营地。

二号营地的午餐吃得热情洋溢，架起四个炉子，驴友们三五成群地围坐在一起，借着地势，席地而坐。锅子中，热气冉冉升起，肥美的羊肉在锅中打着滚，从容地从锅中捞起飘着诱人香气的肉，蘸足调料，扔进嘴中，惬意地咀嚼着，眼望蓝天白云，耳闻松风柏涛，悠然之情顿从心底升起，和着盈盈的热气在你我之间弥漫开来。

冬天的日头转得快，不到下午2：00就下到山梁子的后面。酒足饭饱之时，登上营地东面的山梁子，踏上回程。

2011年12月

# 青山不墨千年画，流水无弦万古琴

——2012年春节恩施大峡谷、张家界驴行笔记

## 一　恩施大峡谷

新春伊始，驴行远足的号角吹响，大年初一下午16：30，19位驴友结伴而行，连夜奔袭1300公里，从济南出发，经过河南、重庆，于初二上午8：00，来到了此次驴行的第一站，湖北省恩施土家苗族自治州恩施市，穿越可与美国科罗拉多大峡谷相媲美的恩施大峡谷。

恩施大峡谷是清江大峡谷中的一段，位于恩施市屯堡乡和板桥镇境内，全长108公里，其中百里绝壁、千丈瀑布、独峰傲啸、原始森林、远古村寨美不胜收。主要有大河扁、大小楼门、云龙河瀑布、前山绝壁、马寨绝壁、朝东岩隧道、车坝水库、罗针田农庄、天楼地枕电站、铜盆水森林公园、屯堡至大龙潭清江漂流共11个景区。由于大多数景点还未开发，我们此行重点放在恩施大峡谷最精华的所在——大小楼门。

现在的气候反常，北方经常不下雪，而南方却连降大雪。临近春节，湖南、湖北大部分地区都下了大雪。临行前，一直担心交通情况，以及当地的天气状况。

老天眷顾爱心人。从济南出发到恩施，一路畅通无阻。凌晨时分，过宜

昌，天上飘起了零星的雪花，但幸运的是路上没有积雪。

从恩施市到大峡谷60多公里，狭窄的山路颠簸不平，背阴处的山路上积雪很厚，汽车开在路上，我们都提心吊胆的。到达大峡谷售票中心时已是上午11：00了。恩施大峡谷开发不久，就连售票中心都是简易的活动板房。

我们的汽车只能停在景区大门外的停车场。乘坐景区的旅游大巴进入景区。

站在停车场，气势巍然的崖壁矗立在面前，皑皑白雪压在山头，浓浓的雾围绕着山峰，我们已被这气势震撼了，恨不得一下子扑到她的怀抱之中。

由于山上有很厚的积雪，旅游大巴只能到景区内第一个停车场。景区安排车轮上装了防滑链的皮卡车往返于海拔1400米的大小楼门入口。幸亏游客不多，皮卡车往返四趟，把三十多位游客倒了上去。

置身于海拔1400多米的大小楼门景点入口，就置身于冰雪世界中，仿佛来到了东北大兴安岭地区，眼前便是白茫茫的林海雪原。停车场覆盖了厚厚的雪，不远处的山峰、松树也已成了雪景的衬托。

灰色的树枝透过厚厚的雪支棱着，刺向天空。晶莹的雪中透出艳红的山

野果子，愈发的艳丽。藤条的拧结，把雪也拧成了同样的形状。受不了积雪重压的树木，只好顺从于雪，按照重力的原则，弯成了优美的曲线。几竿富有诗意的雪竹，在风中摇曳，此乃“风雪遍山野，文章从此出”。那冰砌玉琢般的枝条，那水晶般晶莹的冰挂，在这漫天茫茫的山野中富有的独特的魅力，让每一个队员都兴奋到了极点。

面对久违了的大雪漫山，面对直上青云的天梯，面对前面充满诱惑的冰雪童话世界，我们在满是积雪的台阶上攀爬着。

翻上台阶，站在踏浪亭中，看雪浪滚滚。那山那石藏在柔白的雪下，透出青灰的颜色，虽暂时没有了娇绿、嫣红，却更有了一种深邃，或许你会从中悟出一些哲理。

从山顶望下去，屋舍星罗，田陌纵横，炊烟袅袅，鸡犬嬉戏，一派田园风光。

过天衣有缝，众人唏嘘良久。走绝壁长廊，大家双股颤颤，提心吊胆。拜一炷香，观母子情深，顿觉奇峰异石，盖天地造化。

晶莹的世界，洁白的雪花，这上天赐予的物华天宝，不由得你不去品尝。淡淡的甜味、淡淡的香味，淡淡的思绪飞升在这美妙的世界中。

那就把这种思绪写下来吧。

此时此刻，高兴的不仅是我们，还有我们的孩子。

## 二 奇 石

历经数亿年的岁月浸淫，风雨剥蚀，大峡谷的悬崖峭壁伟岸挺拔，怪石嶙峋，奇峰异石，比比皆是，仰观俯瞰，让人叹为观止。

从崖壁上蹦离的小石块，也被岁月磨砺出独有的风采，散落在路的两边。我从一堆乱石中随意捡出一块石头，拂去冰雪浮泥，眼睛不觉一亮。石头不大，有一个狗头大小，形状也极像狗头。底色暗褐色，砂质页岩，底面平整，从上到下，有十三个沉积面，厚薄间隔，纹理清晰，排列规整。石面上留下岁月的磨痕。手触在上面，不滑不腻，仿佛能感受到地壳之变动，岁月之磨砺，风霜雪雨之犀利。以小见大，方寸之间便得天地矣。

石头不大却也有分量。后面路途峻险，不能还未进山，就增添负重。掂量再三，把它放在一隐秘的石台堰垒上，深情地望一眼，断然离开了。

一路游来，奇峰满目，白雪满怀，皑皑白雾，从头顶升起，滴滴汗水浸湿衣服，心中除却美景，就是那块顽石了。下了天梯，不管山路滑险，一路狂奔，直奔那石台堰垒。

那块在大山中不起眼的顽石，已经牢牢地冻在了石台上，我费了很大劲才把它从石台上分离下来，这有些残酷。我知道，它不愿意离开生养它的大山。可是，我非常喜欢它。我把它揽在怀里，轻轻地抚摸它，我感受到它的体温，也让它感受到我的体温。拿出一块湿巾，轻轻地帮它擦拭沉积亿万年的污垢，把它轻轻地放到背包中。让它带走些大山的气息，置放到我的案头，朝夕相伴，让我常常感受这山野情趣吧。

## 三　张家界黄龙洞

黄龙洞是张家界武陵源景区最著名的溶洞景点。黄龙洞全长7.5公里，垂直高度140米，现已开发6层，4层旱洞，2层水洞。整个洞中洞中有洞，石柱、石笋、石幔、石钟乳等琳琅满目，美不胜收。

去张家界就会首选黄龙洞。

1月25日上午7:30我们就出发了，从湖北恩施到湖南张家界，途径宣恩县、来凤县、龙山县和桑植县，行程不足400公里，原计划14:00到达张家界，可是由于路实在太难走，直到17:00才赶到张家界，整整走了九个半小时。原计划安排的黄龙洞景点，只能改到26日上午游览了。

慕名而来，的确一饱眼福。黄龙洞票务中心建在一个水塘的中央，是一座极具土家族特点的塔楼，用一座铁索桥连接行道的长廊。几株古树散种在池塘周边，一群鸭子在水中嬉戏，盈盈的雾气在池水上弥漫，把几组建筑物映得若隐若现，恍如仙境。

游览黄龙洞需要两个半小时，全程有导游引导。目前的黄龙洞只开发了不到五分之二，游览面积就已达十万多平方米。据导游介绍，洞内有1库、2河、3潭、4瀑、13大厅、98廊，以及几十座山峰，上千个白玉池和近万根石笋。

进入洞中，不觉眼前一亮，彩色的灯光打在千奇百怪的石笋石柱上，光怪陆离，不一样的景致。在洞中游览，一定要有想象力，在导游的引导下，你的想象力可以从古到今，跨越万年，可以是一个鬼怪充斥的神话故事，可以是鸟虫花草，可以是飞禽走兽，也可以是云霞雾霾……是什么并不重要，关键是要想得出来。龙王的宝座，后宫三千佳丽，管风琴，捆绑式火箭，定海神针，沧海桑田等等，无计其数，目不暇接。

张家界黄龙洞经历了3.8亿年的积累酝酿，直到6500万年前的地壳抬升，才逐渐形成了目前的地貌特征。20万年一个动荡期，黄龙洞的上一次塌落是在16万年前，现在距下一次塌落还有4万多年。洞中的石柱石笋石钟乳，都是有生命周期的，但是它们的生命周期相当漫长，每100年才能生长1厘米。

站在慢慢生长的石笋面前，人显得十分的渺小和脆弱。人生一世，草木一秋。如果放开来讲，人生一世，不也是沧海桑田吗？蚍蜉对于小草来说，生命短得可怜。小草对于人来说，生命也是短得可怜。人类对于石笋来讲，简直就不可同日而语。石笋对于黄龙洞每20万年的动荡变化而言，就不算奇迹了。可是，黄龙洞的形成发育对于张家界的成长历程的3.8亿年，那简直

就是尘埃对宇宙，无法相提并论。

但是，反向思维，人也是十分伟大的。人类毕竟是天之骄子，你我大家行走于山野，屹立于天地之间，成为天地人三才之一，有无限的优势，思绪可以驰骋无疆，心性可以瞬息变化。面对大山我们可以抛却一切烦忧而不管，尽情地享受大自然的造化！

## 四　张家界

3.8亿年前，随着地壳的抬升，沉寂海底数十亿年的张家界武陵源的众山峰始见天日。又经过数亿年的风霜雪雨的侵蚀，形成了“奇峰三千，秀水八百”的独特的“石英砂柱峰”地貌，也称“张家界砂岩地貌”，享有“天下第一奇山”的美誉。

来张家界游玩，恰逢多年不遇的大雪。海拔较低的十里画廊、金鞭溪只有少量积雪，天子山、黄石寨等高海拔地区，积雪未化，台阶路上积雪厚达二十多厘米。路滑难行，但雪后的张家界武陵源景区冰清玉洁，景色秀美。

越往山上走，景色越美，路上的积雪就越厚，路就越滑。走在上面不但费劲，还有危险。每个人必须要有十二分的小心。有些下行路段，只得坐在雪上向下滑行。

下午16:00，终于登上了天子山。队员们按捺不住激动的心情，一览满山的风景。

走过十里画廊、天子山之后，接下来的金鞭溪、黄石寨景点也就不再絮叨了。

我们真正领略了张家界“奇峰三千，秀水八百”。

在这里除了奇峰之外，还有秀水可餐。

流水无弦万古琴。金鞭溪的溪水流淌了亿万年，欢快的水流声，奏出一曲美妙的音乐。

仰观不墨青山，俯瞰无弦流水，终见得梅花绽放，颜色尽显，春天来了！

## 五　魅力湘西

游罢张家界的山山水水，还需观看湘西少数民族的歌舞。一台《魅力湘西》歌舞晚会，打造得魅力十足。

晚会把土家、侗族、白族、水族、苗族等湘西少数民族的经典歌舞尽献给观众。上了今年春晚的《追爱》，就是出自土家族。《合拢宴》尽显侗族人的豪情，人逢喜事要喝酒，人处悲时也喝酒，太阳出来要喝酒，见到月亮也喝酒，娶了老婆喝杯酒，有了孩子喝杯酒，上山种地喝喝酒，庄稼收获喝喝酒。干脆，各家把酒桌搬到大街上，整个村寨一起喝大酒。少数民族的豪爽感染了我们。贺龙元帅老家桑植的白族少女唱的《马桑树儿搭灯台》，被称为中国最美的情歌。

# 父亲的脚板（后记）

我热衷于登山已经七八年了。初衷有两个主要原因：其一是锻炼身体，其二是培养孩子。

我自幼体弱多病，尤其是过敏性哮喘严重。每逢秋冬换季和春暖花开之时，便喘得厉害，哮鸣音轰然，夜不能寐，寝食难安，折腾得身体瘦弱，手无缚鸡之力。认识贤妻之后，访得徐老中医，三年，贤妻亲煎一千多服中药，身体渐渐恢复了元气。徐老亲授健康秘诀：坚持锻炼，持之以恒。于是，便迷上了登山。七八年过去，心态淡然，身强力壮如牛。

听徐老的话，结婚之后，等到身体康复，才要了孩子。徐老叮嘱，要常带孩子出去走走，大自然能让人开襟怀、增阅历、调性格。于是，和孩子同时爱上了登山。一次深秋的穿越，孩子扎得满身都是植物的种子，被大家笑称“小刺猬”。七八年间，小刺猬走遍了祖国的大江南北，踏遍了千山万水，阅历超出同年龄孩子很多，自立能力超强，出落得亭亭玉立，落落大方。

父亲年近七旬，一直生活在农村老家，是三乡五里公认的秀才。每逢红白喜事，父亲总是既当管家又当写家，还当厨师。先是帮人家拟好请客酒席的采购菜单，又帮人家写喜联、疏子，到了办事的那天，就又在灶间忙活了起来，十几桌酒席，上百个菜肴，煎烧烹炸，从容调兑，众人则吃得满口留香，啧啧称赞。父亲从年轻的时候就喜欢写写画画。十几年前做了胃癌切除手术，胃切掉了五分之四，化疗做了两年多，身体境况可想而知。

这几年，本想带着老父亲一起跋山涉水，纵情山水之间。但是，考虑到父亲的身体状况，就没有了非分之想。

2011年国庆长假前，试探着和父亲商量，能否去河北驼梁，父亲爽朗地答应了。父亲是这次登山队伍中最年长的。第一天早上7点从箭杆沟登顶南驼，中午稍事休息，就去了五岳寨景区，晚上8点多才回到南驼顶。第二天一早就去了驼梁景区，中午返回南陀顶后，没有休息，马上从运木沟下到华塔村。两天用了20多个小时，徒步走了近80公里山路。这是老父亲第一次登这么高的山，第一次徒步穿越20多个小时，第一次走这么长的路。看到父亲脚都走肿了，可还是咬牙坚持了下来，我心里便激动了，对父亲不禁更加佩服了。

我秉承了父亲的一些文化气质，从小耳濡目染，虽没有成就，可书法、篆刻也信手拈来，轻松自如。文章虽不成体统，但也洋洋洒洒，下笔成章。

女儿从蹒跚学步、咿呀学语时起就喜好中国传统文化，从小就喜欢读史书，喜欢诗词歌赋，小小年纪就已经读完了几本大部头的历史著作，尤其喜欢古体诗词。文章写得也是跌宕起伏、婉转如水。

我踏着父亲的脚板，女儿踏着我的脚板，正一步一步地走下去。

中华文化传承万年，经久不衰，其真正原由正是这父亲的脚板的所在吧！

以这篇文章作为《驴野行踪》的后记，献给我的父亲，我的女儿，以及我的朋友们！

楚　波

2012年6月于泉城